VIAȚĂ FURATĂ
de
CARMEN SUISSA

Carmen Suissa

Copyright © Carmen Suissa

Toate drepturile sunt rezervate. Nicio parte din această publicaţie nu poate fi reprodusă, distribuită, sau transmisă sub orice formă sau prin orice mijloace, sau păstrată în vreo bază de date sau sistem de recuperare a acesteia, fără permisiunea anterioară, exprimată în scris a autorului Carmen Suissa.
Cartea este o ficţiune. Toate personajele, organizaţiile şi evenimentele care sunt înfăţişate în acest roman sunt fie produsul imaginaţiei autorului, fie sunt folosite în mod fictiv. Orice asemănare cu evenimente reale, locale sau cu persoane în viaţă sau decedate sunt cu totul o coincidenţă.

ISBN: 978-2-9573070-9-8

Carmen Suissa

Dedic această carte lui Iulian, prietenul meu din copilărie.

Îţi doresc să crezi în continuare în dragoste şi să ai parte de una ieşită din comun. Îţi urez bucurie nesfârşită. Să nu-ţi pierzi niciodată speranţa!

Din toată inima şi cu toată dragostea, Scufiţa.

Carmen Suissa

Carmen Suissa

Capitolul 1

Mai era încă o lună până la "Ziua recunoștinței" și toamna era deja răcoroasă anul acela în Chicago. Noua casă în care Jack și copiii se mutaseră se afla într-o suburbie chic a orașului, unde vilele aveau o arhitectură a lor proprie, într-un stil bourgeois-sanfranciscan, cu interioare confortabile și moderne, cu peluze tunse perfect, înconjurate de gărdulețe mici albe, și curți spațioase ce dădeau spre pădure.

Era seara târziu, iar ploaia se dezlănțuia furioasă, lovind fereastra dormitorului unde Jack se chinuia să adoarmă de peste o oră. Capul îl durea îngrozitor și după ce a luat o aspirină a început să umble prin cameră, masându-și tâmplele dureroase. Înalt, cu păr șaten ondulat și ochi căprui pătrunzători, Jack era un bărbat atrăgător. Obosit, s-a apropiat de geam și l-a deschis, lăsând aerul rece să-i învăluie fața nebărbierită de două zile. Puținele frunze ale copacilor fluturau în vânt cu falsa promisiune a zborului. Jack a zâmbit trist. Falsa promisiune a zborului. Falsa promisiune a dragostei. Falsa promisiune a unei vieți cu ea. În ultimele luni avusese deseori insomnii, dar nu aveau nicio legătură cu furtunile de afară, ci mai degrabă cu cele din sufletul lui. Trădarea a fost dintotdeauna o insultă, dar când venea din partea cuiva în care aveai încredere deplină, era și mai dureros. A închis geamul și s-a băgat în patul prea mare pentru el singur, dorindu-și să se poată odihni câteva ore. Ușa de la dormitor s-a deschis și fata lui de 15 ani a băgat capul, întrebând încet:

– Tati, ești treaz? David, fratele ei mai mic o urmă în cameră, strângându-și ursulețul la piept.

Jack își pierduse tatăl și, după doar o săptămână, aflase că soția cu care fusese fericit timp de 20 de ani, îl înșela. Bineînțeles că era treaz.

– Da, iubito, a răspuns el, dând plapuma la o parte și făcându-le loc în pat. Știa că le era frică de tunete și fulgere, iar afară se dezlănțuia potopul. La fel ca în viața lui.

Deși casa în care locuiau de câteva luni era confortabilă, le era dor de vechiul lor cămin, dar Jack preferase să se mute acolo decât să mai stea cu Adela sub același acoperiș. Ultima perioadă cu ea a fost cumplită. Încercase toată viața lui s-o mulțumească, să mențină flacăra pasiunii și acum, când i-a descoperit adevărata față, a decis că nu o mai place deloc. Cum ar fi putut? Se debarasase de el ca de o jucărie stricată. De fapt, intenția ei fusese să-i păstreze pe amândoi. Soț și amant. Apă și foc. El era omul care se ocupa de toate treburile domestice, în timp ce celălalt, o satisfăcea sexual în feluri pe care el nu și-ar fi permis să le încerce în patul conjugal.

Copiii s-au ghemuit lângă el și după cinci minute dormeau liniștiți. Nu era cazul lui. Se gândea iarăși la ea. Cum ar fi putut să n-o facă? Se cunoscuseră în timpul liceului și de atunci nu s-au despărțit decât când ea trebuia să meargă la diverse conferințe medicale, timp în care el se ocupa de copii. Nu-l deranja să fie omul bun la toate. Se simțea norocos și fericit să aibă grijă de familia lui. La liceul la care preda matematică, era printre puținii cu o viață echilibrată și o căsătorie fericită.

Împreună cu Adela și copiii plecau de trei ori pe an în vacanțe în Mexico, în Florida sau Germania, unde se născuse ea. Jack locuise toată viața în Chicago, dar părinții lui se mutaseră la Washington când el și-a început cursurile universitare. La 16 ani, Adela a emigrat în America cu tatăl ei, lăsându-și mama și amantul în Frankfurt.

L-a cunoscut pe Jack în prima ei zi de școală și s-au împrietenit imediat. Timp de un an au fost doar prieteni, el nutrind pe ascuns sentimente pe care era prea timid să le dezvăluie. Apoi, într-o seară când erau la cinema, el a îndrăznit s-o ia după umăr și Adela n-a spus nimic. Așa a început povestea lor. Ea a fost totul pentru el: primul sărut, prima iubire, primul apartament împreună. Au studiat în același timp. El, Facultatea de matematică, ea, tehnica dentară, apoi s-au căsătorit. Toți se așteptau la asta și, chiar dacă nimeni nu zicea nimic, prietenii lor știau că ea a tras lozul câștigător. Adela nu avea o minte sclipitoare. Sau o fire plăcută. De câte ori descoperea un restaurant bun, se comporta ca și cum ar fi găsit leacul pentru tumorile cerebrale, iar când o prietenă îi destăinuia ceva, nu știa să-și țină gura închisă. Era grăsuță, fără să fie urâtă, și cu o personalitate incertă , dar se părea că pe Jack nu-l deranja asta. El era înalt și sportiv în timp ce ea era micuță și mâncăcioasă, el era generos și răbdător, opusul ei.

Timp de 20 de ani au avut o viață de basm. Cel puțin așa crezuse el. Doi copii frumoși, cariere satisfăcătoare și o casă confortabilă într-o suburbie de vis, cu vecini adorabili. Apoi, ea a plecat la o conferință medicală în Budapesta și așa a început sfârșitul.

Iubire în alt oraș. Nu era un roman de-al Barbarei Taylor Bradford, în care cuplul divorța după 22 de ani pentru că soțul se îndrăgostise de o tânără. Era viața lui. Cuplul lui perfect, căsătoria perfectă... Apoi o grămadă de minciuni complicate, de trădări, lacrimi și vise pierdute.

Totul a început cu un e-mail în care Adela îi spunea că telefonul nu-i funcționează și ca atare el trebuia să regleze problema. Jack era obișnuit să se ocupe de totul din viața lor: micul dejun pentru copii, dusul la școală, făcutul temelor, organizarea vacanțelor, plătirea facturilor. Reglarea acelei probleme, nu era decât un lucru minor pentru el. Lucru care s-a dovedit ulterior a fi cel mai major dezastru din viața lui. Asta, și preinfarctul pe care l-a făcut mai apoi în urma stresului. Uitându-se pe factura ei de telefon a observat că soția lui conversa câteva ore pe zi cu cineva din Germania. Și asta dura de cam de șase luni. Jack nu cunoștea acel număr. Nu era telefonul soacrei lui sau a uneia dintre rudele Adelei. Cu cine putea ea să vorbească în drum spre serviciu, în pauza de masă sau seara înainte de culcare? Și cum de el nu o auzise niciodată vorbind la telefon la 10:00 noaptea? Fusese atât de ocupat cu făcutul temelor, prepararea cinei, și în general, să-i ușureze ei viața, încât n-a observat cu ce-și ocupa ea timpul liber. Nu o controlase niciodată. De ce ar fi făcut-o? Se știau de-o viață, se iubeau și erau fericiți. Totul se baza pe încredere și respect.

Uitându-se încă o dată la factura de telefon s-a hotărât să sune acel număr. La capătul liniei a răspuns un bărbat, căruia Jack, i-a spus că are numărul lui de telefon, dar că nu știe cine este. Bărbatul care vorbea engleza cu un accent german și-a spus numele, iar Jack a recunoscut pe cel care a fost iubitul Adelei înainte să emigreze în America.

– Cine te sună cu număr de America? și-a auzit el soția la capătul liniei.

Jack a întors capul și s-a uitat instinctiv în spatele lui. Nu, nu era acolo cu el. Brusc simții un nod în stomac și o durere cumplită la tâmple.

– Benjamin, dă-mi-o la telefon! a cerut Jack.

După o mică pauză în care cei doi șușoteau, Adela a luat telefonul și fără nicio introducere i-a spus soțului ei că vor discuta după o săptămână când va ajunge acasă. Apoi, a închis. Nu emoție în voce, nu jenă sau regret, nu explicații. Doar atât! O conversație fără început și un final fără final. Îi pusese viața în stand by și urma să rămână așa pentru încă o săptămână, până când doamna își consuma vacanța la care nu avea de gând să renunțe.

Nu pentru el, nu pentru căsătoria lor de 20 de ani sau pentru cei doi copii. Îl dăduse la o parte ca pe un roman de care se plictisise, fără să-i pese că îl făcea să sufere.

Numele de Adela își are originile din cuvântul german "adal" care însemna "nobil", existând chiar și o prințesă canonizată și cunoscută sub numele de sfânta Adela. Soția lui nu era nici sfântă și n-avea nimic de nobil în ea, iar el se simții întâi confuz, apoi trădat, rănit și batjocorit. Avea 43 de ani și erau împreună de 27 de ani, din care căsătoriți, de 20. Viață furată.

Cu telefonul încă în mână, Jack s-a simțit ca și cum i se anulase viața. Ea îi furase viața, iar el nu mai putea niciodată să recupereze acei ani înapoi. 27 de ani plini de amintiri dragi lui. Ani în care el s-a transformat din băiat în bărbat, în soț și tată iubitor, în profesor respectat și îndrăgit. Toată acea perioadă era acum redusă la nimic, printr-un simplu e-mail, cu un singur telefon, cu o singură nenorocită de frază, fără început și fără sfârșit. La 43 de ani ajunsese la răscruce de drumuri, cu doi copii care-i puneau întrebări la care nu avea răspunsuri și o soție, pe care o iubea mai mult decât orice pe lume și care trăia o altă iubire într-un alt oraș.

Acum, în patul lui, cu Summer și David lângă el și cu ploaia care bătea nebunește în geam, se simțea înfrânt. Avea impresia că toată durerea lumii este pe umerii lui și nu știa cât mai putea îndura. Se simțea singur, dar nu era. Avea doi copii, un hamster agitat și doi pești roșii care se învârteau în acvariu la fel ca el când avea insomnie.

   Din punct de vedere material, era confortabil, părinții lui deținând un mic imperiu imobiliar. Avea bani pentru studiile copiilor sau cumpărarea altei case... O casă fără ea.

   Iubise Winnetka, suburbia pitorească și atât de frumoasă, care fusese căminul lor timp de 17 ani. Oamenii de acolo erau prietenii lui. Făceau BBQ în weekend, jucau canastă în fiecare vineri și golf duminica. Era acasă.

   De ceva timp locuia în casa lui John, prietenul lui din copilărie, care fusese detașat pentru un an în Franța. Avea timp să-și caute un loc nou, unde să înceapă o nouă viață, pe care n-avea niciun chef s-o înceapă, dar era obligat. Iubirea nu salvează totul, și-a spus el. Se simțea ca în show-ul lui Truman, doar că acesta nu era nicăieri. Niciun producător de reality-show nu era în zonă. Doar el, un tată cu doi copii cărora nu le putea spune întregul adevăr. Viața lui era un basm de prost gust în care nu se știa dacă exista vreo zână bună sau dacă aceasta îl va găsi vreodată. Un basm fără happy ending.

   A adormit târziu și când ceasul a sunat la ora 6:00, a sărit în picioare speriat. Își simțea ochii ca și cum cineva i-ar fi băgat piuneze în ei, iar spatele îl durea teribil. Nu avea nicio legătură cu salteaua, care era de cea mai bună calitate, ci cu stresul pe care-l trăia de șase luni. A stat pe marginea patului privind pe fereastra mare la ploaia care, cădea torențial. Copiii dormeau liniștiți și el se bucura că în sfârşit, se odihneau. Nu îi mai auzise plângând noaptea de câteva săptămâni. Primele două luni au fost cumplite. Mama lor le lipsea, însă ea a fost foarte clară când le-a spus că este mai bine să locuiască cu tatăl lor. Evident, asta nu însemna că nu îi iubeşte, pentru că îi iubea, însă în acea perioadă era foarte ocupată şi nu ar fi putut să le ofere copiilor ce aveau nevoie. "Cum ar fi mâncare şi dragoste", îşi spuse Jack. De fapt, nu făcuse asta niciodată, iar el regreta acum că i-a lăsat atât de mult timp liber. Poate că dacă ar fi fost ocupată, nu şi-ar fi găsit un amant. Adela nu a fost niciodată maternă şi se plângea deseori din cauza lui Summer şi-a lui David, regretând uneori decizia de a deveni mamă. Era în legea firii să procreezi, să faci o casă şi să plantezi un pom. Îi făcuse pe cei doi copii la insistentele lui Jack, cumpăraseră împreună o casă, şi-n timp ce el se ocupa cu plantarea arborilor, ea îşi căuta iubitul din copilărie pe Facebook.

Jack s-a dus să se spele pe dinţi şi, în timp ce îşi privea faţa brăzdată de câteva riduri, care îl făceau şi mai seducător, şi-a adus aminte că este duminică. Nu trebuia să-i ducă la şcoală. Nici să iasă din casă pe acea furtună. Nu-i mai era somn, aşa că va exersa până când copiii se vor trezi.

Subsolul casei era amenajat pe jumătate în sală de sport şi în bar în cealaltă. Prin două uşi culisante se putea ieşi afară, unde John amenajase un patio confortabil, cu câteva canapele şi fotolii, un grill mare şi o piscină în formă de S. Ar fi înotat, chiar dacă erau în luna octombrie și temperatura scăzuse. Dar ploua și bătea un vânt puternic, așa că Jack s-a hotărât să alerge pe bandă și să încerce să nu-și mai plângă de milă.

Și-a pus niște pantaloni scurți albi, un tricou albastru vechi și a coborât la subsol. Cu căștile la urechi a început să alerge. "Dacă ești nemulțumit, fă ceva", spunea vocea din căști, "clarifică întâi ceea ce-ți dorești și apoi fă un pas în acea direcție. Dacă ești nefericit, înseamnă că realizezi că ai pierdut ceva, și te doare. Durerea ia-o ca pe un semnal. Trebuie să te schimbi. Nu pe tine neapărat, ci tactica de a te apropia de soțul/soția ta. Va trebui să schimbi felul în care evaluezi situația sau să-ți schimbi așteptările. Sau poate ceea ce simți ori felul în care comunici."

Da, era nefericit și avea de ce. Femeia pe care o adorase de când se știa, îl trădase și nicio tactică din lume sau evaluare de situație n-ar fi putut să-i aducă înapoi viața pe care o iubise atât. Da, și-a schimbat așteptările și ceea ce simte, iar de comunicat, nu se mai punea problema. Singurii cu care vorbea erau copiii. Și John, care încerca din răsputeri să-i prezinte tot felul de "femei interesante".

John era prietenul lui din copilărie, fratele pe care nu l-a avut niciodată. Erau diferiți, dar se înțelegeau și se completau reciproc. John era inginer la Yahoo și nu se căsătorise niciodată, fiind mulțumit cu viața pe care o ducea. Jack avea mulți prieteni, dar cu niciunul nu se simțea atât de bine ca și cu John. Poate doar cu Deborah, prietena și vecina lui din suburbie, autoarea a cinci bestselleruri și persoana cea mai corectă pe care o cunoscuse vreodată.

"Dacă ești frustrat", continuă vocea din căști " înseamnă că nu ai obținut ceea ce ai dorit și ca atare va trebui să faci altfel decât ai făcut până acum. Este o nebunie să faci tot timpul același lucru și să te aștepți la un rezultat diferit."

Fără să vrea Jack se întrebă iarăși unde greșise. Ce nu făcuse? Sau ce făcuse ca s-o arunce în brațele altui bărbat? Avuseseră o viață socială mai mult decât satisfăcătoare, în pat totul decurgea armonios- crezuse el-, amândoi fiind foarte pasionali, iar copiii nu le făcuseră probleme majore niciodată. Nu înțelegea nemulțumirea ei.

Îl dezamăgise foarte tare și la doar câteva zile de la reîntoarcerea ei din Germania, a înțeles că lucrul pe care și-l dorea cu atâta fervoare, nu se va întâmpla niciodată. Își dorea familia înapoi și își mai dorea ca să nu fi aflat niciodată secretul ei oribil. Fusese aruncat în vid și obligat să-și schimbe percepția lucrurilor.

Pentru a mia oară recapitula în cap ziua în care Adela s-a întors de la "conferința medicală", cu un taxi acasă. Copiii erau la Deborah, iar el o aștepta cu sufletul la gură. Avea emoții ca un școlar și realiză că, dacă ea și-ar fi cerut scuze pentru greșeala oribilă, ar fi iertat-o. O iubea prea mult ca să n-o facă. Și iubea viața lor împreună, tot ce construiseră de-a lungul anilor.

Adela a intrat în casă mai degajată decât era decent să fie, iar el a avut impresia că vede un zâmbet în colțul buzelor. Era îmbrăcată ca o naufragiată și și-a aruncat valiza cât colo.
— Ai o bere la rece? l-a întrebat direct, rânjind ca motanul Cheshire din "Alice în țara minunilor". Oare era nebună sau nu mai avea niciun dram de respect pentru el? Glumesc, a continuat ea când i-a văzut fața șocată. Sunt stresată și încerc să destind atmosfera.

"Pentru asta ar fi trebuit să nu-ți iei un amant", gândi el, însă n-a spus nimic. S-au așezat în living, ea pe canapeaua din fața șemineului, iar el pe fotoliu.
— Arăți bine, a complimentat, privindu-i silueta atletică și ochii căprui cu sprâncene groase, frumoase.

Jack era un bărbat atrăgător și ar fi putut avea orice femeie și-ar fi dorit. De asemenea, era bărbatul unei singure femei, lucru care-l făcea și mai atrăgător.
— Ce-am făcut rău? a întrebat-o direct, iar ea și-a pus unul din picioarele dolofane pe măsuța de cireș din față. Oja de la unghii era pe jumătate sărită, dându-i un aspect neîngrijit, iar el s-a întrebat dacă așa fusese toată viața și cum de nu văzuse.
— Ai făcut totul bine și probabil că asta a fost rău. O privea așteptând. Tu ești genul casnic, soțul ideal... pentru o femeie care-și dorește asta. "Oare îl vedea ca pe o gospodină?", s-a întrebat Jack, iar răspunsul i-a fost

servit imediat. Mie-mi plac băieții răi și petrecerile care nu se termină niciodată.

– Dar așa ceva nu există, Adela. Băieții răi până la urmă fac ceva rău, iar petrecerile se termină, fie că vrei sau nu. Și nu-ți spun asta pentru că mă domină partea domestică, ci pentru că aceasta este realitatea.

– Bănuiesc că ai dreptate, a zis ea deloc convinsă.

– Avem 20 de ani de căsătorie, va trebui să te bați puțin aici. Te comporți ca și cum ai spart o cană la care țineam. Trebuie să mă faci să înțeleg ce te-a schimbat așa? Nu ți-au plăcut niciodată băieții răi. Este doar o fază sau ceva permanent?

– O să-mi treacă, Jack...

– Atât? a întrebat el șocat.

– Vrei mai mult? Nu știu ce aștepți de la mine, a spus Adela foindu-se jenată.

– Nu știu nici eu exact, dar cum tu ne-ai pus în această situație, tu să-ți bați capul cu asta. Tu ai trișat, iar eu trebuie să iau decizii pentru toată lumea. Tu să-mi spui de ce ar trebui să mai stau în această relație.

– Avem bilete non rambursabile pentru Bali, a glumit ea neinspirată, demonstrând încă o dată că nu avea niciun pic de respect pentru el, pentru ea sau pentru viața lor împreună. Fără să spună nimic, Jack s-a ridicat de pe canapea dorind să părăsească încăperea. Bine, bine, a spus ea, te rog nu pleca, voi vorbi.

"Durerea are un gust și al meu are gustul ei", și-a spus el trist, întrebându-se cum va reuși să trăiască de-acum încolo. Adela făcuse greșeala capitală, dar se comporta ca o elevă în biroul directorului. Probabil că era conștientă de faptul că el nu putea trăi fără ea.

– Ce-ar fi să încercăm terapia de cuplu? a propus ea.

– De ce? Crezi că nu putem să ne certăm și pe gratis?

– Dacă nu mi s-ar fi defectat nenorocitul de telefon, n-ai fi aflat niciodată. Jack, nu știu ce să-ți spun.

– Nu asta, Adela.

– Îmi pare rău, n-ar fi trebuit s-o fac...

– Ce? Să ai un amant? Sau să-mi ceri să reglez problema telefonului? Ea ridică din umeri, enervându-l cu indiferența ei. Dumnezeule, oare de ce ți-am cerut să discutăm! Ce-am crezut?

– Nu știu, Jack. Ce-ai crezut?

El s-a ridicat și s-a pus lângă ea pe canapea.

– În mintea mea încă mai speram că am o soție normală, care va realiza dezastrul în care ne-a băgat, și care, plină de regrete, m-ar fi implorat s-o iert. În schimb, am de-a face cu o străină insensibilă căruia îi este egal dacă, da sau nu, va rămâne căsătorită. Ție ți s-a stricat telefonul, iar mie mi s-a schimbat viața într-un fel dramatic. Și viața ta se va schimba, oare cum nu vezi asta?

– Fiecare are partea lui de poveste, a zis ea șoptit.

– Partea ta este că ești căsătorită și ai un amant. N-ar trebui să frecventezi un bărbat care nu este al tău sau să îl înșeli pe cel care-ți este, Adela.

— Cunosc o relație proastă când văd una, Jack. Și este cazul nostru.

El a privit-o șocat.

— Știu că tu ai fi preferat să fiu fidelă, însă eu prefer să fiu fericită.

— Pentru că ai fost nefericită cu mine?

— Știu că nu este ceea ce ai vrut să auzi, dar ai vrut adevărul și ți l-am spus. Nu este vina nimănui că adevărul e nasol.

— Nu este vina nimănui, cu excepția ta! Ai o familie minunată și tu umbli prin lumea largă, la conferințe inexistente, delectându-te cu amantul. De când durează asta și la câte conferințe imaginare ai fost? Ea a dat să spună ceva, dar Jack a oprit-o. Te rog să nu răspunzi la aceasta întrebare, n-am nevoie să știu toate picanteriile. Ea a ridicat din umeri încă o dată, enervându-l. Nu-ți pasă că la 40 de ani vei petrece sărbătorile fără familia ta?

— Hai Jack, n-o spune ca și cum aș avea sifilis. Dacă nu vrei să primești doar rahaturi în viață, nu le mai cere. Cere altceva! El aproape că se sufocă de frustrare. Am avut o viață bună, recunosc, dar oamenii se schimbă, a mai zis ea.

— Nu-i adevărat. Oamenii evoluează, se schimbă puțin, dar nu trec la extreme. Nimeni nu trece de la Bimbo californian la ofițer de marină cu glande mamare enorme. Nu poți fii 20 de ani soția ideală și apoi să te transformi în târfa cartierului. Câte momente Hollywood ai într-o viață, Adela? Tu chiar nu m-ai iubit niciodată?

— Te-am iubit și te iubesc și acum... aș dori să ne continuăm viața împreună dacă am face câteva schimbări.

Îl trișase, îi aruncase viața la gunoi și acum îi spunea degajată că, dacă ar fi îndeplinit câteva condiții, ar fi rămas soția lui? Mă refer la viața sexuală, continuă ea, dându-i lovitura de grație. El a făcut ochi mari. Ești furios pe mine, nu-i așa?

— Pentru asta ar trebui să te cunosc. Dar, realizez că am fost căsătorit cu o străină. Credeam că viața noastă sexuală te satisface. Ce s-a întâmplat? Și de ce nu mi-ai spus mai repede asta?

— Mi-a fost jenă...

— Și atunci te-ai gândit să-ți iei un amant. Pentru asta nu ți-a fost jenă?

— Nu credeam că mă vei prinde.

— Ăsta este răspunsul la toate întrebările? Singurul tău regret este că ai fost prinsă? Și dacă n-aș fi aflat, ai fi continuat?

— Ar fi fost aproape imposibil, ținând cont că ne desparte un ocean, răspunse ea fără să se gândească. Făcea deseori asta.

— Pentru că situația geografică ar fi fost singura problemă?

— Nu, Jack. Nu mai încerca să mă intimidezi, mă faci să spun numai prostii. În preajma ta mă simt ca o idioată. O ratată.

— N-ai nevoie de nimeni ca să pari idioată. Te descurci de minune singură. Și n-am spus niciodată că ești o ratată. Pentru asta ar fi trebuit întâi să încerci să reușești. Nu știi nici măcar să-ți faci rezervare la un hotel. Tot eu ți-am rezolvat și întâlnirea cu iubitul tău. În definitiv, eu sunt idiotul. Era furios pe el, dar știa că nu merita ce i se întâmplă. În liceu ai fost o mucoasă nemulțumită și antipatică. Acum ești doar o antipatică nemulțumită.

— Dar te-ai căsătorit cu mine. Asta ar face din tine... băiatul lui Einstein?

Se spunea că o persoană poate să-și schimbe viitorul prin schimbarea atitudinii. Asta era oare soluția ei? Atacul? Sau să-i spună că viața lor sexuală fusese dezastruoasă?

— Jack, simt că am ajuns la răscruce de drumuri și nu știu sigur ce am de făcut. Mă simt pierdută și aș dori să amânăm această discuție. Nu doresc să iau o decizie când sunt așa.

— Așa cum? a întrebat-o.

— Noi doi nu am mai fost fericiți de o vreme. Simt că viața mea este un fiasco.

— Știi ce este un fiasco, Adela? Fiasco este să fii capabil să găsești durerea indiferent cât de bine ți-ar fi. Se uită la ea ca la o străină. În ultimul timp, când vorbești cu mine, am impresia că pui întrebări, dar nu le pui. Și nici nu răspunzi la ele. Este acesta un mod de a te eschiva? Chiar nu ești capabilă să ai o discuție? Acum o săptămână am aflat că ai un amant și mi-ai frânt inima. Fără nicio explicație, mi-ai spus că vom discuta când vei ajunge acasă, iar acum îmi spui că nu poți avea această conversație. Tu te gândești la ceea ce simt eu?

— Ți-am spus, am greșit. Greșeala este omenească.

— Crezi că dacă tot repeți această frază, faptul că ai un amant nu va mai părea atât de grav? Cum se face că tu ești cea vinovată, și eu sunt acela care mă bat pentru căsătoria noastră? Nu pot să salvez o căsnicie care nu vrea să fie salvată.

— Ce e asta? l-a întrebat. Mă scuzi și mă acuzi în aceeași frază? Eu cred că pui prea multe întrebări la care niciunul din noi nu avem încă răspunsuri. Ce-ar fi să nu ne mai chinuim? Nu merită, viața este scurtă, în cazul în care nu te săturaseși de fraze tip, a zis ea, surâzând amar. Nu vreau să te fac să suferi mai tare decât am făcut-o până acum, Jack.

— Atunci, n-o face! Nu te mai comporta așa.

Aproape că o implora și a realizat că nu putea trăi fără ea... și nici cu ea. Încetul cu încetul, piesă cu piesă viața i se destrăma, dar vedea realitatea. Era pus la perete și tot ce-și dorea era să-și plângă de milă, dar nu avea timp pentru așa ceva. Avea doi copii de care trebuia să se ocupe și multe decizii de luat.

— Cred că nu voi mai putea fi cu tine, i-a spus el trist. Regret din tot sufletul și știu că regretul este o tâmpenie inutilă, dar...

— Nu trebui să renegi regretele. Sunt semnale care ne avertizează că trebuie să schimbăm ceva. O greșeală făcută trebuie corectată, fără să ne împovărăm inutil pe tot restul vieții.

El o privi cu ochii mijiți:

— Nu crezi că acesta ar fi un discurs pe care eu ar trebui să ți-l țin? Încă o dată te întreb: cum se face că tu ai un amant și eu mă simt vinovat? Nu poți să dai ceea ce nu ai, Adela. Ții discursuri despre viață ca și cum ai deține monopolul. Ce urmează să-mi spui? Că în ultimii 20 de ani n-ai avut obiectul dorinței, dar ai dispus de o simulare? Acesta nu este un joc de copii imaturi în curtea școlii. Este viața noastră, iar tu distrugi totul.

— Aici nu este vorba de cât de lipsită de maturitate sunt eu și cât de extraordinar ești tu, Jack. Sau că tu ești bun și eu rea. Suntem doi oameni care încearcă să iasă dintr-o situație grea.

— Ba da, Adela. Exact despre asta e vorba. Și nu am deloc impresia că vrei să ieși din această situație. Altfel nu te-ai comporta atât de prostește.

— Dacă ai hotărât să mă părăsești, de ce mă mai torturezi cu atâtea întrebări la care nici eu nu am răspunsuri?

— Ce simplu faci să sune totul. Ne calci viața în picioare, ne schimbi la toți patru destinele, iar eu n-am nici măcar dreptul la câteva amărâte de explicații. Vezi tu, Adela, dacă te părăsesc nu este numai pentru că ai un amant, ci și pentru că nu știi să ai o relație fără s-o iei de cap și s-o tragi de păr în toate direcțiile.

Jack își lăsă capul în mâini, simțind finalul.

— Nu știu ce vreau, dar știu că asta nu este ceea ce-mi doresc. Și da, ai dreptate.

— Am? a întrebat ea mirată.

— Da, noi nu mai suntem fericiți. Probabil că nu este prima oară când mă înșeli. O privi, și ea nu negă, iar el a simțit cum gâtul i se umflă. Nicio secundă nu s-a gândit că ea ar fi putut avea o viață dublă dintotdeauna. Șocat, deși nu era pregătit să cunoască detaliile a întrebat-o: de ce nu mi-ai spus?

— Pentru că n-ai fi înțeles.

— M-ai înșelat. Ai dreptate, nu înțeleg.

— Am fost nefericită și te-am înșelat.

— Ce poveste scurtă și oribilă!

— Crede-mă, Jack, n-a fost o decizie ușoară sau bruscă, a spus ea fără pic de emoție în glas. M-am gândit mult și cred că acesta este răspunsul bun.

— La ce întrebare, Adela? La cum să ne distrugi mai repede viața? Trăiești o aventură extraconjugală timp de șase luni și gata, decizi că asta este soluția? Crezi că o să-ți fie bine când vei trăi cu amantul tău, departe de copii?

— Nu ai dreptul să-mi spui cum să mă simt sau cum să-mi trăiesc viața. Nimeni nu are acest drept. Și știu că totul ți se pare injust, dar la întrebarea "de ce?" vom avea răspunsul când totul se va termina.

— Și dacă nu va ieși așa cum îți dorești, nu vei regreta, Adela? Tu care nu crezi că regretele sunt inutile, nu te vei da cu capul de pereți că ai distrus o familie? Familia noastră. Când ai trecut de la " până moartea ne va despărți" la " dacă nu mă despart de el, viața îmi va fi un fiasco "? A ieșit din viața ei tot așa precum a intrat. În vârful picioarelor.

Pierdut în gânduri, Jack, nu a realizat că alerga de mai bine de o oră. Era ud leoarcă și genunchiul îl durea, iar când telefonul i-a sunat, era cât pe ce să cadă de pe bandă.

— Nu dormi? l-a întrebat Jack, când a văzut numărul lui John pe ecran.

— Niciodată, a răspuns acesta râzând. Este o pierdere de timp, iar eu n-am timp de asta. Vreau să-mi trăiesc viața la maximum. Prietenul lui zâmbi. Hai să vedem cât de bine te cunosc, a spus John. E șapte dimineața, deci copiii dorm, iar tu faci sport în timp ce te gândești la Adela.

— Asta se întâmplă când ne știm de-o viață, nu-i așa? a recunoscut Jack. Da, mă gândeam la tot ce ni s-a întâmplat. La gesturile ei din acea seară, la cuvintele ei codate...

— Jack, te-a trișat, dar i-ai mai dat o șansă și tot ce a găsit ea să-ți spună este să te duci dracului, apoi ți-a aruncat pantalonii afară pe geam. Despre ce cod vorbești? Încetează să te mai torturezi. Ai făcut bine ceea ce-ai făcut. Iar eu am pe cineva să-ți prezint. Și să nu-mi spui iarăși că nu ești dispus să intri într-o relație. Nu-ți cer decât să o inviți la un pahar și să vorbești cu ea, nu trebuie s-o duci acasă la tine. Adică la mine, a râs el. Apropo, s-ar putea să pun casa în vânzare. Dacă te interesează s-o cumperi, să-mi spui. Nu este încă nimic sigur, dar s-ar putea să rămân definitiv în Franța.

— Și aici avem Camembert, să știi. Sau mă anunți că îți plac femeile arogante care fumează? Parcă așa mi le descriai pe franțuzoaice. Râsete. Te-ai îndrăgostit? Să nu-mi spui că este tipa cu care te-am văzut săptămâna trecută pe FaceTime. Robin Williams arăta mai bine ca ea în rochie. Râsete.

— Nu, nu e ea. Este colega mea de care ți-am mai povestit.

— Cea care avea un cuțit de vânătoare la biserică? Sau Dora, care mi-a spus că decât să merg greșit pe drumul meu, mai bine merg corect pe drumul altuia?

— Da, de Dora vorbesc, a râs John.

— Parcă spuneai că este din Connecticut. De ce vrei să te stabilești în Franța?

— Cariera o obligă deocamdată să stea la Paris și nici mie nu-mi va strica. Dar spune-mi de tine. Ți-ai mai revenit?

— Nu prea. Summer a aflat că maică-sa are pe cineva. Ieri au fost la ea și fata a auzit o conversație telefonică între cei doi. Era jenată să-mi dea amănunte, iar eu n-am vrut s-o supăr și mai tare.

— Este vreo șansă ca ea să nu fi înțeles?

— Când a venit acasă mi-a sărit în brațe și m-a pupat. Mi-a spus că sunt un tată extraordinar, că arăt super sexy și că în mod sigur îmi voi găsi o femeie care să mă iubească. Apoi a adăugat că săptămâna viitoare nu vrea să meargă la maică-sa. În cursul serii, am văzut un mesaj de la prietena ei cea mai bună care o întreba dacă mi-a spus de Benjamin. Deci, ca să răspund la întrebarea ta, nu, nicio șansă.

— Ai făcut alegerea bună plecând de acasă. N-ai mai fi putut suporta la nesfârșit trădarea. I-ai dat o șansă pe care nu ți-a cerut-o și la nici o săptămână i-ai găsit al doilea telefon cu care-l suna pe el.

— O șansă?! I-am dat nenumărate șanse în cele șase luni în care am conviețuit cu ea după ce am aflat. Ar fi trebuit să plec din prima zi. Nu mi-a făcut bine faptul că am ascultat convorbirile telefonice între ea și maică-sa, care zicea că sunt prost, dar că totuși sunt băiat bun și că nu ar trebui să mă părăsească. Sau când iubitul ei i-a spus că îi pare rău c-am supraviețuit infarctului.

— Asta n-am știut.

— Plecaseși deja și n-avea niciun sens să îți mai umplu capul cu problemele mele. Știu că nu ți-a plăcut niciodată de Adela. Parcă tu ai știut-o mai bine decât mine. Știi ce i-a spus lui Benjamin? Că va avea ea grijă să nu mai scap după al doilea infarct. La două zile de la această convorbire, i-a golit contul lui Summer. Am aflat ulterior că închiriase un apartament în oraș pentru ea și iubitul ei, care tocmai ajunsese la Chicago, pe care încă îl au și unde Benjamin se duce în weekenduri când copiii merg la ea. Ce mamă face asta?

— Adela poate fi multe lucruri, dar mamă nu este unul din ele. Sau normală.

— Că tot veni vorba de normalitate, când eu îi reproșam că i-a luat banii lui Summer, mi-a zis că urăște faptul că descriu cele mai obișnuite lucruri în cel mai dramatic stil, apoi mi-a spus că pantofii pe care-i am în picioare sunt oribili. Faptul că s-a apucat de băut explică incoerența în vorbire și comportament, bănuiesc. Săptămâna trecută când i-a adus pe copii acasă a venit cu un taxi. Sunt sigur că nu era capabilă să conducă.

— Încearcă să nu te mai gândești la ea și du-te la seara caritabilă de care ți-am spus. Va fi toată spuma Chicago-ului acolo și vei avea ocazia să cunoști multe persoane interesante.

— Cum să ratez o seară unde sunt obligat să zâmbesc la persoane necunoscute și pe care n-am niciun chef să le cunosc? Nu mai încerca să mă însori, John, pentru că nu o voi mai face niciodată. Nu cred că voi mai avea vreodată încredere în vreo femeie.

— Cunosc și bărbați interesanți, a glumit prietenul lui și au început să râdă. După ce au mai vorbit 10 minute și-au luat la revedere și Jack a urcat să pregătească micul dejun copiilor. Ploaia era pe sfârșite și un curcubeu superb brăzda cerul. Se spune despre curcubeu că este considerat un "semn ceresc", prevestitorul binelui. Metaforic este numit zâmbetul lui Dumnezeu din spatele lacrimilor cerului, iar Jack spera ca Dumnezeu să vadă lacrimile din sufletul lui și să-l ajute.

Era ora 10:00 și copiii încă dormeau. Jack le-a scris într-un bilet că merge la magazinul suburbiei și că se întoarce repede. Ajuns la WholeFoods, la raionul de delicatese, a făcut cunoștință cu cea mai minunată fetiță pe care o văzuse vreodată. Avea ochi verzi, iar părul blond era împletit în două codițe. Mânca ciocolată și era murdară la gură. Jack s-a uitat după părinții ei, dar n-a văzut pe nimeni.

— Te-ai pierdut? a întrebat-o pe fetița de șapte ani. Unde este mămica ta?
— Ești pedofil? întrebă puștoaica fără să pară speriată și mai luă o gură de ciocolată. Jack a bufnit în râs.
— Nu. Nu sunt pedofil.
— E bună ciocolata asta, deși mama o să mă certe că am mâncat-o pe toată. Prea mult zahăr mă agită, înțelegi? a spus fetița lingându-și buzele. Arăta așa de exigentă cu toată ciocolata care acum îi mânjise și nasul. Îl analiza cu sinceritatea și curiozitatea vârstei ei. Lucrezi aici?
— Nu.
— Ești îmbrăcat ca ei, a spus Lili, privindu-l cu ochi mari verzi. Ai serviciu sau trăiești pe spatele părinților, ca tata?
— Am serviciu și nu trăiesc pe spatele nimănui, zâmbi Jack. Unde este mămica ta?
— Cumpără pește, a spus Lili, strâmbându-se. Nu-mi place, dar mami mă obligă să-l mănânc. Spune că este sănătos.
— Vrei să mergem s-o căutăm? Fetița l-a privit nesigură.
— Nu te cunosc. N-am voie să merg nicăieri cu necunoscuții.
Jack i-a întins mâna, pe care ea i-a scuturat-o sobră.
— Mă numesc Jack. Vezi, acum mă cunoști.
— Așa ar spune orice pedofil. Ești unul?
— Nu. Sunt tatăl a doi copii și cred în Dumnezeu.

— Şi eu, a spus ea serioasă după care, ducându-şi mânuţa la gură a început să râdă. Adică, cred în Dumnezeu, nu că am copii. Şi nici nu vreau să am vreodată. Sau să mă mărit. Mănânci porc? a trecut ea la alt subiect.
— Câteodată.
— Deci părinţii tăi nu ţi-au făcut Bar Mitzvah.
— Nu. Mi-am serbat cei 13 ani în Miami. Şi cum sunt catolic, am mâncat ceva porc şi n-am avut prea mulţi evrei invitaţi.
— Sunt geniali. Au şapte Crăciunuri, a spus fetiţa şi Jack a început să râdă.
— Schimbă daruri timp de opt zile şi Crăciunul lor se numeşte Hanukkah.
— Este grozav. Dintr-o dată se întristă şi se lupta curajoasă cu lacrimile. Crezi că mama mă va căuta? N-o să mă abandoneze, nu-i aşa?
— Nimeni n-ar putea să te abandoneze vreodată, Lili. Eşti un copil bun şi frumos.
— Şi totuşi tata m-a abandonat. Mami spune că numai pe ea a abandonat-o, dar bunicul a spus că noi două venim la pachet. Deci m-a abandonat.
— Uneori oamenii mari au probleme şi trebuie să se despartă. Asta nu înseamnă că nu-şi iubesc copiii. Sunt sigur că tăticul tău te iubeşte foarte mult. Fata a dat din căpşor şi şi-a şters mâna plină de ciocolată pe paltonul roşu.
— Poate că mă iubeşte. Dar nu atât de mult ca pe femeia cu care a plecat. E grasă şi urâtă, dar mami mi-a spus că nu e frumos să

vorbesc așa de nimeni. Ești sigur că nu m-a abandonat și ea? Nu mănânc întotdeauna legumele pe care mi le dă, și vorbesc foarte mult.

Nu și-a terminat bine fraza că o femeie cu păr lung blond a venit spre ei grăbită.

— Lili! a strigat ea, ușurată când a văzut-o. Era o tânără foarte drăguță. Semăna cu Lili. În ochi i se vedea îngrijorarea, și a lăsat cele trei pachete jos, luându-și copila în brațe. Să nu mai faci asta niciodată. M-ai speriat foarte tare. Știi că nu aș putea să trăiesc fără tine. Fetița îl privi și zâmbi:

— Ți-am spus că e nebună după mine.

Doar atunci tânăra femeie l-a observat pe Jack, care le admira pe amândouă.

— Îmi pare atât de rău, s-a scuzat ea. Purta blugi decolorați, pulovăr și bascheți albi. Părea delicată și teribil de fragilă și de blondă, cu aceeași ochi mari, verzi, ca ai lui Lili. Era frumoasă, fără să îți ia răsuflarea, dar zâmbetul ei îți încălzea inima. Îmi cer scuze pentru tot deranjul pe care l-am provocat. Ea nu i-a spus că se temuse că fetița fusese răpită, și ceruse disperată ajutorul celor din magazin.

— A fost o plăcere să discut cu ea, a răspuns Jack. Este o fetiță foarte bine crescută și inteligentă.

— Da, mulțumesc. Apoi, întinzându-i mâna cu unghii curate, tăiate scurt, s-a prezentat: Mă numesc Kelly.

— Sunt Jack. Tatăl a doi copii, catolic, care nu trăiește pe spatele părinților, a spus el strângându-i mâna și făcând-o să râdă.

— Nu este nici pedofil, a adăugat fetița dând din cap, iar mama ei s-a înroșit de rușine.

— Îmi pare atât de rău, s-a scuzat ea, în timp ce Lili culegea agitată de pe rafturi mai multe cutii de cereale și câteva ciocolate. Va trebui să plecăm înainte să devalizeze tot magazinul, a spus Kelly zâmbind.

El n-ar mai fi vrut s-o lasă să plece, dar n-avea încotro. Și-a luat la revedere de la ele, privind în urma lor și dorindu-și să le poată opri. Zece minute mai târziu le-a văzut în parcare, aranjau pachetele în portbagajul mașinii. Când a ajuns pe strada lui și le-a văzut mașina că se garează în fața casei vecine, a întrebat-o râzând pe Kelly dacă îl urmărește.

— Nu, a râs și ea. Am venit în vizită pentru weekend la prietenii noștri, care din păcate, au avut o urgență și au plecat până la Chicago. Noi locuim în oraș.

— Eu locuiesc aici. Un prieten de-al meu care a plecat în Franța mi-a împrumutat casa. N-a îndrăznit să-l întrebe mai multe, dar el i-a simțit curiozitatea. Peripețiile vieții, a adăugat Jack, fără să dea mai multe amănunte. Ce ați spune dacă v-aș invita să luați prânzul cu noi? Cu mine și cu copiii.

— Hai mami, te rog! Betty nu vine până la ora patru, știi doar. Mi-a trecut și diareea. Kelly și-a lăsat capul pe spate și și-a dus mâinile la tâmple.

— Ești sigur că vrei să venim? l-a întrebat, iar el i-a răspuns râzând:

— N-ai auzit? I-a trecut diareea. Acest eveniment trebuie sărbătorit. Îți place orezul, Lili?

— Nu. Dar îmi plac cartofi prăjiți, sucul de struguri și Netflix-ul.

— Este perfect, a spus Jack. Vă așteptăm la noi la 1:00.

Kelly a aprobat din cap zâmbind, apoi au intrat în casă și le-a zis copiilor că vor mânca la prânz cu musafirele de la casa vecină.

— Vor veni și Georgia cu Liz? a întrebat Summer, iar el a dat negativ din cap.

— Sunt fetele care merg la școala voastră? a întrebat Jack.

— Da. Georgia are 15 ani, ca mine, și este cool. Liz are 11 și este o mironosiță căreia îi este frică de tot, la fel ca mamei ei, Betty. De câte ori am văzut-o ne-a ținut discursuri cum trebuie să ne ținem la distanță de intoxicație, infarct, hemoroizi. Posibilitățile sunt ilimitate, a zis Summer, făcându-l să râdă

— Cum se face că eu nu-i cunosc pe vecinii din față și tu, da?

— Ești prea focalizat pe relația ta ratată, a răspuns copila, iar el s-a așezat la masa din bucătărie, acordându-i toată atenția. Se părea că "relația lui ratată" o maturizase în ultimele luni. Va trebui să ieși mai mult din casă, dacă nu vrei să rămâi singur. Poți să te împrietenești cu George, tatăl fetelor. Este adevărat că se holbează cam mult, dar are o soră trăsnet și este celibatară.

— La ce se holbează? a râs Jack.

— La totul, dar în general este cool.

— OK, promit să mă împrietenesc cu George care se holbează la totul, a zis Jack râzând, dar astăzi vă cer să fiți drăguți cu invitatele noastre.

Copiii au aprobat din cap fără să fie prea entuziasmați, iar când la ora 1:00 Lili și Kelly au sunat la ușă, toți trei le-au întâmpinat zâmbind. Kelly era îmbrăcată în pantaloni negri cu carouri și un pulovăr din mohair roșu și avea părul desfăcut. Arăta splendid, dând o senzație de ireal combinată cu eleganță. Părea firavă, senzuală și modestă. Tot ce nu era soția lui. De ce se gândea și acum la ea? Oare nu va înceta niciodată să se gândească la ea? O iubise din tot sufletul, i-a dat tot ce-a avut mai bun în el, au făcut doi copii, apoi ea a decis că nu era suficient de bun la pat. Scurt și deloc convingător, relația lor de 27 de ani, se încheiase cu el într-o casă împrumutată și cu un preinfarct făcut în urma stresului. Decisese să o ierte, să mai dea o șansă căsătoriei lor și vieții pe care o iubise atât, dar la nici două săptămâni, el a descoperit că legătura extraconjugală continua. Și nu doar continua, dar cei doi aveau planuri mărețe, cum ar fi: căsătoria, de ce nu un copil și evident, golirea contului lor bancar.

— Intrați, vă rog, le-a invitat el înăuntru, iar Lili s-a dus direct la Summer și-a luat-o de mână.

— Ce drăguță ești, a spus fetița. Ai machiaj sau este frumusețe naturală?

— N-am mai văzut-o naturală de vreo doi ani, a comentat David râzând, iar Summer i-a tras una peste cap.

— Nu-l băga în seamă. Fratele meu are un cuvânt pentru orice.

— De fapt există cuvinte pentru orice, deșteapto!

Lili îi privea admirativ.

— Ce mi-ar fi plăcut și mie să am un frate cu care să mă cert. Dar mama l-a părăsit pe tata și n-a mai avut cu cine face bum, bum. Kelly s-a înroșit îngrozită. Bineînțeles, el a părăsit-o primul, dar acesta este un subiect pe care n-am voie să-l discut.

— Draga mea, a spus mama ei jenată, realizezi că sunt chiar lângă tine și aud totul? Fetița ridică din umeri. Acesta este trecutul și nimănui nu-i pasă.

— Atunci de ce când ai primit actul de divorț ai spus că este ca și cum ai fi ținut în mână certificatul de deces?

— Asta numești tu intrare în scenă pentru a-ți face noi prieteni? a întrebat-o Kelly în șoaptă.

— Asta numești tu viață? Școală, casă și yoga? Este profesoară de limba engleză și toți copiii o iubesc, a explicat Lili. Dar în afară de asta, nu mai face nimic.

— Câți ani ai? a întrebat-o Jack râzând și dorind să destindă atmosfera.

— Șapte. Dar învățătoarea mea a spus că sunt precoce. Apoi, întorcându-se spre mama ei: n-am vrut să fiu rea cu tine. Promit să fiu cuminte. Privindu-i pe fiecare-n parte, le-a explicat: se străduiește mult să-mi facă pe plac și mereu găsește lucrurile pe care le caut. Este o mamă genială.

— Acum că știți că sunt o mamă bună și că nu fac bum, bum, i-a șoptit Kelly lui Jack, mă puteți întreba dacă îmi doresc un pahar de alcool.

— Vă doriți?

— Nu, dar am nevoie cu disperare de unul, a râs mămica blondă. O să beau mai mult și-o să-mi pese mai puțin, a glumit ea în timp ce lua paharul de Chardonnay dat de Jack. E frumos la voi, a spus admirând decorul modern.

Parterul casei era mare și nu existau uși. Era sobru fără să fie rece. Predomina albul și negrul, dar covoarele pastelate dădeau culoare încăperii. Un tablou mare Picasso stătea deasupra șemineului modern din sticlă neagră, iar în partea stângă, lângă geamul ce dădea spre grădină, trona un pian frumos.

— Așa cum v-am spus mai devreme, este casa prietenului meu. Este modernă, dar eu prefer stilul country. Îmi plac dușumelele de lemn, mobila de culoare deschisă și canapelele în carouri cu multe perne.

— La fel ca mine, dar trebuie să recunosc că această casă este frumoasă. Eu locuiesc în Chicago, într-un apartament micuț cu două dormitoare. Dar suntem bine acolo. Cu soțul meu locuiam într-o suburbie șic, aveam o casă frumoasă și mă simțeam oribil.

— Acum ești fericită?

— Tu ești?

— Nu mai sunt nefericit, dar ultimele șase luni au fost grele. Viața mi s-a schimbat într-o zi și de atunci înot în ape tulburi. Prioritatea mea au fost copiii, dar acum că și-au revenit cât de cât, mă voi ocupa de restul. Lucrurile neplăcute le las întotdeauna la sfârșit, a explicat Jack, însă a venit timpul să închei un capitol important din viața mea. Nu este deloc simplu, mai ales când ai de-a face cu o femeie rea, lipsită de empatie.

— Nu poți să înveți bunătatea. Sau să faci mare lucru cu inimile mici, a spus ea încet, mai mult ca pentru ea.

— Jack, ce mâncăm? a întrebat Lili.

— Paste cu somon și smântână, flori de dovlecel pané, cartofi la cuptor cu șuncă și brânză Cedar și salată de crudități. Îți convine?

— Cred. Dar mama este la regim. Are grăsimea viscerală 3, ceea ce este foarte mult, din câte am înțeles.

— Viscerală, draga mea. Și ce-ar fi să păstrăm puțin mister? Nu este bine să spui întotdeauna totul. Mai ales în prezența bărbaților.

— Îți place de Jack? Te simți atrasă de el? a întrebat fata fără nicio jenă, iar Kelly s-a înecat când a auzit-o. Iar m-a luat gura pe dinainte, mami? Apoi întorcându-se spre Jack: întotdeauna se îneacă dacă vorbesc prea mult. Gata. Nu mai zic nimic. Promit, a mai spus ea, ducându-și mânuța la inimă. Jack, vreau să fac pipi. Unde este toaleta? Ai ușă acolo?

Summer a luat-o de mână și a dus-o la baie. O amuza puștoaica și se părea că și tatăl ei se amuza cu Kelly. Nu-i spusese lui Jack că știa totul despre relația mamei ei. N-avea niciun sens să-l facă să sufere mai mult decât suferea deja. La ei în casă fusese armonie, și asta se datora doar lui Jack. Mama ei fusese deseori absentă și acum adolescenta se întreba dacă Benjamin era una dintre cauze. Sau dacă mai fuseseră și alți Benjamini în viața ei.

— Știi, dacă Jack s-ar căsători cu mama, am fi surori. Ți-ar plăcea? a întrebat-o Lili după ce a ieșit de la toaletă.

— Da, mi-ar plăcea, dar cred că este prea devreme pentru asta. Părinții mei încă nu au divorțat și tata încă o iubește cred. Deși nu merită.

— Nici tata nu o merita pe mama și totuși ea nu l-a părăsit din prima. Vreau să spun, când a aflat prima oară că are o iubită.

— Pentru că au fost mai multe?

— Eu știu două: una proastă și una grasă. De fapt o cunosc pe cea cu țâțe mari, dar de cealaltă știam că este proastă pentru că l-am auzit într-o seară pe tata vorbind la telefon cu prietenul lui. Îi zicea că "era ciudat cât de performantă putea fi în pat și cât de proastă oriunde altundeva".

— Ce faceți? le-a întrebat Jack. Ne plictisim fără voi.

— Poate ar trebui să te însori dacă te plictisești, a sugerat Lili. Copiii vor crește și vor pleca la casele lor, iar tu vei rămâne singur. Așa-i zice bunica lui mami, dar eu când am să mă mărit am s-o iau cu mine și ca să nu se plictisească o să aibă grijă de copiii mei.

— Iubita mea, a intervenit Kelly, nu te căsătorești din plictiseală, ci din dragoste.

— Și la ce a fost bună dragostea? Timp de șapte ani te-ai plictisit tare de tot.

— Va trebui să încetezi să mai asculți pe la uși.

— Ador casa asta, a zis fetița privind în jur spațiul deschis. Este paradisul oricărui spion. Râsete. S-au așezat la masă și au mâncat glumind și râzând de parcă s-ar fi știut de o viață. Jack se simțea bine cu ele și pentru prima oară în șase luni reușise să se gândească la altceva decât la viața lui ratată. O plăcea pe Kelly, dar nu era în căutarea unei relații amoroase. Fusese atât de mizerabil în ultimele luni încât era avid după discuții simple, în care nu trebuia să-și facă planuri, să organizeze sau să facă pe puternicul. Kelly nu era frivolă, era proaspătă, veselă și binedispusă. Genul pe care ți-l doreai să-l ai în jurul tău. Îi plăcea la ea faptul că nu se prefăcea a fi cineva ce nu era. Îl oboseau jocurile dintre oameni, mai ales după dezamăgirea trăită.

Au încheiat masa cu căpșuni, pe care le adusese Kelly, iar copiilor le-a pus frișcă multă și bomboane M&M. Când cei mici s-au retras în dormitorul lui Summer la televizor, Jack a făcut o cafea pentru ei doi și s-au instalat confortabil în fața șemineului. Ea i-a povestit că familia ei stătea în Chicago și se vedeau o dată pe săptămână. Avea o soră mai mică cu un an și un frate care o critica pentru felul în care gătește sau genul de bărbați de care se simțea atrasă. Nu l-au plăcut niciodată pe

Scot, fostul ei soț. Acum îi părea rău că nu îi ascultase când au sfătuit-o să nu se căsătorească cu el. I-a spus că erau separați de doi ani și divorțați de unul.

— N-ai avut pe nimeni de la divorț încoace? a întrebat-o el și Kelly s-a foit jenată, făcându-l să regrete întrebarea indiscretă. O cunoștea de cinci minute, cum a putut să fie atât de băgăcios? s-a gândit el.

— De fapt, de o lună de zile mă văd cu profesorul de istorie de la școala la care lucrez, a spus ea fără prea mare entuziasm. Îl cheamă Fred.

— Și-o spui pe tonul acesta pentru că totul decurge foarte rău între voi? a întrebat-o făcând-o să zâmbească.

— Încă ne descoperim... înțelegi... câteodată mergem la un film, restaurant...

— Fără bum, bum, am înțeles, a zis el și amândoi au pufnit în râs.

Conversația le-a fost întreruptă de soneria de la ușă. Înainte ca Jack să ajungă să deschidă, Adela și-a făcut intrarea, neinvitată, ca de obicei. Ochii îi scăpărau furioși și se mișca ca și cum locul îi aparținea.

— Ce este asta? Un rendez-vous galant? a spus pe un ton arțăgos, în timp ce o scana pe Kelly. N-o plăcea. De ce ar fi plăcut-o? Era probabil amanta soțului ei demult. Nu mi-o prezinți și mie pe iubita ta? a spus ea, servindu-și un pahar de vin.

— Ce dorești, Adela? De ce ai venit? a întrebat-o Jack aparent calm.

Ea a aruncat rucsacul roz a lui Summer pe jos și privindu-l cu indiferență i-a spus:

— Dacă n-ai fugi atât de repede când ai da de fericire, viața ar fi mult mai bună. Poate nu neapărat ușoară, dar cine a spus că ușor e neapărat bun?

El și-a dat seama că era băută.

— N-am nimic împotriva lucrurilor simple sau ușoare, i-a răspuns el privind-o cum își servea încă un pahar. Ești beată?

— Nu suntem oare toți?

— Îți mulțumesc pentru vizita neanunțată, i-a zis el ridicându-se în picioare și împingând-o ușor spre ieșire. Să n-o mai faci!

— Nu vă doresc o zi bună, a mai spus ea înainte să iasă.

Jack și-a cerut scuze lui Kelly pentru incidentul neplăcut, iar ea l-a asigurat că nu era nicio problemă. Trecuse la rândul ei prin perioadele pre și post divorț și știa că nu este simplu.

Era ușor să fie cu ea. Nu-l făcea să se simtă prost și nici nu era dificilă. Era frumoasă, deși la o primă vedere părea banală. Dar nu era.

— Îmi povesteai de familia ta înainte să fim întrerupți.

— Da. Am rămas la sora mea, care, de câte ori cineva are nevoie de ea, își face unghiile. Are trei copii și locuiește în aceeași casă cu părinții noștri, într-un apartament separat. Soțul ei este chirurg, spre marea încântare a familiei, iar Tracy are grijă de copii, așa cum fiecare mamă ar trebui să facă. Eu sunt oaia neagră și asta pentru că nu i-am ascultat. Trebuia să am un soț care mă întreține, patru copii, și să nu mănânc în restaurante franțuzești, pentru că sunt murdare. Pentru mama, toți cei care nu-și spală mâinile de 50 de ori pe zi sunt murdari.

– Și mama este obsedată de bacterii, microbi și toate religiile, în afara creștinilor. Sunt cei mai buni. Părinții mei au fost căsătoriți și s-au adorat timp de 30 de ani. Ne-a fost foarte greu când l-am pierdut pe tata, acum câteva luni, iar mama mea încă este devastată. El a fost protectorul ei și a răsfățat-o toată viața. Făcea pe firava cu el, dar era mai puternică decât Attila Hunul. Ne manipula pe tata și pe mine cum voia, dar amândoi știam că este un joc pentru ea. Familia este tot ce contează în ochii ei, și întotdeauna am putut conta pe ea, a spus zâmbind. Se simțea că își iubește mult mama. Din păcate, nu am nici frați, nici surori, și mi-ar place s-o aduc în Chicago, însă nu vrea. Îi place viața ei din Washington. Zâmbi trist și ea ar fi vrut să-l întrebe de ce era nefericit, dar nu a îndrăznit. Ca și cum i-ar fi citit gândurile, Jack, continuă: Adela m-a părăsit pentru iubitul ei din liceu. De fapt, pentru primul ei iubit, pentru că și noi ne cunoaștem din liceu.

– Groaznic. Nu ai bănuit nimic?

– Nu. Credeam că avem căsătoria perfectă și eram mândru de ceea ce realizasem împreună. Percep această trădare ca și cum mi s-ar fi furat 27 de ani din viață, și dacă aș putea s-o dau în judecată pentru asta, aș da-o.

Nici măcar de copii nu îi pasă și asta mă doare mai tare ca orice altceva. A trecut aproape un an, dar încă îmi este greu. Summer cred că știe ce se întâmplă, însă David este prea mic. Oricum, nu ești niciodată suficient de matur pentru a accepta că mama ta se culcă cu un alt bărbat.

– Nu te vei împăca cu ea? Vreau să spun, după atâția ani, nu te-ai mai gândit să-i dai o șansă?

– Am făcut-o deja, dar a fost o tentativă care s-a soldat cu un preinfarct. Al meu. Conduceam când mi s-a întâmplat și nu știu cum m-am trezit la spital. Eram cu David în mașină, ne-ar fi putut fi fatal, dar Dumnezeu ne-a scăpat.

Kelly îl privea atent și nu-i venea să creadă că un asemenea bărbat putea fi părăsit. Era genul de tip pe care-l întâlneai o dată în viață: real, bun și puternic, dar cumva, inaccesibil. Acum știa și de ce. Era bărbatul unei singure femei. Nu o plăcuse pe Adela. Era vanitoasă și deloc ornamentală. În comparație cu el, trecea neobservată.

– Îmi pare rău pentru tine, Jack, a spus ea, arătând sfioasă și frumoasă.

El și-a adus aminte de seara caritabilă despre care-i spusese John și s-a gândit s-o invite. Chiar dacă se cunoșteau doar de două ore, nimic nu le interzicea să fie prieteni.

– Nu știu cum să-ți cer asta, Kelly. Era mai dificil decât credea, însă o plăcea destul de mult ca măcar să încerce.

— Vrei să mă ceri în căsătorie, Jack? Pentru că aș accepta. Mama ar fi foarte încântată, și nu mi-ar mai repeta de 20 de ori pe zi că timpul trece și că ovulele mele nu mai sunt atât de proaspete. Ea încă speră că îi voi mai face vreo trei nepoți.

Avea un excelent simț al umorului și asta-i plăcea la ea. Făcea ca totul să pară ușor.

— Sâmbăta viitoare sunt invitat la o petrecere și mă gândeam că poate ai accepta să mă însoțești. Dar te avertizez, va fi plin de snobi.

— Și snobii aceia nu o să se supere că aduci o persoană care nu este invitată?

— Vor fi toți atât de beți, că n-o să le pese cu cine sunt. Kelly a râs binedispusă.

— Pot să-ți dau răspunsul mâine? Aveam ceva planificat deja. El s-a simțit prost și ea a văzut imediat. Nu e vorba de o întâlnire amoroasă. O dată pe lună, Lili și cu mine, facem voluntariat la casa de bătrâni, dar pot să schimb cu una dintre prietenele mele. Jack o plăcea din ce în ce mai mult: era blândă, miloasă și responsabilă. Adela n-ar fi făcut niciodată așa ceva. Cu ani în urmă o întrebase dacă s-a gândit vreodată să facă bine numai de dragul de a-l face. Fără să aștepte ceva în schimb. Ea i-a răspuns că dragostea necondiționată nu era chestia ei și fără nicio jenă a recunoscut că se trage dintr-un "lung lanț de bastarzi".

Kelly l-a întrebat la ce se gândește, iar el a ridicat din umeri, spunând că la nimic important. Apoi au vorbit despre fostul ei soț. Nu se vedeau des. Era prea ocupat cu noua lui relație ca să dorească să-și vadă copilul, dar îi convenea. N-avea încredere în responsabilitatea lui parentală, fiind deja foarte ocupat cu iubita lui care abia împlinise 19 ani.

— Este cu ea de mult timp? a întrebat-o.

— Pentru ea a vrut să divorțeze. Într-o zi, m-a anunțat calm că nu-i mai convine aranjamentul nostru și vrea să fie liber. Așa numea el căsătoria noastră, "aranjamentul nostru". Apoi mi-a spus că este îndrăgostit cum nu mai fusese vreodată și că nu avea dreptul să-și refuze acea fericire. L-am întrebat când a realizat că este nefericit și că nu-și mai dorește să fie căsătorit cu mine. Mi-a răspuns " n-am știut că nu mai vreau, până am știut... că nu mai vreau". Mi-a spus-o senin, după care m-a întrebat dacă aș putea să-i calc o cămașă. Jack a privit-o oripilat. Nici acum nu-mi vine să cred că am putut să iubesc un om care-mi spunea că îi place fundul meu bombat și picioarele lungi, dar că, restul îl tolera cum putea. Este cel mai patetic lucru pe care l-ai auzit vreodată, nu-i așa?

— Pui întrebarea aceasta unui bărbat care, după ce a aflat că soția îl înșală, a acceptat să mai rămână căsătorit chiar dacă, consoartei lui nu-i mai păsa. Bărbatul care i-a descoperit soției lui jucăriile sexuale ascunse în dulap. Kelly îl privi cu compasiune. Am slujit-o până în ultima clipă fără ca ea să aprecieze, a continuat Jack, iar acum, la aproape un an de la separare, încă se mai așteaptă să-i fiu la dispoziție atunci când poftește. Dacă cineva este patetic, aceia sunt ei. Nu te cunosc bine, dar cred că, la fel ca și mine, ești o persoană bună, plină de compasiune.

— M-aș debarasa bucuroasă de compasiune, a spus Kelly. Nu l-a impresionat deloc pe Scott, care-a preferat o puștoaică mai puțin emotivă.

— Nu te lăsa influențată de preferințele unui om lipsit de scrupule. Compasiunea este un cadou ceresc, iar cei ce o practică sunt binecuvântați. A da și a primi, despre asta este vorba.

— Bănuiesc că ai dreptate, a zis ea zâmbind. Oricum nu putem fi altceva decât ceea ce suntem, nu-i așa? El a dat afirmativ din cap. De când v-ați despărțit ai avut vreo relație?

— Nu sunt pregătit încă. Prietenul meu, John, mi-a prezentat de câteva ori "femei interesante", și unele dintre ele chiar erau interesante, dar nu sunt în acel loc al vieții mele. Lumea este plină de femei interesante pe care nu vreau să le cunosc, a zâmbit el. Deocamdată mă focalizez pe copiii mei, care au nevoie de mine în această junglă în care fiecare este hrană pentru altul. Sau se descurcă a nu fi. Viața nu este mereu ușoară sau plăcută, iar noi trebuie să-i protejăm cât mai mult posibil.

Cu cât stătea mai mult de vorbă cu el, cu atât îl plăcea mai mult. Îl cunoștea doar de câteva ore, dar avea impresia că-l știe de mult. Era ceva reconfortant la el. Te simțeai în siguranță lângă Jack. Era un câștigător care avea curajul să piardă, lucru deloc anodin. Ea considera că dacă cineva pierduse, aceea era Adela. Nu puteai părăsi un bărbat ca Jack dacă puteai face altfel. Era perla rară, cum ar fi spus mama ei, și se bucura să-l aibă ca prieten.

— Ce spune Lili despre iubita tatălui ei?

— O cheamă Tiffany și într-o zi când s-a întors de la ei, mi-a spus că seamănă cu o "zebră cu sâni mari". Se îmbracă deseori în dungi, explică Kelly. Deci, a zis ea zâmbind, n-o place prea mult. Diferența de vârstă dintre cei doi este ridicolă. Scott are 40 de ani, ceea ce face ca frontiera între creșă și adulter să fie infimă.

Se simțeau bine împreună, dar era ora 4:00 și familia O'Brien trebuia să se întoarcă. Kelly și-a luat la revedere de la Jack și copii, și i-a promis să-l țină la curent în legătură cu ieșirea de sâmbătă.

Carmen Suissa

Capitolul 2

În același timp, în casa care odată fusese căminul lui Jack, Adela se plimba nervoasă, gesticulând ca o nebună.

— Realizezi că nu suntem nici măcar divorțați și domnul își permite să ducă o femeie în casa în care locuiește cu copiii mei?

— Locuim împreună și nu ești divorțată, nu-i așa? a întrebat-o Benjamin, surprins de reacția ei. Aș spune că ești geloasă dacă nu te aș cunoaște.

— Dar mă cunoști, ceea ce înseamnă că ești un prost dacă spui asta. Știi bine că nu-l mai iubesc. Doar locuiesc cu tine! Am renunțat la copii și la viața mea pentru tine. Ce probă-ți mai trebuie?

— Nici nu știu de ce avem această discuție ridicolă. Nu ți-a cerut nimeni nimic. I-ai dus ghiozdanul fetei și te-ai întors plină de nervi pentru că Jack avea un rendez-vous galant. Dacă tu poți să ai o relație, de ce n-ar putea și el?

— Da, știu că ai dreptate, dar trebuie să înțelegi că nu-mi este ușor să-l văd cu altcineva. Știu că sună egoist, dar este reconfortant să-l știu la dispoziția mea, așa cum m-a obișnuit dintotdeauna.

— Ești sigură că vrei să-ți petreci toată viața cu mine? a întrebat-o Benjamin, din ce în ce mai nesigur pe relația lor. Faptul că se știau din copilărie, nu însemna că se și cunoșteau. Relația lor adultă se petrecuse mai mult la telefon.

— Știu doar că nu vreau să trăiesc o viață din care tu nu faci parte.

— Ești conștientă că nu poți să ne ai pe amândoi, nu-i așa?

— Bineînțeles, a răspuns ea, dar în sinea ei regreta, spunându-și că era foarte util să ai doi bărbați. Te iubesc, dar această situație nu este ușoară. Tu ai trecut mai bine ca mine de separarea de soția ta, dar asta și pentru că este cam proastă. El a privit-o surprins. Ceea ce-ți ofer la ora aceasta este mai puțin decât îți dorești, dar e mai mult decât pot eu să dau. Trebuie să ai răbdare.

— Se pare că nu realizezi faptul că și eu mi-am părăsit familia. Am o fetiță de cinci ani care, în mod cert, se întreabă unde sunt. Va trebui să mă faci să nu-mi pară rău că mi-am abandonat familia, Adela. Și dacă tot suntem la momentul adevărului, eu cred că ne certăm prea des pentru un cuplu care de-abia își începe viața comună.

— Cuplurile care nu se ceartă niciodată sunt cele care divorțează.

— Adela, vreau să-mi răspunzi sincer la o întrebare. Ea l-a privit dând din cap. Și nu uita, o întrebare onestă merită un răspuns onest. Crezi că relația noastră va funcționa? Amândoi am călcat pe cadavre și stau mereu cu frica în suflet. Eu cred că pentru tot ceea ce facem, bine sau rău, vom plăti într-o zi. Crezi că este posibil să ne fi aruncat în această relație prea repede?

— Tâmpenii, a spus ea deloc perturbată. Nici tu și nici eu nu am fost fericiți. Faptul că tu nu te-ai certat cu ea pentru că era o mutacă introvertită sau că eu am avut o viață liniștită cu un tip plictisitor, nu înseamnă că am fost fericiți. Și scoate-ți din cap că ți-ai părăsit copilul. Ai părăsit-o pe Diana, dar vei fi întotdeauna tatăl lui Trudy.

– O veste proastă rămâne totuși o veste proastă, indiferent de maniera în care este anunțată. Și nu uita, fetița mea este prea mică să înțeleagă de ce nu mai locuiesc cu ea.

– Bine, am înțeles că-ți este greu, dar ce vrei acum, o medalie?

– Nu, a răspuns el dezamăgit de reacțiile ei, voiam doar să te fac să înțelegi că nu sunt sigur că ceea ce-am făcut este un lucru bun. Nu-mi este dor de viața mea de dinainte, dar nu știu dacă voi putea trăi fără copilul meu. Tu, de câte ori te întorci de la Jack ești nervoasă și mai nou, geloasă. Asta nu mă ajută deloc. Ea a suflat enervată. Cred că deciziile pe care le iei nu sunt bune, Adela, a zis el, ca și cum faptul că o spunea cu voce tare îl ajuta să vadă realitatea în față. Să o vadă pe ea așa cum era: egoistă și superficială. Nici măcar nu mai era sigur că o iubește. Sau că a iubit-o vreodată. Știa ce înseamnă dragostea și asta nu semăna deloc cu ea. Acum realiza ce greșeală a făcut punându-și fericirea în mâinile ei. Nimeni niciodată n-ar trebui să permită controlul total unei alte persoane. În realitate Benjamin știa că fiecare era responsabil pentru destinul lui și dacă doar asistai la ceea ce ți se întâmplă în viață, ajungeai ca el. Nefericit. Sunt nefericit! i-a spus el apăsat Adelei.

— Calmează-te, soldat, i-a spus ea pe același ton. Vezi, și eu pot să vorbesc apăsat. Toată lumea este nefericită din când în când. Și nu este o rușine.

— O, dar este. Mai ales când asta se datorează deciziilor proaste pe care le-ai luat.

— În frazele tale, Ben, ai mai mulți "ieri" decât "mâine", ceea ce începe să mă îngrijoreze. Trebuie să ne obișnuim cu această situație, dar între timp te-aș ruga să nu-mi mai dai lecții de bună purtare. Am fost doi în luarea acestor decizii. Când am discutat despre viitorul nostru am spus că aveam o speranță de a fi împreună, nu că este rezonabil ceea ce facem. Am discutat împreună toate lucrurile astea și acum în pui mie în cârcă faptul că nu știu să iau decizii bune. Bine, ți-ai părăsit copilul și îți este dor de el, am înțeles, dar asta nu-ți dă un free pass să fii un enervant pentru restul vieții. Mă așteptam la orice, dar să-mi scoți ochii pentru ceva ce am decis împreună, nu. Sunt foarte dezamăgită.

Ben nu i-a mai spus că și el era. Se simțea ca într-un cuplu de naufragiați pe o mare furtunoasă, agățându-se de orice, în încercarea de-a supraviețui.

A început să se gândească la soția lui. Diana fusese întotdeauna rezonabilă și avuseseră o căsnicie liniștită. Lipsită de surprize, este adevărat, dar viața lor cursese lin. Învățătoare la grădiniță, avusese timp suficient pentru el și copilul lor. Erau căsătoriți de 10 ani și-n felul lui o iubise, deși nu-și aducea aminte de o pasiune mistuitoare. Din partea lui, căci

Diana îl iubise enorm. Probabil că încă îl mai iubea. Când a anunțat-o că pleacă, ea s-a cutremurat, dar a rămas demnă. Stătea dreaptă în fața lui și părea incredibil de tânără... până în momentul când îi priveai ochii. În ei era o nemărginită durere, pe care el o așezase acolo.

— În fiecare femeie este o prințesă care așteaptă să fie salvată, zicea Adela, iar el și-a spus că vorbește enorm de mult. Locuiau împreună de doar câteva săptămâni și era deja epuizat. N-avea niciun chef să-i spună că o prințesă n-avea nevoie să fie salvată, așa cum credea ea. "Epoca Cenușăreasa" se terminase demult și acum femeile își cumpărau singure pantofi și plăteau o grămadă de bani să urce pe cai frumoși.

— Nu am să mă simt vinovată pentru că nu mă simt vinovată, a continuat ea, și nici nu voi fi o victimă, așa ca tine. Am decis să-mi părăsesc familia pentru tine, cred că merit mai mult respect din partea ta. Și pentru a-ți răspunde la întrebarea ta "onestă", n-ai de ce să fi îngrijorat. Eu nu îl mai iubesc pe Jack, dar faptul că a trecut atât de repede la altcineva mă deranjează. Benjamin a făcut ochi mari. Mi-ai cerut să fiu onestă și acum ești șocat? Dacă nu poți să digeri adevărul, nu-l mai cere. Îl enerva pragmatismul ei. Era foarte ușor să fii câștigător când nu aveai scrupule. E simplu, a continuat Adela, ca și cum vorbea despre anularea unei ședințe la cosmetică, nu de viața lor anterioară. Pentru ea părea simplu, însă el avea din ce în ce mai mult impresia că se pierde în ceață.

– Ce mă deranjează cel mai tare, a spus Adela, este faptul că, probabil, umblă prin baruri și plânge că a rămas pe drumuri cu doi copii. Pozează în tăticul singuratic, fără noroc, și folosește asta ca o undiță pentru agățat femei. Și se pare că funcționează al naibii de bine.

O privea surprins de gelozia ei. Repeta deseori că nu-l mai iubește pe Jack ca și cum ar fi vrut să se convingă ea însăși de asta. De câte ori vorbea de el trebuia să se scuze sau să-și justifice sentimentele. Deși își părăsise soțul pentru el și locuiau împreună, se părea că Jack era încă stăpân pe inima ei.

Două ore și un somnifer mai târziu, Benjamin se întreba ce caută în acea casă. O iubea pe Adela, cel puțin așa credea, dar începea să se întrebe dacă nu cumva greșise părăsindu-și familia. Soția lui plânsese mult când el i-a spus că va pleca. Nu i-a dat multe detalii, dar ea a știut că este vorba despre altcineva. I-a spus Dianei că era o femeie excepțională, dar că el nu putea să-i dea ceea ce aștepta. "Nimeni nu-ți poate lua ceea ce nu vrei să dai, Ben", i-a zis ea printre lacrimi. Diana era o femeie fină și inteligentă. Mamă și soție perfectă. Nu analizase niciodată până atunci sentimentele pe care le avea pentru soția lui. La început fusese ca o emoție difuză, ca mai apoi să fie din ce în ce mai viguroasă. Datorită răbdării și bunătății ei, ajunsese s-o iubească. Sudori reci au început să-i curgă pe șira spinării și, panicat, s-a ridicat din pat și a mai luat un somnifer. Adela dormea liniștită și el o ura pentru asta. A coborât la bucătărie să bea un pahar de apă, apoi s-a întors în pat. Nenorocitul de somnifer refuza să-și facă treaba, iar el acum se gândea la Trudy. Era blondă cu ochi albaștri, fericiți, și o guriță roșie, veșnic zâmbitoare. Se întreba dacă mai era la fel de veselă. Oare ce-ar fi spus dacă l-ar fi văzut în pat cu o altă femeie decât mama lui? Nu și-o putea scoate din minte pe fetița lui, și după încă 30 de minute când în sfârșit adormi, visă că era cu Kelly și Trudy în vacanță. Erau într-un parc de distracții, pe unul din leagănele acelea rapide, și la un moment dat, ele au dispărut. Alerga transpirat și le căuta prin parc, dar ele parcă fuseseră înghițite de pământ. Plângea și alerga, strigându-le pe amândouă, și când în final le găsi, erau moarte. S-a trezit urlând și aproape sufocându-se. Adela dormea neclintită, iar el s-a dat repede jos din pat și s-a dus în bucătărie. Trebuia să le sune. Trebuia să știe că sunt bine.

– Alo, s-a auzit la capătul celălalt al liniei vocea blândă a Dianei.

– Eu sunt... a zis el, în culmea fericirii să o audă.

– Tu... el aproape că plângea. Ești bine Ben? l-a întrebat îngrijorată. Știa când era perturbat. Fericit sau trist. Cunoștea totul la el, pentru că îl iubise mult. Nu existase nimeni care să o facă să se simte atât de bine, în pat sau în afara acestuia, și l-a iubit cum nu mai iubise pe nimeni niciodată. Dar a știut că trebuia să se retragă. Pierduse, ca o altă femeie să câștige. Nu putea să-l oblige să rămână lângă ea și nici nu voia. Era ca și cum l-ar fi ținut în lanțuri. Lăsând subtilitatea la o parte, efectul era același.

Acum el plângea fără să se mai ascundă.

– Am avut un coșmar... ați murit amândouă... vorbea repede și nu-i păsa dacă Adela l-ar fi auzit. Îmi pare atât de rău, Diana...

– Liniștește-te, Ben, suntem în viață, a spus cu blândețea ce-o caracteriza.

– Sunteți în viață, da. Plângea acum în hohote. Supraviețuiți, dar nu trăiți, și asta numai din cauza mea. Ai putea vreodată să mă ierți pentru ceea ce ți-am făcut? Diana plângea și ea. Ar fi vrut să-i spună că-l va iubi toată viața ei, indiferent ce s-ar întâmpla, dar parcă ceva o strângea de gât. Ceva ce nu-i permitea să lase acele cuvinte să iasă. Fusese iubirea vieții ei, dar o mințise și o înșelase, ca în final să o părăsească, iar acum, indiferent cât l-ar fi iubit încă, nu mai era pentru ea decât o iluzie, un vis, o poveste la care își dorise un final fericit, dar care se soldase cu eșecul vieții ei. El nu reprezenta decât o nenorocire pe cale de a se declanșa. Simțea asta până în măduva oaselor. Crezi că mă vei ierta vreodată? a repetat el întrebarea.

– Poate... într-o zi, a răspuns ea plângând. Nu voia să discute despre asta. Nu încă. Ar fi deschis prea multe uși spre trecut și nu-și putea permite acel lux. Luni de zile se chinuise să le închidă și suferise cumplit. Nu avea nevoie de asta acum, când aproape că se împăcase cu ideea că nu puteai obține totul de la viață. Lui Trudy îi este foarte dor de tine, Ben... plânge mereu. Nu i-a mai spus că și ea plângea. Ar fi devenit prea grijuliu, tandru, și n-ar fi putut suporta asta. Întotdeauna iubise această latură a lui, tandrețea, și felul lui de-a o face să se simtă în securitate. La fel de tare însă detesta partea cealaltă, care-o rănise atât de profund atunci când o părăsise.

"Dar ție?", ar fi vrut el să întrebe, dar a simțit că nu avea acest drept. Nu după ce o părăsise ca un hoț. Ar fi vrut să-i spună că el o abandonase, dar că pe zi ce trecea, simțea că moare câte un pic din cauza asta. Dar însemna să recunoască cu voce tare eșecul lui. Eșec de care doar acum începea să-și dădea seama. Dorul de ea era mai puternic decât orice, mătura totul în calea sa.

Se căsătorise cu Diana și ea făcuse totul ca lui să-i fie bine. Apoi, îi dăruise cea mai minunată dintre fete. Fusese întotdeauna blândă cu el, atentă. Respectuoasă și iubitoare. În schimb, tot ce știuse el să facă, a fost să-și găsească o amantă și s-o părăsească. Nici măcar când a anunțat-o că nu v-a mai locui cu ea, nu a făcut scene. Doar a plâns și l-a lăsat să plece. Diana avea fața încă de fată tânără. Era cu 10 ani mai mică decât el, dar nimeni nu-i dădea mai mult de 25 de ani. Avea trenul proaspăt, curat, care nu îmbătrânesc niciodată, ca al unor călugărițe. Era demnă, pozitivă, și chiar dacă soarta o lovise des, ea nu se lăsase niciodată. Știa că avusese o copilărie grea, dar niciodată nu a vrut să-i spună prea multe despre asta. Viața ei de dinaintea lui fusese întotdeauna un subiect interzis. Dacă se gândea bine, nici nu-l deranjase prea mult acest mister.

Ar fi vrut s-o roage să nu se lase doborâtă nici de data asta. Cel mai rău era că nu avea de ales. Plângea și se gândea în continuare că fusese un nemernic. Probabil că până atunci nu realizase cât o iubește. Fusese atât de sigur de ea încât ajunsese să se plictisească. Privind înapoi, realiza că de fapt avuseseră o relație foarte specială. Ceva puternic, ce el a călcat în picioare. El îi aparținea, indiferent dacă era ostaticul Adelei. Plângeau amândoi la telefon și într-un final ea i-a spus:

— Ben, trebuie să te împaci cu situația.

— Dar nu vreau să mă împac cu situația, a șoptit el. Mai departe nu știa ce să-i spună. Era convins că a făcut o greșeală enormă. Crezuse că povestea lui despre adevăruri ascunse și minciuni dureroase se va sfârși la un moment dat, dar acum realiza că era doar la început. Oare ce-a sperat când a sunat-o? Să-l consoleze? Tot ea! Nu numai că era un escroc sentimental, dar era și un laș deplorabil.

— Nu mai ești în Germania, nu-i așa? l-a întrebat Diana cu glasul frânt.

— Nu... nu știa dacă să-i spună adevărul. Fusese visul lor să ajungă în State și de nenumărate ori au aplicat pentru obținerea Green card-ului. Fără succes însă. Apoi, Adela l-a găsit pe Facebook și așa a început sfârșitul. Și-a realizat visul, modificând fotografia. A scos-o afară pe Diana și Trudy și a pus-o pe Adela, cea datorită căruia putea să locuiască în America. Nu mai sunt în Germania, a continuat el jenat, dar hotărât să-i spună adevărul. Sunt la Chicago... Diana nu zicea nimic, dar aștepta cu sufletul la gură și el știa asta. Nu trebuia să-i vadă ochii ca să știe că-i frângea inima. Știa că îi provoacă o durere nemăsurată și că nu pusese între ei doar oceanul Atlantic, ci și o mare nesfârșită de suferință. Sunt cu Adela... fosta...

— Știu cine este Adela, i-a zis ea rece și înțelegând exact ce se întâmplase. Visul lui îl realizase cu altcineva, spulberând visele lor ca familie. Speranța de a trăi visul american, murise odată cu mariajul lor. Se simțea trădată de două ori. Poate că în timp i-ar fi putut ierta o mică infidelitate, dar asta era prea mult. Fusese cumplit când plecase. Aproape că se târâse afară din pat în fiecare dimineață. Trebuise să supraviețuiască pentru Trudy. O parte a inimii ei rămăsese fragilă și nu-și mai putea asuma un asemenea risc. Trebuia să fugă cât mai departe posibil de el pentru că încă îl mai iubea enorm și ar fi putut din nou să se îmbolnăvească. Trebuie să te las acum, Benjamin. Îi spunea pe numele întreg doar când era foarte supărată. Îți doresc succes în tot ceea ce vrei să faci.

După ce i-a închis telefonul, Diana s-a dus în dormitor și-a început să plângă. De mică visase la povești cu final fericit și își dorise o căsătorie cu mulți copii și multă dragoste, dar acum știa că basmul ei avea un sfârșit de coșmar. I-a fost întotdeauna frică de Adela, fusese ca o obsesie a ei. Știa că Benjamin a iubit-o foarte mult, dar sperase că în timp avea să-și dea seama că ea era cea bună pentru el. Ea și nu Adela, despre care-i spusese că nu era decât o prietenă. Femei ca ea se alegeau întotdeauna cu bărbatul alteia. O deranjase relația lor de pe Facebook, însă el o asigurase că nu avea de ce să se îngrijoreze. Erau doar prieteni. Refuza să trăiască o viață stresantă, așa că se consola cu ideea că distanța geografică dintre cei doi nu le va permite mare lucru. Greșise. Când cineva voia să facă rău, distanțele se risipesc într-o clipă. Se simțea trădată și dezamăgită de bărbatul pe care îl iubise mai mult decât pe viața ei. Dacă Benjamin ar fi fost fără picioare, l-ar fi slujit până la sfârșit. Orice ar fi rămas din el, ei i-ar fi fost de-ajuns. Orice, în afară de inimă. Nu puteai forța pe cineva să te iubească. Avusese nevoie de o întreagă viață pentru a deveni femeia de acum. Puternică, responsabilă, amuzantă și încrezătoare. Crezuse că era suficient pentru a-l păstra lângă ea. Din păcate, se înșelase amarnic. O voce mică din capul ei îi spunea să fie curajoasă, dar ea nu voia să fie curajoasă. Îl voia pe el și viața lor de dinainte. Tatăl fetiței lor și soțul pe care îl adorase.

Diana avusese o copilărie tristă, doi părinți alcoolici care se certau mereu și care în final și-au găsit sfârșitul într-un accident de mașină, lăsând-o orfană. Și-a petrecut sfârșitul copilăriei și adolescența în diferite familii și spitale, fiind psihic distrusă. Nu-i plăcea să discute cu nimeni despre trecutul ei și nici măcar Benjamin nu știa amănuntele adolescenței ei oribile.

Întotdeauna visase să găsească un soț iubitor, care să-și dorească să fie cu ea pentru tot restul vieții. Să ducă o existență lipsită de griji și să aibă patru copii. Benjamin nu-i făcuse niciodată o declarație fermă, dar îi dăduse de înțeles că își dorea aceleași lucruri. Iar acum trăia visul lor cu o altă femeie. Visul lui american devenise coșmarul ei. Nu era ușor să-și anuleze visele, dar trebuia s-o facă, și-a spus ea, ștergându-și lacrimile.

S-a îndreptat spre calculator, hotărâtă să caute mai multe informații despre această Adela Schiffer. Pe Facebook își deschise un cont cu numele de fată. Pe Google însă, o chema Peterson, după soțul ei care era profesor de matematică în Chicago. Și-a propus să-l sune a doua zi. Nu știa ce avea să-i spună, dar știa că trebuie să-i vorbească. Apoi, a început să caute în mail-urile lui Ben. Nu își schimbase parola. Probabil habar nu avea că le cunoștea pe toate. După câteva minute de căutări a dat peste mesajele lor de dragoste. Citea cu ochii plini de lacrimi declarațiile soțului ei pentru o altă femeie. Aproape că asista la un film porno și, când la un moment dat, a dat peste o poză de-a Adelei în timp ce se masturba, i s-a făcut rău. S-a dus în baie și și-a dat cu apă rece pe față, apoi s-a întors iarăși la calculator ca și cum o forță malefică o împingea de la spate. Benjamin îi scria că îi place excentricitatea ei și că îi lipsise asta întreaga lui viață.

Diana și-a zis că Adela nu era îndeajuns de sclipitoare încât să justifice excentricitatea la care se referea el. O soție de suburbie, cu doi copii, deghizată în târfă, nu i se părea deloc o persoană admirabilă. Într-o altă poză era ea cu soțul ei, un bărbat bine, mult mai arătos ca ea. Îmbrăcată într-o rochie foarte decoltată, parcă sânii aveau o viață a lor. Era vulgară și grăsuță, avea păr scurt și neîngrijit. Părea mai mult femeia lui de menaj decât soția. Nu era deloc genul ei să fie răutăcioasă, dar credea că o ura pe Adela. Când a dat peste un e-mail în care îi spunea lui Benjamin că ar fi capabilă să-și elimine soțul și pe oricine altcineva s-ar fi băgat între ei, a știut cu siguranță că o ura. Nu înțelegea cum Ben a putut fi atras de ea. Probabil că nu l-a cunoscut niciodată și că vinovata era ea însăși. Însemna oare că toată existența ei fusese bazată pe minciună? Își plănuise să-l iubească pentru toată viața ei și acum, citind mesajele, descoperea că-l putea și urî. Plângea în hohote, lipsită de orice speranță, obosită de suferință. Să ai inima frântă era epuizant, iar să cerșești dragostea era umilitor. Nu era prioritatea lui Benjamin și nu fusese niciodată, trebuia să închidă odată pentru totdeauna acel capitol. Merita mai mult decât un telefon în urma unui coșmar.

A doua zi după-amiaza, a lăsat-o pe Trudy la prietena ei, Cairo, care avea o fetiță de aceeași vârstă, și l-a sunat pe Jack. A răspuns la a doua sonerie:

— Bună dimineața, a spus ea timidă, știind că era devreme la Chicago. Mă numesc Diana Koening... soția lui Benjamin.

— Ce pot face pentru dumneavoastră? a întrebat-o după o pauză scurtă. Câteva secunde ea n-a spus nimic. Avea gâtul uscat și inima îi bătea nebunește. Oare la ce s-a gândit când a decis să-l sune? Cu ce putea acel bărbat s-o ajute?

— Nu știu, a răspuns ea zâmbind trist. Când am decis să vă sun m-am gândit... Nu știu la ce m-am gândit. Este mult mai greu decât îmi imaginam. El nu știa dacă vorbea de acel telefon sau de situația în general.

— Nici mie nu-mi este ușor, a recunoscut Jack, dar îmi spun că într-o zi îmi va fi. Îmi spun asta zilnic. Cam de vreo 10 ori.

A spus-o pe un ton glumeț și Diana a reușit să se destindă.

— Și funcționează? l-a întrebat.

— Nu chiar, a răspuns Jack franc.

— Ați iubit-o mult? Vă pare rău că ați pierdut-o?

— Nu cred că am putut s-o pierd vreodată fiindcă întotdeauna i-a aparținut lui Benjamin. Dar, am iubit-o mult. Mi-aș fi dat viața pentru ea.

— Probabil că, la fel ca și mine, sunteți bărbatul unei singure femei. S-a oprit și a început să râdă încet. Nu-mi plac femeile. Cred că înțelegeți ce vreau să spun. Înțelegea. Și mai înțelegea că era o persoană amuzantă și amabilă. Am fost păcăliți, nu-i așa? Nu era o întrebare la care aștepta un răspuns. Am impresia că am irosit 10 ani din viață. O trăiesc ca pe-o bătălie la care n-am fost, dar pe care am pierdut-o. Are sens ceea ce spun?

– Da. În ceea ce privește bătălia despre care vorbiți vă asigur că soții noștri au avut parte de o victorie lipsită de glorie. Cum este Benjamin? a întrebat-o mirat că a avut acel curaj.

– Dacă nu-i bagi în seamă caracterul oribil și faptul că este tot timpul plin de ou la gură, este o persoană excepțională, a glumit ea, făcându-l să râdă.

– Chiar este plin de ou la gură? a întrebat-o el mai vesel.

– Tot timpul. Chiar și atunci când nu mănâncă. Probabil că le produce și nu mi-am dat seama. Râsete. Tot așa cum nu mi-am dat seama că este îndrăgostit de o altă femeie. Nu mai râdea niciunul acum. Adela cum este?

– Plinuță, egoistă și superficială. A făcut o pauză după care a continuat pe ton glumeț: ceea ce face din mine, prostul satului.

– Nu mi se pare că sunteți prost deloc. Și arătați foarte bine. S-a oprit brusc. Oare ce o apucase să îi spună asta? Își pierduse total mințile?

– Aveți unul din telefoanele acela de extratereștri prin care mă vedeți fără ca eu să știu? Râsete.

– Există asemenea telefoane? l-a întrebat ea râzând, mai bine dispusă.

– Există extratereștrii?

– V-am văzut poza într-unul din mesajele soților noștri. Arătați mult mai bine ca ea.

— Mulțumesc. Așa m-am gândit și eu. Deși până să aflu că mă înșală o vedeam frumoasă. Acum știu că este urâtă atât la interior cât și la exterior. Ne-a făcut mult rău, dar cel mai tare o blamez pentru faptul că și-a părăsit copiii. Nu există zi să nu mă întreb cum poate o mamă să trăiască fără copiii ei.

— Credeți în destin? l-a întrebat Diana, cu aer copilăresc. Se spune că destinul face ca oamenii să vină, să plece, să rămână sau să ia o hotărâre greșită. Eu cred că la un moment dat în calea noastră apar persoane care ne pot influența viața, dar nu schimba. Hotărârile însă sunt ale noastre. După încă o pauză, i-a confesat că le-a citit toate mail-urile. Sunt pornografice, a zis ea. O poză de-a soției dumneavoastră aproape că mi-a ars retina.

— Sunteți norocoasă. Eu am avut privilegiul să dau peste jucăriile ei sexuale. De fapt nu eu le-am găsit, ci fata noastră de 15 ani. Nu știa că așa ceva există. De altfel, nici eu. Întotdeauna am crezut că avem o viață sexuală sănătoasă. Se pare că n-a fost de aceeași părere cu mine.

Diana nu spunea nimic. Îi era greu să proceseze ce tocmai auzea. N-o interesaseră instrumentele sexuale și nu avusese habar că Benjamin ar fi putut fi interesat de așa ceva.

— Mai sunteți la telefon? a întrebat-o el.

— Da. Doar îmi înghițeam voma, a spus ea mai în glumă, mai în serios. Este adevărat faptul că poți trăi o viață cu cineva și să nu-l cunoști. O mătușă de-a mea mi-a spus când eram mică că doi soți, indiferent cât s-ar iubi, când ajung să se despartă, devin străini. Așa este. Niciodată nu m-am gândit că Ben ar fi putut să-mi devină străin.

— Încă îl mai iubiți?

— Aseară m-a sunat și când i-am auzit vocea, inima mi-a tresărit. Deci da, cred că încă îl mai iubesc. Apoi mi-a spus că locuiește în Chicago cu Adela. Am primit vestea ca un pumn în stomac. Un wake up call la cumplita realitate. În timp ce eu plângeam după el și după viața noastră pe care am prețuit-o, el își construia alta. O iubire moare și alta se naște, nu-i așa? Însă pentru mine nu asta este legea firii. Prietenii mei nu încetează să-mi spună că accidentele conjugale se întâmplă, dar ei greșesc. Accidentele pe parcursul unei căsătorii sunt certurile în privința mobilei din bucătărie sau a unei destinații de vacanță cu care nu cădem de acord, nu sexul extraconjugal. Eram sigură că vom rămâne toată viața împreună. Diana a făcut o pauză pentru a-și trage sufletul. Chiar dacă erau la cinci mii de kilometri depărtare, el îi simțea suferința. Nu știu unde am greșit, a zis încet, mai mult ca pentru ea, dar în mod cert am făcut ceva rău din moment ce plătesc așa.

— Nu este vina noastră, a consolat-o Jack, noi suntem victimele. Când o bancă este jefuită, nu banca este acuzată, nu-i așa? Nu trebuie să vă puneți astfel de întrebări. Păreți o persoană cumsecade, este păcat să vă torturați așa. Nu-l cunosc pe Benjamin, și nu știu dacă este un tip fără scrupule sau dacă doar a făcut o obsesie pentru iubita lui din clasa a

IX-a. Realizez însă că soția mea n-a fost deloc așa cum mi-am imaginat eu timp de 27 de ani. Credeam că oribilul ei caracter era doar un mecanism de apărare. M-am înșelat. A făcut o pauză după care a continuat: nu știu dumneavoastră, dar eu, după ce am aflat că mă înșală, i-am mai dat o șansă. Mi-a spus cu jumătate de gură că a fost o greșeală care nu se va repeta, apoi a jurat pe Biblie că nu va mai face. La nicio săptămână, am aflat că planifica să mai stea o perioadă cu mine, doar pentru a ne goli contul bancar. Soțul dumneavoastră era de acord. De altfel, a luat toți banii din contul copilului nostru. Diana era șocată de ceea ce auzea. Nu așa îl cunoștea ea pe Benjamin. Era blând și bun în marea majoritate a timpului. Cel puțin așa crezuse. Din cauza stresului am făcut un preinfarct. Conduceam și eram cu David, copilul meu de 11 ani, în mașină. Nu știu cum am tras pe dreapta, dar am fost foarte norocos. Puteam muri amândoi. Ea asculta fără să spună un cuvânt. Bietul de el, trecuse prin mai multe decât ea. Fiecare dintre noi alergăm după ceva, după cineva, a continuat Jack. Eu nu-mi doream decât o viață cu ea și cu copiii noștri. Am fost fericit. Probabil de aceea mă și simt atât de mizerabil. Îmi pusesem toate speranțele în ea și niciodată nu m-am gândit că ar putea să plece și să ne lase. Și acum, după aproape un an de la despărțire, când mă întâlnesc cu ea, semăn cu un alcoolic în faza de recuperare care încearcă să-și demonstreze că poate trece pe lângă un bar fără să bea un pahar. Se spune că în viață primim ceea ce merităm. Nu cred că am meritat ceea ce am primit. Nu vreau să mă laud, dar chiar am fost un soț bun. Diana zâmbi. Îl credea.

— Vă cred, i-a spus. Când am aflat că Ben și Adela s-au regăsit pe Facebook, am obiectat. Mi-a zis că sunt doar prieteni și că sunt paranoică. Ea a oftat încet, dar el a auzit-o. Încă îi era foarte greu. La fel și lui. Și eu am fost o soție bună.

— De la despărțire n-ați încercat niciodată să ieșiți cu cineva?

— Nu. Dvs?

— Eu am avut câteva experiențe, a spus Jack. Toate neplăcute. Dar cea mai cea a fost când am cunoscut-o pe Arizona într-un bar. Mai târziu mi-am dat seama că de fapt, frumoasa Arizona era un bărbat... Carlos. Râsete.

— Spune-mi că ți-ai dat seama de asta în aceeași seară, nu după o lună de făcut curte. L-a tutuit fără să-și dea seama. Avea impresia că-l știe de mult.

— Carlos sau Arizona nu era genul să spună "nu" de trei ori înainte să zică "da" o dată, dacă înțelegi ce vreau să spun. Da, înțelegea, și la rândul ei a sesizat că și el o tutuia. Mi-am dat seama că este bărbat în acea seară, când și-a pus o mână imensă pe piciorul meu. Diana râdea în hohote. Eram beat, dar am avut impresia că avea și ceva păr la baza degetelor. Mi-am tras mâna speriat și Carlos mi-a șoptit mirosind a tabac și whisky ieftin: "Secretul este să le dai femeilor doar puțin. Atât cât să revină." Mi-am spus că dacă acel travesti va reveni în viața mea, îi voi da mai mult decât ar putea duce. Diana râdea bine dispusă. Jack era foarte amuzant. De la acea seară, n-am mai ieșit cu nimeni și nici n-am mai acceptat ca prietenul meu, John, să-mi prezinte alte doamne. N-am nevoie de o femeie lângă mine ca să mă simt bărbat. Ce mă face să mă simt bărbat este faptul că servesc de mamă copiilor mei. S-a oprit puțin și s-a gândit la ce tocmai spusese. Are sens ceea ce spun?

— Nu chiar. Dar te-am înțeles. V-am înțeles, pardon.

— Putem să ne tutuim. N-are rost să ținem la acest protocol. Nu după ce soții noștri s-au simțit atât de bine într-un pat. Râsete.

Au mai povestit apoi încă 20 de minute și ea i-a spus că visul ei din totdeauna era să locuiască în America, dar că nu avusese șansa să câștige Green Card-ul. I-a spus că este învățătoare la grădiniță și era recunoscătoare că avea timp să se ocupe de fetița ei. Cu banii nu era pe roze, dar se descurca. Avea prieteni buni, dar singura ei familie era Trudy. N-o ținea nimic legată de Munchen și ar fi avut curajul să schimbe continentul și să se mute în California. Era convinsă că o schimbare radicală i-ar fi fost benefică.

Jack o plăcea pe Diana și așa au ajuns să-și facă un obicei din a vorbi în weekenduri. Apoi au început să vorbească zilnic. O prietenie solidă s-a legat între ei și discuțiile lor telefonice erau aproape terapeutice. După trei luni, aproape că nici nu mai vorbeau de soții lor. Nu era nimic romantic între ei, doar o prietenie bună. Își scriau mail-uri și-și povesteau peripețiile zilei. Se descopereau unul pe altul, dar nici unul din ei nu era pregătit pentru o relație amoroasă. Colegele ei de la grădiniță râdeau de ea când le spunea că nu vrea să iasă în oraș și că prefera să vorbească cu Jack la telefon. Îi spuneau că este îndrăgostită de el, dar ea știa că nu este așa. Încă îl mai iubea pe Benjamin și nu credea că va putea vreodată să mai iubească pe cineva cu toată ființa ei. Trudy se obișnuise și ea cu absența lui Benjamin. Era un copil fericit și Diana încerca să îi ocupe timpul cu lucruri plăcute. Deseori avea copii la ea acasă sau mergeau amândouă în vizită la prietenii lor.

Jack era și el ocupat cu cei doi copii și cu serviciul. Summer era în plină criză existențială și noua ei fixație era acum să-i distrugă relația mamei ei. De câteva ori, sâmbetele când mergea la Adela, se îmbăta doar ca să-i atragă atenția. Jack era foarte supărat și i-a spus că este stupid să reacționeze așa. Nu i-a zis că singurul care suferă este el. Adela nu dădea doi bani pe ce făcea fiica lor. Toate astea și le povesteau în fiecare seară. I-a spus și de Kelly, iar Diana a râs și i-a zis că presimte că până de Crăciun se va căsători. Însă el nu era divorțat sau pregătit pentru o nouă relație. Și Kelly era cu Fred, profesorul de istorie, deși uneori simțea că și-ar fi dorit mai mult de la Jack - dar asta nu i-a spus-o Dianei.

Viața lor intra pe un făgaș normal și a început să le fie mai ușor. Apoi, într-o zi el a sunat-o entuziasmat și i-a spus că i-a găsise un post de suplinitoare la grădinița din

Winnetka, suburbia în care a locuit. Se căuta cineva care vorbea limba germană, iar cealaltă învățătoare se căsătorise și voia să-și ia un an sabatic. Nu era ceva permanent și nici salariul nu era cine știe ce, dar i se oferea casa de oaspeți de pe proprietatea unei vile din cartier și oportunitatea de a vedea dacă, într-adevăr, i-ar fi plăcut să locuiască în America. Dianei îi venea să sară în sus de bucurie. Nu putea crede că un asemenea noroc a dat peste ea. I-a mulțumit lui Jack de nenumărate ori și zilele care au urmat au fost vesele și pline de speranță. Și-a invitat prietenii la ea și i-a anunțat vestea minunată, iar ei s-au bucurat pentru Diana.

    Zilele zburau și ea era foarte ocupată cu pregătirile. Trebuia să renunțe la apartament, să le spună celor de la grădiniță ce planuri avea și să se intereseze dacă se putea întoarce pe același post după un an de zile. Nu a fost greu. Diana era o fire blândă și plăcută și toată lumea o iubea. Inclusiv directorul grădiniței care se bucura sincer pentru ea. Era o grădiniță mică și toți erau mai mult ca o familie. Știau drama prin care Diana trecuse și acum se bucurau că măcar pentru un an de zile putea să-și realizeze visul cu America. Fără să-i spună nimic, prietenii sperau ca Diana să nu se mai împace niciodată cu Benjamin. Îl cunoșteau altfel decât ea. Pentru ei era bărbatul care săptămânal ieșea cu o femeie diferită. O trișase pe Diana pe tot parcursul căsătoriei lor și când acea mascaradă a luat sfârșit, s-au bucurat. Nimeni, niciodată nu a îndrăznit să-i spună Dianei ce norocoasă fusese că nenorocitul și-a luat tălpășița. În situația lor, acest happy ending era divorțul.

Cu două săptămâni înainte de plecarea ei în Chicago, directorul școlii a dat o petrecere surpriză la el acasă. Diana și Trudy au primit multe cadouri și seara a fost emoționantă. Toți au asigurat-o pe Diana că, atunci când va reveni în Germania, o vor ajuta cu cea mai mare plăcere. Proprietarul ei avea mai multe imobile și i-a garantat un loc drăguț la întoarcere. Diana era colega, locatara, și prietena ideală, iar Trudy era ca un îngeraș. Toată lumea le adora și chiar dacă avea să le lipsească foarte mult, ei se bucurau de oportunitatea ivită. Pe ascuns își doreau ca ea și Jack să depășească stadiul de prietenie. Le povestise de el și ei credeau că ea este îndrăgostită fără să știe. Dar mai știau că Diana era o fire temătoare. Fusese femeia unui singur bărbat. Chiar dacă erau în secolul XXI, Diana era de modă veche. Prietenei ei îi era teamă să nu încerce să se împace cu Ben odată ajunsă în America. Apoi, cu două seri înainte de plecare, Cairo i-a zis că-l bănuise pe Benjamin c-ar fi avut și alte relații. Nu putea să-i spună tot adevărul. Ar fi rănit-o prea tare. Diana s-a întristat. Cum putuse să nu vadă nimic? Era oare posibil să se înșele Cairo? Se simțea ca si cum s-ar prăbuși într-o gaură neagră și știa că trebuie să-și revină înainte de-a pierde definitiv drumul de întoarcere. Trebuia să se salveze singură, dar habar n-avea cum. Îi fusese foarte greu să se acomodeze cu noua ei existență și credea că, în timp, Benjamin nu mai putea să o surprindă. După 10 ani de căsătorie în care viața lor se învârtise în jurul egoului lui și al imposibilității acestuia de a-și îndeplini anumite promisiuni, Diana ar fi fost capabilă să-i mai dea o șansă. Fusese conștientă că în cuplul lor, ea era cea care iubea mai mult. El îi dăruise cât putuse, dar păstrase mult pentru sine. Nu își dăduse seama când îl pierduse definitiv. Poate cu ani în urmă.

Nu va uita niciodată ziua în care Benjamin și-a făcut bagajul. Se întreba în sinea ei ce avea să facă cu tot restul vieții fără el. La un moment dat, sperase să moară și doar Trudy a ținut-o în viață. Dorise să fie soția lui pentru totdeauna, dar visul ei a ținut doar 10 ani. Atât a avut el de oferit. Relația lor avusese un termen de valabilitate.

Încă învăța cum să trăiască fără el. Era ca și cum se străduia să trăiască fără aer. Nu i-a cerut multe explicații. Pe atunci nu știa că este vorba de o femeie. În special de Adela. Credea că este o criză existențială și știa că dacă-l iubea, îl lăsa să plece. Doar așa poate că într-o zi ar fi dorit să se întoarcă la ea.

În timp ce-și făcea bagajele, Benjamin i-a spus că nu are calitățile necesare pentru a fi căsătorit cu ea. Se simțea vinovat și ura sentimentul. Mai-mai că o făcea pe ea responsabilă de ceea ce simțea el. Era rănită profund, nu debilă. Își dădea seama de manipularea lui și știa că nu merita ceea ce îi făcea. Știa cine este, ce vrea și ce nu are, dar din păcate el nu o cunoștea. Nu-i pusese prea multe întrebări în legătură cu plecarea lui. N-avea niciun sens deoarece decizia lui era deja luată.

Dacă era adevărat că avusese o viață dublă, așa cum a spus Cairo, de ce o suna și spunea că este nefericit și că-i este dor de ele? Iar ea ca o proastă, îl crezuse.

Când i-a zis lui Jack de telefoanele lui Benjamin, acesta a sfătuit-o să nu-i intre în joc. "Cineva care te-a rănit o dată o va face și a doua oară", i-a spus el. "În locul tău eu nici măcar nu i-aș spune că mă mut pentru un an în Chicago. Fă-i nenorocitului o surpriză." Și așa a făcut.

Capitolul 3

Când a aterizat pe aeroportul din Chicago într-o duminică dimineața, pe o ninsoare mare, Diana se simțea ca și cum avea aripi să zboare. L-a văzut pe Jack de la distanță și i-a sărit în brațe ca și cum s-ar fi cunoscut de-o viață. Era proaspăt bărbierit, cu părul șaten dat peste cap și cu un zâmbet mare pe buze.

– Bine ați venit în America! le-a urat el amândurora și Trudy i-a zâmbit fericită.

– E fantastic aici, a zis Diana excitată ca o adolescentă, iar el râdea amuzat de entuziasmul ei.

– Nici măcar n-ai ieșit din aeroport.

– Simt un vibe pozitiv. Totul este în aer. Totul este minunat aici.

El i-a întins o umbrelă.

– Ține asta, afară este potopul. Ninge încontinuu de dimineață. Credeam că îți vor anula zborul. Bine ai venit în Chicago!

– Ai uitat că locuiesc în Munchen unde vremea este la fel ca aici? Și apoi, atât de mult mi-am dorit să vin în America încât totul mi se pare festiv. Ea a început să râdă ușor și el și-a spus că este foarte drăguță.

– Bineînțeles că este festiv. În două săptămâni este Crăciunul.

– Ador Crăciunul, a spus Trudy cu o fericire contagioasă, și îl ador pe Moș Crăciun! Apoi serioasă l-a privit: Ăă, Jack, crezi că mă va găsi Weihnachtsmann acum că m-am mutat de la casa mea? Aș fi foarte supărată dacă nu m-ar găsi.

— Moș Crăciun știe totul, a răspuns el impresionat decât de bine vorbea engleza, și fetița a dat din cap fericită.
— Așa m-am gândit și eu.
Când au părăsit aeroportul, cele două îl molipsiră cu buna lor dispoziție. De mult nu se mai simțise așa bine. Mama și fata se uitau pe geam admirând decorațiile caselor și magazinelor, apoi le-a spus că le duce la noua lor casă. Urmau să ia cina cu el și cu copiii, care abia așteptau să le cunoască.
— Eu îi cunosc deja, a spus Trudy fericită. I-am văzut pe telefon de mai multe ori. Summer a sunat-o des pe mami.
Jack s-a întors și a privit-o o clipă pe Diana:
— Este adevărat?
— Da. M-a sunat odată din greșeală, eu am făcut o glumă și ne-am împrietenit.
El habar nu avusese, dar găsea asta drăguț. Tot așa cum Diana a găsit foarte drăguță locația pe care școala i-a propus-o pe timpul șederii ei acolo. Când a intrat în suburbie era aproape seară și totul era decorat pentru Crăciun. Avea impresia că este într-o poveste de Andersen. Casele erau mari, luminate de sute de becuri colorate sau albe, iar pe peluze erau Moși Crăciuni, sănii cu reni și oameni de zăpadă. Era exact cum văzuse ea la televizor. Amândouă erau atât de fericite că au început să aplaude, făcându-l pe Jack să râdă. Când au ajuns la destinație, Deborah și Michael Lynn, proprietarii casei unde Diana urma să locuiască, le-au ieșit în întâmpinare. Era un cuplu

drăguț, până în 40 de ani, care nu aveau copii, în ciuda faptului că își doriseră. Cei doi erau prietenii lui Jack de ani de zile, Deborah fiind prietena lui cea mai bună, confidenta și autoarea lui preferată.

– Bine ați venit la noua voastră casă! le-a urat Deborah, blondă minionă îmbrăcată toată în roșu. Diana o găsea frumoasă și amabilă și când a intrat în casă, i-a venit să sară în sus de bucurie și să-i pupe pe amândoi. Ceea ce a și făcut, molipsindu-i pe toți cu buna ei dispoziție. Casa de oaspeți a familiei Lynn era de trei ori mai mare decât locuința lor din Germania, locul era practic, amenajat cu mult bun gust. Avea parchet gri-alb și mobile frumoase maro. Geamurile erau mari și dădeau în curtea din spatele casei. Totul era intim și culorile calde ale covoarelor se asortau cu pernele canapelelor și cu draperiile. Casa avea o sufragerie spațioasă cu bucătărie americană, alăturat, o cameră micuță unde luau masa, o bibliotecă lambrisată cu pereții plini de cărți, cu un șemineu mare în fața căruia erau două fotolii în dungi albe și albastre. Dormitoarele erau corect de mari, iar în camera lui Trudy predominau rozul, argintiul și galbenul. Avea un pat micuț cu baldachin, iar perdelele de la geam, albe cu buline roz, aveau volănașe. Fetița a alergat spre măsuța mică cu fotolii, ce se asortau cu perdelele, unde erau aranjate mai multe jucării. Diana și-a privit proprietarii și le-a mulțumit din ochi. Era foarte emoționată.

— Din păcate, nu am putut niciodată să avem copii, a spus Deborah simplu, consolată într-un fel cu situația, și când am aflat că ai o fetiță de cinci ani mi-am dorit să decorez această cameră expre pentru ea. Mă bucur că-i place și sunt sigură că ne vom înțelege minunat.

— Nu știu cum să vă mulțumesc, a spus Diana emoționată. Și ție, Jack. Fără tine n-aș fost astăzi aici.

— Sunt sigur că noul capitol al vieții tale va fi fantastic, a zis el, zâmbindu-i blând. Cei doi soți se priveau conspirativ. Îl iubeau pe Jack. Era un bărbat sufletist, onest, un prieten bun și un tată fenomenal. Sperau din suflet ca acesta să-și găsească sufletul pereche și la prima vedere, Diana părea candidata ideală. Nu avusese noroc cu Adela și toți vecinii din suburbie și-ar fi dorit ca el să fi rămas în casă și ea să plece. De la separarea lor, majoritatea prietenilor lor i-au întors spatele Adelei, și de când noul ei iubit se mutase cu ea, nimeni nu-i mai vorbea.

Deborah, fusese prietenă cu ea doar pentru că era soția lui Jack, și când aceasta l-a părăsit pentru Benjamin, toți au fost șocați. Orice femeie normală și l-ar fi dorit pe Jack și Adela era nebună să-i dea cu piciorul. Era o persoană rea care trăia o viață rea, și peste noapte a devenit persona non grata.

"Ți s-a urât cu binele! Jack nu este un bărbat de lăsat", a certat-o Deborah, care suferea pentru prietenul ei. Acesta a recunoscut că i-ar mai da o șansă chiar dacă știa că l-a înșelat. Nu se vedea trăind fără ea. Fără dragostea vieții lui. Deborah nu-l înțelegea, dar n-a spus nimic, a încercat doar s-o aducă pe Adela cu picioarele pe pământ. Fără succes însă. Își făcuse un plan de care se ținea cu încăpățânare, fără să se gândească la consecințe, la cât își rănește familia. Sau pe cea a lui Benjamin. "Crezi că va fi simplu, palpitant și incredibil. Nu va fi niciuna din astea", i-a zis Deborah, care nu înțelegea cum un bărbat ca Jack a putut s-o iubească.

De atunci nu i-a mai vorbit decât în treacăt, făcându-se mereu că este ocupată. Nu mai avea ce să-i spună, iar de ieșit împreună ca înainte, nici nu se punea problema. Jack aproape murise când aflase de relația ei cu Benjamin. Luni de zile parcursese un drum lent, chinuit și pierduse multe lucruri importante. Ura singurătatea. O vedea ca pe un monstru pe care trebuia să-l învingă. Era convins că într-o zi va putea întoarce pagina, dar, indiferent că soția lui îl trișase, tot o resimțea ca pe-o pierdere esențială. Cu timpul se împăcase cu situația. Nu avusese de ales, iar acum știa că putea să-și continue viața fără Adela. Uneori chiar se întreba cum de putuse trăi cu ea atâția ani. Fusese exigentă și veșnic nemulțumită. Chiar și atunci când a prins-o cu Benjamin și-a găsit tot felul de scuze. Ba viața lor fusese prea plictisitoare, ba el era prea clasic în pat. Cuvintele astea l-au rănit mai tare decât dacă ar fi folosit un cuțit sau un bici. De ceva timp era mai bine, dar prietenii lui știau că nu era pe de-a întregul refăcut. Mulți din cartier au încercat să-i prezinte diverse femei. Fără succes însă. El nu era încă pregătit.

Când le-a povestit de Diana, cum că era soția lui Benjamin, s-a creat mare vâlvă și cum mulți din suburbie îi erau prieteni, au început să facă speculații în legătură cu relația dintre cei doi. Unii au și pariat pe eventuala lor relație. Dacă nu era încă nimic între ei, probabil că viitorul îi va apropia.

Acum, privindu-le complicitatea, soții Lynn își zâmbeau fericiți. Ei găseau că cei doi se potriveau de minune. Jack era ceva mai în vârstă, probabil cu vreo opt ani, dar le stătea foarte bine împreună, iar Trudy arăta ca o păpușă de porțelan.

– Îl iubesc pe iepuraș, a spus fetița, strângând în brațe jucăria moale. Și vă iubesc și pe voi, le-a spus gazdelor, făcându-l pe Michael aproape să plângă. Era un bărbat înalt de aproape 2 m, o idee corpolent, și cu un suflet cât casa de mare. Lucra în asigurări, dar era uman, bun și un soț minunat. O iubea pe Deborah din tot sufletul, cei doi fiind un model în suburbie.

– Va trebui să fim atenți ce vorbim în jurul soțului meu, a șoptit Deb, este foarte emotiv și plânge din orice. Glumea, dar în ochii ei se vedea o dragoste imensă pentru cel cu care își împărțea viața de 15 ani. Soții Lynn erau unii din cei mai respectați membrii ai comunității și deseori organizau activități caritative în folosul copiilor orfani sau a oamenilor străzii. Erau renumiți pentru sumele mari de bani cu care susțineau cercetarea împotriva cancerului, iar marea majoritate a petrecerilor de sărbători se țineau la ei.

— Eu am să plec, copiii n-au cu ce să intre în casă, a spus Jack. În plus, trebuie să pregătesc cina, și nu sunt deloc rapid.

— Dar am pregătit totul aici, a zis Deborah. Am făcut macaroane cu brânză pentru Trudy și tartă cu mere. Fetița a aplaudat bucuroasă, s-a apropiat de ea și cu degețelul arătător i-a făcut semn să coboare la nivelul ei, după care, a înlănțuit-o cu brațele și a pupat-o zgomotos.

— Este mâncarea mea favorită. Cum ai știut?

— Sunt un fel de zână bună și am puteri paranormale. Știu totul. Uite, sunt convinsă că în seara asta, mama ta și cu mine vom bea Chardonnay și o să ne placă. S-a întors spre Jack și l-a rugat să-și sune copii care încă erau la Adela acasă și să le spună să vină la ei. Erau doar la cinci case distanță.

Când Adela a auzit că trebuie să-i ducă la familia Lynn, a început să-l bombardeze cu zeci de întrebări. De ce acolo? Ce se întâmpla în acea seară? Cine mai era invitat? Și de câte ori obișnuia el să se întâlnească cu prietenii lor? Adela regreta petrecerile date de Deborah, la care nu mai era invitată, și începea să se plictisească de seriile liniștite cu Benjamin. Jack a răspuns vag la toate întrebările. Știa că dacă n-o făcea, nu va mai scăpa de ea. Adela era așa ca întotdeauna. Plină de goluri pe care aștepta ca cineva să le umple, plină de așteptări sau reproșuri. Începea din ce în ce mai des să se întrebe cum de nu a văzut în toți acei ani cine era ea de fapt și și-a spus că nu s-ar mai fi întors la vechea lui existență. Căsătoria cu ea, ar fi fost într-un fel ca o sentință pe viață. În ultimele luni învățase să se pună la adăpostul zidurilor ridicate în jurul sufletului lui. Nu putea și nu voia să-și mai irosească energia pentru o cauză pierdută. Din cauza ei nu mai credea în finalurile fericite, iar copiii încă sufereau. Adela vorbea de cinci minute încontinuu, iar el nici măcar nu mai asculta.

— Nu mai pot sta la telefon acum, Adela. Te rog să le spui copiilor să vină.

— La familia Lynn? a întrebat ea ca și cum îi trimitea pe front.

— Am văzut un copil odată pe-aici. Copiii vor supraviețui la o asemenea seară. Jur.

— Nu mă lua de sus, Jack! Preferința ta pentru pericol se rezumă la o deplasare matinală până la librăria suburbiei.

Diana îl privea din ce în ce mai alarmată când el i-a spus Adelei că n-avea ce să caute acolo. Nu era invitată, iar el personal nu avea niciun chef s-o vadă. Bineînțeles, nu i-a spus chiar așa. Dacă o făcea, dezastrul era garantat și nu voia s-o sperie pe Diana din prima zi.

Cinci minute mai târziu de la încheierea conversației, Adela și-a făcut apariția la ușă cu cei doi copii. Când Michael i-a deschis, n-a așteptat să fie invitată, ci a intrat direct. Era îmbrăcată în jeanși prea strâmți și un pulover prea larg care nu o punea în valoare. Jack le-a ieșit în întâmpinare copiilor și când a dat cu ochii de ea, a pălit. Ochii mici machiați cu verde aveau o privire răutăcioasă pe care nu reușea s-o ascundă.

— Dacă nu aruncăm cu tot soiul de obiecte unul în altul, putem sta împreună câteva minute, nu-i așa? a întrebat ea pe un ton pacifist. Indiferent ce-ar fi fost, voia să facă iarăși parte din viața lui. Poate nu ca înainte, dar trebuia să știe că putea conta pe el așa cum era obișnuită. Apoi, a dat cu ochii de Diana. Nu ar fi arătat mai surprinsă dacă s-ar fi trezit cu un pumn în ochi. Nu mai era dispusă să-și ceară scuze, să dea explicații sau să fie nevoită să se comporte civilizat. Cine naiba se credea el de-și permitea în fiecare seară să iasă cu câte-o altă femeie? Deborah și Michael Lynn erau prietenii lor de familie, cum îndrăznea Jack să-și aducă amantele acolo! Și de ce Deb accepta una ca asta? Dintr-o dată a realizat că Benjamin a avut dreptate: era geloasă. Oare îl iubea pe Jack și îl voia înapoi? Își dădea seama cât de ridicolă era ideea de a iubi un om de care voiai să divorțezi. Noua lui prietenă era drăguță, tânără și înspăimântată. Stătea acolo ca o căprioară în bătaia puștii.

— Cine este? a întrebat ea privindu-o din cap până în picioare, crezând că încă mai are dreptul la un răspuns.

În ochii lui se vedea îngrijorarea, iar Diana și-a lăsat ochii în pământ timidă. Acea femeie părea un monstru. Nu înțelegea cum Benjamin a putut fi atras de așa ceva. Demonii ei renăscuseră aducându-și aminte de coșmarul trăit în ultimul an din cauza acelei femei.

— Sunt Diana, a spus ea, apropiindu-se și privind-o fix în ochi. Nu-i mai era teamă. Sau jenă. Dacă cineva trebuia să fie jenat, aceea ar fi trebuit să fie femeia din fața ei. Soția lui Benjamin, sublinie ea. Luată prin surprindere Adela s-a dat un pas înapoi.

Atunci când nu-și putea exprima durerea, Diana devenea furioasă, dar n-arăta. Se săturase să-și plângă de milă și să-și lingă rănile. Trăise un coșmar în ultimele luni, iar acum refuza să se lase intimidată de o femeie lipsită de scrupule. Adela fusese un fel de umbră în decor, care cu timpul s-a transformat într-un buldozer ce i-a ras viața. În urma despărțirii de Benjamin, s-a maturizat, și fetița înspăimântată cu care el s-a căsătorit, a dispărut. Ei doi au ucis-o și venise timpul să o înfrunte pe cea care i-a luat bărbatul, omul la care visase întotdeauna și de care se îndrăgostise cu 10 ani în urmă. Nu se va lăsa intimidată de femeia care-i furase viitorul.

— Ce cauți aici? a întrebat-o Adela după ce și-a revenit din șoc. Acum era doar o umbră furioasă a celei pe care o știa Jack.

Cu calmul ei, Diana o domina, chiar dacă era cu câțiva ani mai tânără. I se părea nefiresc să stea acolo cu soțul și prietenii Adelei, dar acum, multe alte lucruri din viața ei erau nefirești, și ea trebuia să se adapteze. Michael a luat copiii și i-a dus la etaj, în mica sală de cinema, unde i-a lăsat să-și aleagă un film. Nu le-a spus să nu își pună filme de groază. În acea seară, orice ar fi fost mai puțin groaznic decât ceea ce se petrecea în salon.

— Am venit să-mi vizitez soțul. Și pe Jack, a răspuns ea calmă, făcându-i pe ceilalți să zâmbească pe sub mustăți. Diana era o femeie deșteaptă și fină care știa să fixeze limitele și să ridice barierele necesare. Destabilizată, Adela deveni defensivă.

— Înțeleg că ești furioasă pentru ceea ce s-a întâmplat, dar câteodată nu te poți pune cu destinul.

— Destinul? a spus Diana, cu ochi mari. Cel care face ca oamenii să vină, să plece sau să rămână? Despre acel destin vorbești? Pentru că nu el determină pe cineva să ia hotărârea cea proastă atunci când nu trebuie. Singurii responsabili pentru acest dezastru sunteți voi și n-are nicio legătură cu destinul, ci mai mult cu actele voastre oribile. Mi-ai făcut viața un infern, iar acum stai țanțoșă aici și te aștepți să-ți răspund la întrebări?

— Rolul meu nu este să-ți fac ție viața suportabilă, a zis Adela enervată. Nu o suporta deloc pe mucoasa aceea care-și dădea aere de femeie matură.

— Va trebui să pleci, i-a cerut Jack soției lui. N-ai niciun drept să debarci aici și să ceri explicații. Ea l-a privit cu ochi mari, nevenindu-i să creadă că i se adresa ca unui tovarăș de călătorie cu care împărțise un loc în avion.

— Dar Jack...

— Ai fost o mincinoasă, o trișoare... și nimic între astea două. Ți-ai luat tălpășița fără să te gândești ce dezastru semeni în viețile noastre a tuturor, iar acum te aștepți să te tratăm cu respect și considerație.

– Probabil că am luat decizia greșită...

– Probabil? a râs el amar. Ai fost o soție rea și o mamă și mai rea. O mamă adevărată pune nevoile copiilor înaintea nevoilor ei, nu-și cumpără jucării sexuale și nici nu-și face selfie în timp ce se masturbează. Adela l-a privit cu ochii aproape ieșindu-i din orbite. Da, a spus el, am văzut poza. Nu este una bună. În plus, ești răzbunătoare, lipsită de scrupule și tupeistă. Nu se aștepta la o asemenea reacție din partea lui. Jack fusese întotdeauna un om blând, și rareori se enerva. Nu mai văzuse niciodată fațeta asta a lui. Și îi plăcea.

– Acum știu că am greșit, dar atunci am făcut ce-am crezut că este mai bine pentru noi.

– Pentru tine, vrei să spui. Încearcă să găsești o altă scuză. Pe asta ai folosit-o prea des. Acum când devenise inaccesibil, îl găsea foarte interesant și îl voia înapoi. Nu mai știa cum să-l regăsească pe vechiul Jack. Îl pierduse, iar bărbatul de acum o alunga, dar trebuie neapărat să găsească ceva ca să-l aducă înapoi. Nu-i păsa câtuși de puțin că distrusese și căsătoria lui Benjamin, tot ce-o interesa era persoana ei. Ultimele luni în care locuise cu Jack au fost grele. Deveniseră doi străini ce locuiau sub același acoperiș, dar niciodată dușmani. El era un om bun, incapabil să rănească pe cineva. Ea voise să repare răul făcut, însă efortul de a împlini dorințele amândurora o epuizase repede și a decis să rămână cu Benjamin. Se completau reciproc, dădeau vieții celuilalt sens, culoare, profunzime. Acum, la aproape două luni de conviețuire, nu mai simțea nicio profunzime, iar de culoare nici nu se punea problema. Totul era bej. 100 nenorocite de nuanțe de bej, culoarea pe care ea o detesta. Îi era dor de Jack și de viața lor. Și-ar fi dorit să-l atingă și să-i simtă parfumul pielii. Fără să-și dea seama, l-a mângâiat pe față, iar el a sărit ca ars. Familia Lynn și Diana s-au retras, lăsându-i să-și regleze problemele.

— Ce faci? a întrebat-o și ea s-a întors spre el, ofensată de reacția lui. O iubise o viață întreagă, cum putea să reacționeze așa la atingerea ei?

— Te rog, Jack. Hai să vedem dacă mai putem face ceva. Așa cum ai spus, copiii au nevoie de noi doi și tu ai avut întotdeauna dreptate. N-ar fi trebuit să fac ceea ce-am făcut.

— Când? Prima sau a doua oară?

— Știi ce vreau să spun.

— Nu, Adela, nu știu. Ce vrei să spui? Că după ce ne-ai aruncat viața la gunoi, acum vrei să te iert și să fac ca și cum ultimul an nici n-ar fi existat?

— Dragul meu, hai să vedem partea buna lucrurilor.

— Nu există nicio parte bună în povestea asta, Adela, cum de nu vezi asta? Ați distrus două familii. Lucrurile făcute nu mai pot fi desfăcute. Ce s-a schimbat de, te-ai răzgândit dintr-o dată?

Ea a hotărât să fie sinceră.

— Cred că acum când te văd atât de hotărât, te plac mai mult, a spus ea ridicând din umeri, minimalizând importanța situației și jicnindu-l pe Jack mai tare..

— Vrei să spui, inaccesibil? Mereu ți-au plăcut lucrurile pe care nu poți să le ai. Ea a aprobat din cap, fiind suficient de nebună să creadă că poate mai are o șansă. Faptul că mă placi acum mai mult decât când eram în serviciul tău, nu schimbă situația cu nimic. Cineva nu-ți aparține doar pentru că-l placi sau pentru că așa hotărăști la un moment dat.

Adela nu fusese niciodată o femeie prea răbdătoare și nici acea situație nu făcea excepție.

— Dar prin certificatul de căsătorie, îmi aparții. Încă suntem căsătoriți și dacă vreau, nu-ți dau divorțul. Nu uita, suntem în Illinois, și te pot purta ani de zile la ședințele de reconciliere. El știa că era capabilă s-o facă.

— Și ce ai obține cu asta, Adela? Dacă înainte când te iubeam ca un nebun și-ți stăteam la dispoziție, nu erai fericită, ce te face să crezi că acum, când te disprețuiesc, vei fi? E o nebunie ceea ce îmi ceri.

— Dar faptul că ai adus-o aici pe spălăcita asta, este normal? Altă amantă n-ai putut să-ți găsești? El a vrut să-i spună că Diana nu era amanta lui, apoi s-a răzgândit. Voia ca și ea să vadă ce înseamnă trădarea. Jack, așa cum ai spus, am luat decizii greșite. Nu face același lucru ca mine, te implor.

— Ce? Să-mi schimb viața? La ora asta, este tot ce-mi doresc.

Ea îl privea tristă și el știa cum se simțea, dar nu-i mai păsa. Voia s-o vadă plecată de acolo. Atunci când o pierduse își găsise în cele din urmă libertatea. De abia acum înțelegea asta. Nu a fost o trezire bruscă. Cu fiecare zi, Jack devenea mai încrezător. Ceea ce un an în urmă îl înspăimânta, acum i se părea mai puțin grav. Fără să vrea, ea îi dăduse lecții despre libertate și renunțare. Renunțase la ea și se eliberase pe el. Fusese un proces lung și greu, dar ajunsese la capătul tunelului.

S-a ridicat în picioare și a îndemnat-o să fac la fel. Stăteau de vorbă de 10 de minute deja și ceilalți așteptau.

— Trebuie să pleci acum, Adela, prietenii mei mă așteaptă. Spunând asta a luat-o de cot ușor și a îndreptat-o spre ieșire, înfuriind-o. N-am să mă prefac că plac persoana pe care te prefaci că ești, așa că nu te mai obosi. Ține-ți jocurile pentru Benjamin, a mai spus el, după care i-a închis ușa în spate.

Înfruntase temerile ce-l chinuiseră în ultimul an și găsise puterea de-a face pace cu el însuși, cu destinul, și, cel mai important, de a merge mai departe.

În living room, Diana și prietenii lui râdeau, spuneau anecdote și își povesteau viața păstrând o undă pozitivă. Familia Lynn o plăcea pe Diana. Era inteligentă, sensibilă și încă puternic legată sentimental de soțul ei. Nu-l văzuseră încă pe Benjamin, dar nu era greu să-i pui o etichetă. Sperau din tot sufletul ca ea să nu se împace cu el. Benjamin și Adela se meritau unul pe celălalt. Jack o privise pe Adela, crescând, maturizându-se, transformându-se în femeie. Apoi a privit-o cum îl iubea pe altul. Nu meritase asta. Iar acum Diana intrase în viețile lor și cei doi sperau la un foc de artificii.

"Când oamenii se cred Dumnezei, Dumnezeu face ceva și ne arată măsura." Măsura Adelei poate că era Benjamin, un escroc sentimental, copia ei masculină, care poate îi intrase în viață ca să-i dea o lecție.

N-au prelungit mult seara deoarece Diana și Trudy erau obosite după călătorie, dar Jack le-a promis să treacă a doua zi să le vadă. Urma să le arate școala. Ea începea serviciul după sărbătorile de iarnă. Până atunci avea timp să viziteze orașul și împrejurimile.

Era deja stabilit că vor face Crăciunul și Anul Nou cu Deborah, Michael și alte două familii din suburbie. Era un ritual de ani de zile ca cele patru familii să sărbătorească împreună. Deseori, de Ziua Recunoștinței, mama lui Jack venea din Washington, la fel și părinții lui Deborah din California, dar în marea majoritate a timpului petrecerile se țineau cu "familia din suburbie", cum le plăcea lor să spună.

În drum spre casă copiii i-au spus tatălui lor că n-aveau de gând să petreacă Crăciunul cu mama lor.

— Nu văd de ce suntem obligați să suportăm certurile dintre ea și Benjamin, a zis Summer, iar Jack le-a promis că va discuta a doua zi cu mama lor.

— Nu vă voi lăsa să petreceți sărbătorile într-o atmosferă ostilă. Ne vom distra minunat la Deborah. Copiii au bătut fericiți din palme.

— Nu cred că Benjamin știe să cânte colinde, a zis David. Și ce ar fi Crăciunul fără colinde?

— Hanuka? a răspuns Summer și au început toți trei să râdă. Îmi este rușine când sunt cu ei, a continuat fata pe un ton serios. Par atât de vulgari împreună.

Sunt vulgari, și-a spus Jack în cap. Trebuia să vorbească cu Adela, s-o pună la curent cu sentimentele copiilor. N-am s-o iau pe zece cărări, și-a zis el. Îi voi spune direct. Știa că va fi obligat să suporte obiecțiile Adelei, dar nu-i păsa. Și de altfel, pe ea nu o interesau câtuși de puțin copii. Voia doar să se servească de ei.

Seara, alungit în patul lui, Jack s-a gândit la Diana și la fetița ei. Erau amândouă minunate și spera din suflet să petreacă un an bun. O cunoștea acum pe Diana și știa că este simplă, cu bun simț și caldă. Nu meritase un soț ca Benjamin și din câte îi povestise în ultimele luni, înțelesese că, în mare parte a timpului, acesta i-a dat ce-a avut nevoie, dar niciodată ce a vrut ea. Fusese liniștită și câteodată fericită, dar Benjamin, obișnuit să ia singur toate deciziile importante, îi subminase personalitatea de multe ori. Îl iubise necondiționat, dar, pe parcursul căsătoriei avusese momente când se întrebase dacă voise cu adevărat să ajungă în locul în care ajunsese. Muncise pe brânci ca să-i fie lui bine, se pierduse în detalii, pierzând în același timp drumul principal.

Pe atunci nu o deranja, crezând că are un soț fidel. Cât se înșelase!

Jack a adormit gândindu-se că, într-un fel, viețile lor se asemănau. Atât el cât și Diana făcuseră totul ca mariajul lor să funcționeze, rezultatul fiind dezastruos.

Toată noaptea s-a zbătut în pat, visând că alerga desculț printr-o zăpadă roșie. Nu știa spre ce se îndreaptă și singura întrebare pe care și-o punea era dacă zăpada era cu sânge. S-a trezit epuizat la șapte dimineața și, după ce i-a dus pe copii la școală, și a făcut câteva cumpărături, s-a dus la familia Lynn. Voia să le scoată la plimbare pe Diana și Trudy. Suburbia îmbrăcată toată în alb arăta ca în povești, iar Deborah i-a spus lui Jack, când a ajuns, că Diana a plecat să-și facă joggingul în cartier. Trudy dormea încă, așa că cei doi prieteni aveau timp să stea la taclale în jurul unei cafele. Michael lucra în biroul din aripa de est a casei lor, iar Deborah era deja instalată în fața mașinii ei de scris.

— Scuză-mă, te-am întrerupt, a spus Jack privind foile răsfirate de pe masă.

— Și de când te scuzi pentru că vii să-ți bei cafeaua cu cea mai bună prietenă a ta? Știi bine că pentru tine am întotdeauna timp, a zis Deborah întinzându-i o felie apetisantă de prăjitura cu ciocolată. N-ai mai servit așa ceva în viața ta.

— Ce? Zahăr și regrete? a spus el luând o mușcătură și uitând toate regretele acelui an. Nu știa cum prietena lui reușea să exceleze în toate: bucătărie, organizarea unei petreceri sau scrierea unui bestseller. Michael era într-adevăr un bărbat norocos. Adela de-abia știa să fiarbă un ou și în plus era și necinstită.

Bradul mare din fața geamului și decorațiile de Crăciun făceau ca încăperea să fie veselă și primitoare. Deborah era îmbrăcată în egări verzi și un pulovăr roșu lung cu un ren pe el. Ținea foarte mult la sărbătoarea Crăciunului și toată luna decembrie se îmbrăca în ținute vesele. Cei doi prieteni au plănuit să facă o surpriză de Crăciun lui Trudy. Erau amândoi de acord cu faptul că cele două erau tare drăguțe.

— Așa nevastă ți-ar trebui, a spus Deborah, mai în glumă, mai în serios, iar el a început să râdă. Oare de ce toți prietenii lui încercau să-l însoare, când el era încă buimac și total nepregătit pentru o nouă relație. Ai mers vreodată la un psihoterapeut, Jack?

— Nu, a răspuns el, privind-o mirat. Crezi că ar trebui?

— Mă gândeam că poate ți-ar prinde bine câteva ședințe. Poate ai recăpăta încrederea în tine și în femei, a zis prietena lui grijulie.

— O femeie cinstită, asta mi-ar prinde bine. Nu un monstru care, în timp ce eu făceam curat și mâncare copiilor, își căuta iubitul pe Facebook și planifica cum să-mi golească mie contul bancar. Am mers singur pe un drum sinuos ani de zile. Eu cu speranțele mele deșarte. Nu mai am de gând să fac aceeași greșeală, Deb, acum când în sfârșit mi-am găsit liniștea. Jack îi zugrăvea un tablou plin de detalii pe care ea nu le cunoscuse, în ciuda faptului că erau foarte apropiați. Însă Jack era un tip discret, iar ea aprecia acea calitate a lui. Avusese dreptate să plece de la Adela de-acasă. Deși aproape că l-a ucis când a făcut-o, luase decizia corectă.

Soția lui a jucat dur și a jucat repede, abandonând doi copii și un soț care aștepta un miracol. Existau oare miracolele? s-a întrebat Deborah. Probabil că da, și-a spus, altfel nu s-ar fi inventat acel cuvânt. Jack era un romantic și cel mai bun bărbat - după Michael - pe care îl cunoscuse. Ajunsese la 43 de ani cu inima frântă și conștient că niciodată nu va putea duce basmul la sfârșit.

Nu departe de casă, Diana se plimba liniștită admirând frumosul cartier. Străzile erau largi și fiecare vilă decorată cu bun gust. Acum trecea prin fața unei rezidențe ai cărei copaci, tăiați în formă rotundă, erau decorați cu zeci de ghirlande albe. Totul era din sticlă transparentă sau albă, oferind casei, deja impozantă, o eleganță aparte. Mare i-a fost surpriza când ușa s-a deschis și l-a văzut pe Benjamin. Șocul lui a fost mai mare. Deși aflase cu o seară în urmă de la Adela de prezența soției lui acolo, nu se aștepta să dea nas în nas cu ea. Pentru câteva secunde s-au privit, neștiind ce să facă. Fără să-și dea seama, Diana lăcrima, fapt care l-a încurajat să se apropie și să o ia în brațe. Ea nu a făcut niciun gest, parcă ar fi fost bătută în cuie.

– Diana, mi-a fost dor de tine.

Carmen Suissa

După ce și-a revenit din surpriză, ea l-a împins, privindu-i mâinile ca și cum ar fi avut o bombă în ele ce-ar fi putut exploda dintr-o secundă în alta. Pe parcursul timpului existaseră între ei neînțelegeri, dezacorduri, dar niciodată explozii. Nu vârfuri, doar culmi și văi, iar ea acum înțelegea că asta se datorase lipsei de pasiune. Avusese ea pasiune pentru amândoi, dar nu fusese suficient. N-au fost miracole în viața lor și atunci când îl iubise cel mai mult a trebuit să-l lase să plece. Diana crezuse că relația lor era puternică și stabilă, fără a avea nevoie de cuvinte, însă se înșelase. Greșise pe toată linia și acum stătea în fața lui, în țara în care își dorise demult să locuiască și unde el nu o adusese, așa cum i-a promis. Viața lor în Germania fusese confortabilă, dar n-avea nimic din luxul în care trăia el acum. Nu doar schimbase continentul, ci și stilul de viață. "Nu ești niciodată erou în propriul oraș", și-a spus ea tristă.

— Doamne cât mă bucur să te văd, Diana. Ești superbă, a zis el admirând-o cât era de proaspătă și frumoasă, îmbrăcată toată în mohair roșu cu geacă albă cambrată pe talia fină. Mi-a fost atât de dor de tine.

— Dacă ți-este atât de dor cum se face că ieși din casa amantei tale? a întrebat ea rece. Ți-ai abandonat familia și m-ai făcut să cred că nu am fost o soție bună. El și-a lăsat capul în jos rușinat. Știa că fusese devastată. Nu o dată îi spusese că îl iubea mai mult ca pe propria-i viață, lucru pe care i l-a dovedit pe tot parcursul căsătoriei. De ce nu mi-ai spus de relația ta cu Adela de câte ori te-am întrebat? Îmi repetai mereu că sunteți doar prieteni. Nu mi-ai zis că era o prietenă pe care plănuiai s-o vezi goală.

— N-am vrut să suferi.

— Pentru că, privindu-te făcându-ți bagajele și abandonându-ne, trebuia să mă facă să mă simt minunat?

— Am făcut greșeli ireparabile și n-am toate răspunsurile pe care le-ai vrea, dar tare mi-aș dori să repar cumva asta, Diana.

— Tu singur ai spus "greșeli ireparabile". Nu știu ce ar trebui să fie acel "cumva". El își simțea inima galopând. Nu voia s-o piardă din nou. Nu acum când realizase enormitatea gafei făcute. Se săturase de viața cu Adela, iar certurile lor erau din ce în ce mai dese și mai violente.

— Ai trecut de la o viață la alta, ai schimbat continentul și ai schimbat și femeia, a continuat Diana ferm, dar cu inima aproape ieșindu-i din piept. Au venit la pachet, știu. Un fel de pact cu diavolul, iar cumva-ul acela, care ar trebui să repare toate astea, ar trebui să fie un miracol. S-a apropiat mai mult de el și l-a privit în ochi: când îți vinzi sufletul diavolului, pierzi dreptul la miracole, Benjamin. El nu spunea nimic, dar știa că avea dreptate. Te-am iubit așa cum n-am iubit pe nimeni niciodată, a spus Diana, ștergându-și lacrimile. Și în loc să apreciezi, ai luat iubirea mea ca pe un semn de slăbiciune. Întotdeauna am știut că pot trăi fără tine, dar nu voiam o viață din care tu nu făceai parte. Ai văzut în mine o ființă fragilă și am crezut că, în timp vei realiza exact cine sunt. O femeie sensibilă și puternică în același timp. Să fii sensibil nu este un semn al slăbiciunii, iar să fii curajos nu înseamnă să sari la bătaie de câte ori poți sau să nu-ți fie frică.

Da, era într-adevăr o forță a naturii. El știa asta acum. Altfel nu înțelegea de ce îi venea să se urce pe un bloc și să-și dea drumul în cap. Dar nici măcar asta nu putea să facă, pentru că se afla într-o suburbie.

— Aș vrea să discutăm calm... Undeva unde nu riscăm să murim degerați, a zis el.

— Nu ți-ai schimbat politica. Întâi împuști, dup-aia vrei să discuți.

— Ai dreptate, Diana, sunt un bou. Întotdeauna am fost. Nu știu ce ai văzut la mine în cei 10 ani.

— O grămadă de lucruri, a spus ea tristă, cu calmul ce-o caracteriza. Păcat că n-ai văzut și tu ceva interesant în mine. Cum ar fi, de exemplu, buna mea organizare. Dar sunt sigură că în limbajul tău asta se traduce cu maniacă. Nebuna care se lupta cu aspiratorul în timp ce tu aveai chef să-ți vezi liniștit meciurile la televizor sau mesajele pe Facebook.

— Nu așa te vedeam, a zis el spășit. Ca pe o maniacă. Și n-ai greșit cu nimic...

— Prima greșeală a fost să închid ochii la toate nebuniile tale. Ar fi trebuit să te părăsesc atunci când ți-am cerut să renunți la mesajele cu ea și m-ai refuzat. Te-am implorat atunci și de atunci, apoi m-ai abandonat. Aproape că m-am târât la picioarele tale și-n tot timpul acela tu știai că n-am nicio șansă. Trebuia să-mi spui de la început că nu mergi în aceeași direcție cu mine. Și nu vorbesc de drumul în mașină. N-ai vrut să-mi dai nicio șansă. Peste noapte, te-ai declarat judecătorul meu și mi-ai dat sentința pe viață, fără să-mi ceri și mie părerea. Nu este just.

Lui Benjamin lacrimile i se prelingeau pe obraz acum și dădea din cap. Știa că fusese un escroc și că o făcuse să sufere. O implora din priviri să-l ierte și Diana l-a înțeles. În mod sigur într-o zi va veni și iertarea, însă acea zi nu era încă acolo.

– Acum înțeleg de ce la toate proiectele de viitor pe care le făceam nu spuneai nimic. Pentru tine căsătoria noastră de la început a fost ceva provizoriu.

– Am aprobat întotdeauna tot ceea ce-ai făcut, Diana.

– Posibil, a spus ea tristă, dar n-ai respectat niciodată ceea ce făceam. Aveam nevoie de validarea și de respectul tău, iar tu abia dacă mă vedeai. În primele luni de la plecarea ta m-am întrebat de nenumărate ori ce mă voi face fără tine. Acum nu mă mai doare atât de tare că nu ești acolo să-mi spui cum să mă îmbrac, să mă comport sau să respir. El a privit-o mirat. Da, a zis ea, sarcasmul e nou în viața mea. La fel și insomniile.

– Nu dormi? a întrebat-o.

– Nu suport bine decalajul orar... sau despărțirile.

– Ce faci în America?

— La fel ca tine, am venit să-mi realizez visul.

— Ăsta nu este un răspuns, Diana.

— E tot ce am pentru tine la ora asta.

— Ce să înțeleg? Că ești amanta lui Jack?

— Înțelegi ceea ce vrei, a răspuns ea calmă. Nu-ți datorez nicio explicație.

— Nu te judec, doar vreau să știu cum ești și ce faci aici?

Benjamin părea disperat, iar ei i s-a făcut milă. Oare toată viața avea să-l iubească așa? Nu va scăpa niciodată de acea povară?

— Unde este Trudy? Îmi este dor de ea. Spune-mi, te rog, că mă vei lăsa să o văd.

— Am băgat divorț, i-a zis fără să se uite la el, în vreme ce Benjamin o privea uluit.

Știa că la un moment dat va trebui să divorțeze, dar pus în fața faptului împlinit, simțea că Pământul îi fuge de sub picioare. Ar fi dat orice ca să se poată întoarce la viața lui de altădată. Viață pe care o considerase plictisitoare. Fusese căsătorit cu o femeie care îl adorase, iar acum locuia cu o femeie care se adora doar pe ea... și gențile ei. Și-a distrus familia pentru Adela, o persoană insensibilă, egoistă și rea.

— Știu că încă mă mai iubești, Diana. Și în numele iubirii noastre, te rog să mă ierți! Am nevoie de asta pentru a putea...

— Ce, Ben? Merge mai departe? Vrei binecuvântarea mea pentru uniunea ta cu o altă femeie? Ți-o dau dacă vrei, dar să știi că niciodată nu vei fi fericit cu ea.

Și Benjamin știa deja asta. Era prea dureros și umilitor să recunoască faptul că eșuase cu totul în viața lui. Avusese șansa de-a făuri o familie, de a fi iubit de o femeie minunată, iar el a decis s-o părăsească pentru o iubire de liceu. Adela fusese visul copilăriei lui și obsesia vieții adulte. Știa acum că a fost o nebunie și o pierdere de timp să lase totul și să se mute cu ea. O comparase întotdeauna cu o cometă pe care nu dorea decât să o prindă în zbor. O prinsese, dar nu evitase catastrofa.

— Nu vreau binecuvântarea ta, iubito. Doresc doar să îți cer scuze. M-am comportat ca un porc. "Asta este o insultă la adresa porcilor" și-a spus ea în cap. Știu că îmi merit soarta, Diana, și accept, dar nu pot să te văd suferind. Ea îl privea și spera să nu i se vadă în ochi dragostea pe care încă i-o purta. Îți strângi buzele, a zis el cu blândețe, îți pare rău pentru mine. Întotdeauna îți strângi buzele când îți pare rău. Nu știu ce este mai rău: să mă deteși sau să-ți fie milă de mine, a zis el. Îmi aduc aminte cum de multe ori mi-ai spus că mila vine de la Dumnezeu. Asta înseamnă că poate mai am o șansă?

Diana nu spunea nimic, dar era surprinsă că își aduce aminte de ceea ce îi spusese. Rareori Benjamin ascultase ce avea ea de spus în timpul căsătoriei lor.

— Mă voi ruga lui Dumnezeu să mă ierte pentru răul făcut, Diana. Tot tu spuneai că rugăciunile bune sunt întotdeauna ascultate. Că ajung unde trebuie.

Ea a zâmbit slab, iar el și-a spus că este minunată. Doamne cum o iubea! De ce nu văzuse asta înainte? Era caldă, bună și generoasă și tot ce găsise el să facă, a fost să sară în pat cu diavolul.

— Nu o mai iubesc pe Adela, a zis el neîntrebat. Trebuia ca ea să știe. Am realizat lucrul acesta într-un bar oarecare, când beam o băutură cu nume bizar. Era trei dimineața și am vrut să te sun, dar, ca de obicei am fost prea laș să o fac. După tot răul cauzat ce puteam să îți zic? Că te-am părăsit pentru că mi-ai oferit totul? Că am renunțat la căsătoria noastră pentru o cușcă de aur al cărei gardian este Adela? De zile întregi am impresia că sunt pe un teren minat, gata oricând să sară în aer, a zis el trist, recunoscându-și eșecul. Nu mai conta. Pierduse tot ceea ce fusese important pentru el, restul nu mai însemna nimic. Stăteau în ninsoare de peste 20 de minute, dar niciunul dintre ei nu simțea frigul. Diana ar fi vrut să plece, nu era în siguranță să stea acolo și să-l asculte spunând ceea ce-și dorea de luni de zile să audă. Nu putea însă să se urnească din loc.

— Am fost un soț oribil și dacă mi-ai cere părerea, ce să faci în viitor cu mine, ți-aș spune să mă împuști. Nu merit mai mult decât un nenorocit de glonț între ochi. Iar viața pe care o duc acum, te asigur, nu merită trăită.

Ea l-a privit îngrozită, fără să se aștepte la așa ceva. Era nefericit și ea și-a pus toată energia să nu îl întrebe detaliile, iar acum el își expunea viața fără nicio reținere. Diana își dorea liniște și nicidecum ca el să fie nefericit. Dar cum va putea ea oare să fie liniștită acum când îi cunoștea gândurile negre? Oare ar fi fost capabil să facă ceva ireparabil? Nu și-ar putea niciodată ierta dacă Benjamin și-ar lua viața.

— Nu trebuie să fii atât de negativ, Ben. Într-o zi lucrurile vor fi mai bune. Nu știu când, dar în mod sigur vor fi. Așa se întâmplă mereu. După rău vine bine.

— Păi tocmai asta este problema. Mi-a fost bine, iar acum mi-e rău. Dacă această stare va rămâne definitivă?

O rănise și acum aștepta ca ea să-l consoleze. Era conștient de absurditatea situației și de faptul că nu avea pic de demnitate.

— Poate nu știi, dar de când sunt aici, beau în fiecare zi. Vreau să uit de viața asta.

— Dacă vrei să ai o viață, va trebui s-o înfrunți treaz, Benjamin.

El plângea ca un laș ce era și i s-a făcut milă de el, deși știa că nu merită compasiunea ei. O lăsase cu Trudy, fără niciun ajutor material. Un aranjament convenabil lui, dar deloc decent sau rezonabil pentru ea. Nu îi păsase dacă ele aveau să se descurce cu un salariu de învățătoare, iar acum stătea umil în fața ei, cerșindu-i mila. Văzând privirea din ochii lui, Diana simțea milă și furie în același timp. Benjamin fusese întotdeauna manipulator și probabil că asta făcea și acum. Cum ar fi putut să mai creadă în el, după tot ce i-a făcut? Trântise ușa în spatele lui și nu mai privise înapoi, iar când a realizat că noua lui viață nu-i convenea, a început s-o sune. N-a făcut-o pentru că o iubea, ci din pur egoism. Cotidianul cu Adela nu era ce şi-a imaginat și voia să tatoneze terenul în cazul în care se decidea s-o părăsească.

Diana nu era genul care să se răzbune, dar era suficient de inteligentă ca să știe că trebuia să se pună la adăpost. În ciuda faptului că se comportase execrabil, ea încă îl iubea. Ceața în care o băgase era densă și bâjbâia fără să știe exact unde merge sau ce-și dorește. De fapt, știa ce-și dorește. Îl voia pe el, însă era conștientă că nu mai putea face parte din viața ei. Era toxic și ea învățase în ultimul an să evite poluarea. Nu mai aveau nimic în comun, doar un trecut dureros pe care trebuia să-l lase în urmă.

— Nu vreau, dar trebuie să...

— Atunci, n-o face! a spus el repede nelăsând-o să-și termine fraza.

— Voiam să-ți spun că trebuie să plec. Nu mai pot sta aici sau avea această discuție.

El o privea ca un cățel căruia i s-a luat osul, dar Diana nu s-a lăsat păcălită. Benjamin nu era o persoană bună care-a făcut o alegere rea, ci era un om lipsit de scrupule, care făcuse din viața lor un muzical fără muzică. Un coșmar.

— Dar trebuie să discutăm, Diana. Este vorba despre iubirea și interesele noastre comune. Nu vezi cât de norocoși suntem că am ajuns în America? Am putea s-o luăm de la început și să facem bani mulți, nu să depindem de niște străini. Banii și dragostea merg mână în mână și sunt convins că de data aceasta iubirea noastră va fi mai puternică.

Cum îndrăznea? În trei fraze, a scos o ecuație cu mai mulți factori: iubire, bani, interese. Nu ar fi trebuit să existe o relație de condiționalitate între acestea, dar, în concepția lui, exista. Spunea că erau norocoși că au ajuns în America și făcea ca totul să pară planul perfect, numai că în urma acelui plan ea s-a ales cu inima frântă.

— Dragostea necondiționată este neprețuită, Benjamin, dar tu nu cunoști semnificația acestor cuvinte. Nu-ți cunoști prioritățile, iar de-ale mele nu ți-a păsat niciodată. Peste noapte ai decis să-ți părăsești familia și tot peste noapte te-ai gândit să-ți părăsești amanta. Este prea multă noapte în viața ta.

El a privit-o jenant, dar a lăsat-o să continue.

— Te-am iubit enorm, deși în prezența ta aveam mereu impresia că sunt un nimeni, că te dezamăgesc. M-ai jignit și te-am iubit, m-ai părăsit și am continuat să te iubesc, iar acum mă umilești cu târgul pe care mi-l propui la margine de drum, pe proprietatea iubitei tale. El ar fi vrut să spună ceva, dar Diana a ridicat un deget și l-a oprit. În toți anii căsătoriei noastre m-ai convins că am făcut un schimb echitabil: tu mi-ai dat un inel de logodnă, iar eu am renunțat la tot. Mândrie, dreptul la parolă și libertate. Ce aștepți de la mine Benjamin? Să te aplaud? Ce mai poți tu să-mi iei ce nu mi-ai luat deja?

Benjamin a simțit apropierea finalului și panicat, a căzut în genunchi:

– Te implor, nu-mi întoarce spatele! Nu-l lăsa pe Jack să ne strice viitorul!

– Asta este viața mea, nu a ta și o voi trăi exact așa cum vreau. M-ai părăsit, nu am lepră și nici nu am chef să mă izolez ca o călugăriță doar ca să-ți fac ție pe plac. Tu ți-ai făcut viața, acum este rândul meu, iar tu n-ai niciun cuvânt de spus. Ai jucat și ai pierdut, iar acum ți-a venit timpul să accepți reversul medaliei. Nu-ți spun asta ca să mă răzbun sau să te fac să te simți mai rău decât ești deja. E realitatea. Toată viața mea m-am gândit la tine, cum să-ți fie ție bine. M-am lăsat deoparte pe mine și ce am câștigat? Nu mare lucru, nu-i așa? Acum voi avea grijă de mine, pentru că dacă n-o fac eu, nimeni n-o va face.

L-a mai privit câteva secunde, apoi fără să mai spună nimic i-a întors spatele și a plecat spre casă, lăsându-l acolo plângând. În acea dimineață, ceva în ea s-a frânt. Nu știa exact ce. Poate că a depășit stadiul de victimă sau poate a devenit mai puternică. Cert era însă că voia din tot sufletul să lase trecutul în trecut.

Când a ajuns la noua ei casă, a fost plăcut surprinsă să-l găsească pe Jack acolo. Trudy dormea încă, iar Deborah a întâmpinat-o cu un zâmbet cald și o ceașcă mare de cafea fierbinte.

– Cum a fost? a întrebat-o Jack vesel.

— M-am întâlnit cu Ben, a răspuns ea calmă. A plâns în fața casei tale și m-a luat în brațe. Apoi, i-am spus că s-a purtat oribil cu mine și am plâns și eu. Și-a cerut scuze, iar eu i-am reproșat iarăși felul în care a părăsit scena. Deci, ca să-ți răspund la întrebare, nu foarte bine. Zâmbea când îi spunea asta, și cei doi o priveau atenți.

— Ești bine? a zis într-un final Deb.

— Întreabă-mă asta peste câteva ore, a răspuns Diana simplu, ridicând din umeri și sorbind din delicioasa cafea. Cert este că mă simt bine aici și-ți mulțumesc. Vă mulțumesc amândurora. Va trebui însă să aveți răbdare cu noi. Mi-am pierdut încrederea în mine... și probabil că în toată lumea. Ea i-a privit tristă: cum știi în cine să ai încredere?

— Nu știi, a venit răspunsul franc al lui Jack, însă am o rețetă cum să treci mai ușor peste perioadele grele. Prietenii și pregătirea sărbătorilor de iarnă, a zâmbit el, privindu-le pe fiecare-n parte. Deborah organizează Crăciunul în fiecare an aici și este o gazdă minunată. În timp ce vorbeau, s-au trezit cu Adela în casă.

— Ce faci aici și cum ai intrat? a întrebat-o Jack de parcă erau într-o misiune secretă, ascunși într-o fortăreață.

— Am apăsat pe clanță, apoi mi-am pus un picior în fața celuilalt și tot așa, a răspuns ea cu tupeul ce-o caracteriza. De altfel, am venit să vorbesc cu amanta ta, nu cu tine. Diana a privit-o dezinteresat, iar când Adela a făcut-o prostituată, s-a ridicat calm și a părăsit încăperea.

— Cum îndrăznești să debarci aici și s-o tratezi așa? a întrebat-o Jack furios. Așa ar trebui să te numesc și eu pe tine pentru că ai un amant? Asta faci cu Benjamin? Prostituție?

— Prostituție fac din totdeauna, dragul meu, a răspuns ea având o privire răzbunătoare. Nu așa se numește când te culci cu soțul de ani de zile fără să ai nicio plăcere? Este legal, dar în mod cert, tot prostituție se numește. Jack s-a roșit de furie, însă n-a avut timp să spună ceva pentru că Deborah s-a ridicat, a luat-o pe Adela de braț și a forțat-o să iasă afară din casă.

— Să nu mai vii aici neinvitată! i-a spus pe un ton hotărât, după care i-a trântit ușa în nas. Îmi pare rău pentru tine, Jack, n-ai meritat o asemenea scorpie. Ai muncit ani de zile pentru ea, fără salariu și niciun pic de glorie. Trebuie s-o uiți pe nebuna asta care își schimbă umorul de la o zi la alta și nu știe ce vrea. Este timpul să te gândești la tine, să ieși afară să te distrezi și să-ți găsești o tipă faină.

— N-am niciun chef "să ies afară" și să alerg după femei, Deb.

— Atunci nu ieși, și aici sunt câteva femei frumoase, a zis ea mișcându-și amuzant sprâncenele și făcându-l să râdă.

— Îmi faci propuneri indecente, doamnă Lynn?

— Nu, prostule. Mă refeream la Diana. Ar trebui să te dai la ea. Este vulnerabilă și-ți va plânge pe umăr, tu o vei asculta și-o vei consola, apoi se va îndrăgosti de tine. Jack râdea cu poftă și ea a continuat: în mare ăsta ar fi planul, dar un pic mai pornografic.

— A plecat? s-a auzit Diana în spatele lor și ei au afirmat din cap. Despre ce plan pornografic vorbeați? a întrebat ea, iar lui aproape că i-au ieșit ochii din cap.

— Ne-am amintit de o petrecere de botez la care Jack a adus din greșeală un film porno, a încercat Deborah să salveze situația... Și ratând.

— Un adevărat prinț, a zis el, privind-o pe Diana și rugându-se ca aceasta să nu-l creadă pervers sexual. În fine, unde rămăsesem înainte de venirea Adelei?

— La preparativele pentru sărbătorile de iarnă, a zis Deborah.

— Cum arată Benjamin? Este bărbat bine? a întrebat-o el pe Diana.

— Da. Face mult sport, a răspuns ea zâmbind când i-a văzut fața dezolată. Ți-ai fi dorit să fie chel și gras, nu-i așa? Și să-i lipsească dinți.

— Minimum trei. Și toți în față, a zis el, făcându-le să râdă. Îl urăsc pe tip și mi-e rușine de asta.

— Nu trebuie, a spus Deborah cu umorul ce-o caracteriza. Sunt convinsă că și el te urăște. Apoi s-a întors spre noua ei prietenă și a privit-o cu blândețe: ce simți pentru el?

— Totul, a răspuns Diana, dar trebuie să recunosc că de un timp încoace punctul meu forte este autodistrugerea. Zâmbea trist când a spus asta. Trebuia să-mi dau seama mai repede că ceva se întâmplă. Nu se mai... nu mai făceam... s-a oprit jenantă neîndrăznind să termine fraza.

Cu două luni înainte de a ne despărți eram mai mult ca niște prieteni... cu opțiuni limitate... mai puțin era mai mult și nimic era perfect. Adică fără sex. Dar încă îl iubesc. Trădarea lui m-a aruncat într-o lume improbabilă și am ridicat ziduri groase ca să mă protejez. Ziduri de care va fi foarte greu ca cineva să treacă. Uneori stau noaptea în pat și mă întreb cum de am putut ajunge atât de devreme în viață la fiasco. Se străduia din răsputeri să nu plângă, apoi și-a scuturat capul și zâmbind forțat le-a zis: E adevărat că am fost dintotdeauna mai precoce decât prietenele mele. Am fost orfană devreme, m-am căsătorit mai devreme ca toată lumea, apoi m-am despărțit. Prima în toate. Diana i-a privit tristă. Mi-a mai rămas Trudy și sunt recunoscătoare pentru asta. În adolescență am fost foarte firavă, iar moartea părinților aproape că m-a distrus. Mi-au trebuit ani ca să-mi revin și m-am vindecat când m-am căsătorit cu Benjamin. Să ai o viață stabilă și calmă este foarte important pentru sănătatea mintală. Cei doi au privit-o cu tandrețe, iar ea i-a asigurat că era conștientă că Benjamin nu era bun pentru ea.

– Faptul că știi asta, este primul pas spre vindecare, i-a zis Deborah.

– Știu că bărbatul cu care m-am căsătorit nu are nicio legătură cu cel de care voi divorța, a zis Diana, dar trebuie să recunosc că încă îl mai iubesc. Probabil o voi face mult timp de-acum înainte, dar asta nu înseamnă că nu-l voi părăsi. Una n-o împiedică pe alta. Apoi, privindu-l pe Jack, l-a întrebat dacă el mai avea încă sentimente pentru Adela. I-a răspuns că nu știa sigur. Erau zile în care se credea vindecat, ca apoi, noaptea târziu în patul lui, să se gândească la viața lor împreună. La viața de dinainte de-a ști că ea îl înșală. Dacă aceea era dragostea, atunci da, încă o mai iubea. Dar el credea totuși că era vorba de nostalgia timpurilor trecute.

– Deseori destinele oamenilor se schimbă peste noapte, a zis el. Ne culcăm într-o viață și ne trezim în alta. Și chiar dacă se spune că viața nu doar se întâmplă, câteodată chiar așa este. Lucrurile se întâmplă și peste noapte poți deveni văduv, sărac, sau să fii singur. De multe ori nu realizăm șansa pe care o avem numai după ce pierdem ceva sau pe cineva. Shakespeare a scris că "viața este o umbră trecătoare, un biet actor care se împăunează și se agită atât timp cât e pe scenă și despre care, apoi, nu se mai aude nimic". Așa este, a zis Jack. Și totuși, toată lumea se zbate pe scena vieții. Jocurile erau aceleași, doar actorii se schimbau.

Când Trudy și-a făcut apariția în salon cu picioarele goale și părul blond ciufulit, cei trei au întâmpinat-o zâmbind. Era frumoasă și când i-a salutat într-o engleză puțin stâlcită, Jack a luat-o în brațe și a pupat-o.

– Se descurcă foarte bine în engleză, a zis el, și Diana a dat din cap fericită.

Jack le-a propus să se îmbrace bine pentru că voia să le ducă la grădina zoologică Lincoln, să-i cumpere lui Trudy dulciuri de la Sweet Mandy B's, și să patineze la Millennium Park unde puteau admira bradul enorm. I-a povestit lui Trudy despre tradiția bradului care începuse în anul 1930, când primăria a decis să pună în centrul orașului un brad mare pentru cei care nu-și permiteau să-și cumpere unul. Lumea a început să-l decoreze cu hârtie de gumă de mestecat și de aluminium. Fetița era fascinantă de poveștile de Crăciun și Deborah i-a promis că îi va citi una în fiecare seară înainte de culcare.

Jack a ajutat-o pe Trudy să se îmbrace și când i-a pus paltonul alb cu inimioare roz pe ea a avut impresia că este o păpușă coborâtă dintr-o vitrină de mall. Erau multe lucruri de făcut iarna în Chicago și lui îi făcea plăcere să le fie ghid. Când copiii se întorceau de la școală voia să-i ducă pe toți la cină într-un restaurant american unde le va comanda coaste de porc, hamburgeri, hot-dog și Cupcakes. O seară americană pentru a sărbători sosirea lor pe pământul făgăduinței.

Ziua a fost un succes, și toți s-au distrat de minune. Au luat cina devreme și apoi, Jack le-a invitat la ei acasă la o ciocolată caldă. În timp ce copiii jucau ping-pong la subsol, Diana cu el au savurat un pahar de coniac în fața șemineului. Chiar dacă atmosfera era romantică, cei doi nu făceau decât să petreacă un moment plăcut împreună. Doi prieteni care împărtășeau într-un fel același destin. Niciunul din ei nu căuta altceva decât reconfort, liniște și să se simtă mai puțin singuri.

Mai târziu, când Kelly l-a sunat, Diana i-a zis lui Jack că simte că se va căsători înaintea ei. Oricât i-ar fi spus el că nu era nimic romantic în relația lor și că prietena lui era deja într-o relație cu Fred, ea nu a încetat să-l tachineze.

— Tu singur mi-ai spus, Jack, că i-ai povestit totul despre tine lui Kelly. Copilărie, prima iubire, primul sărut. Știi ce înseamnă asta?

— Că nu mi-a fost rușine să recunosc că nu am sărutat pe nimeni până la 16 ani? Sau că nu am avut o altă femeie în afara Adelei?

— Chiar? a întrebat ea. Ești un bărbat special, Jack.

— Atât de special încât ea a preferat să se încurce cu soțul tău.

— Azi am petrecut o zi minunată și vreau s-o terminăm într-o notă pozitivă, așa că hai să nu mai vorbim de ei doi, a zis Diana zâmbind. Era bine dispusă și nu avea de gând să-și strice seara cu lucruri triste. Voiam să spun că, ai dărâmat toate zidurile din jur ca s-o lași pe Kelly să intre în universul tău. Jack a râs, lăsându-și capul pe spate și ea și-a zis că este un bărbat atrăgător.

— Ai tu o treabă cu zidurile. În 24 de ore ai folosit această expresie de două ori.

Diana a râs, apoi i-a povestit de prietenii ei din Germania, de colegii și de grădinița unde a lucrat. Se considera norocoasă să aibă prieteni atât de buni și un loc de muncă minunat.

— Faptul că mă puteam ocupa de Trudy într-un mediu atât de plăcut și sigur, a zis ea, cu oameni care ne iubeau, m-a făcut să trec mai ușor peste trădarea lui Benjamin. Grădinițele sunt foarte importante în viața unui copil, a continuat ea, pe un ton vesel. Dacă nu este bună, bazele sunt slabe și când ajunge la școală este pierdută, iar la 17 ani trebuie să o întreții pe ea, pe prietenul ei alcoolic și pe copilașul lor. Când vor ajunge la 25 de ani te vor implora să îi mai lași o lună-două să stea pe salariul tău, apoi, înainte să ajungi la vârsta de pensie, vor vrea să te închidă într-o casă de bătrâni, ca să poată ei umbla goi prin casă. Iar tu, o să-i implori să te lase să stai cu ei, mințind că ești bătrână și surdă și că nu te deranjează să stai într-un mediu nudist, cu copii gălăgioși. Jack râdea în hohote la tabloul ei futurist.

Capitolul 4

Câteva zile mai târziu, în timp ce Diana și Jack se plimbau prin suburbia unde el locuia acum, au întâlnit-o pe Kelly care venise la familia O'Brien. După ce s-au făcut prezentările de rigoare, au discutat două minute în fața casei despre petrecerile care se dădeau în cartier înaintea Crăciunului. Era o perioadă plăcută în care vecinii se întâlneau și discutau în jurul unui pahar de vin. Această tradiție îi permitea lui Jack să-și cunoască noii vecini mai bine și să se gândească la altceva decât la căsătoria lui ratată.

Văzându-i pe aleea casei lor, Betty și George O'Brien i-a chemat înăuntru la o cafea. La ei acasă era o hărmălaie de nedescris: fetele lor, Georgia de 15 ani și Liz de 11, aveau musafiri, șapte adolescente gălăgioase. Cele mici se țineau scai de fetele mai mari care încercau disperate să scape de ele.

– Mama, a țipat Georgia, spune-le mucoaselor ăstora să ne lase-n pace! Trag tot timpul cu urechea la ceea ce vorbim.

– Ar vrea să aibă pieptul mai mare, a explicat Tracy, prietena lui Liz care avea 12 ani, dar se purta ca o adultă. Nu enorm, doar mai puțin mic. Am încercat să-i explic că perioada de creștere la fete se termină la 14 ani și s-a supărat. S-a întors apoi spre Georgia și cu un aer atotștiutor i-a spus apăsat: 14 ani! Deci tot ceea ce-ți mai rămâne de făcut este să visezi la sâni mari.

— Gura! a urlat Georgia la fată. Dacă mai vrei să vii aici va trebui să-ți ții pliscul închis, Tracy.

— Fac ce vreau, i-a răspuns puștoaica, după care a scos limba și împreună cu prietenele ei mai mici au luat-o la fugă pe scări. Georgia a ridicat mâinile la cer și privindu-și părinții a zis pe ton ridicat:

— Într-o zi o să primiți un telefon de la părinții ei care o să vă spună că habar n-au unde a dispărut obraznica lor de fată, iar voi n-o să știți nimic. Nimeni n-o să știe.

— Bine, bine, a spus George, obișnuit cu tachinările dintre fete. Duceți-vă acum sus la voi în cameră, avem musafiri. Fără măcar să-i bage în seamă, Georgia și prietenele ei, au urcat la etaj și, după ce au trântit cu putere ușa de la cameră, au dat drumul la o muzică asurzitoare, groaznică.

— Când o să ne cunoaștem mai bine nu o să vă mai pară atât de înfiorător să veniți la noi, a spus Betty, care i-a condus în sufrageria spațioasă, cu canapele bleu-gri și covoare în dungi, în același ton. În marea parte a timpului sunt fete bune și, după ce treceți de impresia că și-ar scoate ochii una alteia, vezi vedea că pot într-adevăr să și-i scoată.

Diana și Kelly râdeau binedispuse. Se simpatizau reciproc. Diana o plăcea pe Kelly și o găsea amuzantă și sofisticată. Era puțin arogantă, dar în stilul acela sexy, nu antipatică.

Betty le-a servit cu cappuccino, suc de struguri negri, căpșuni, afine proaspete, și biscuiți din ovăz făcuți în casă. Dianei totul i se părea ca în filmele pe care le adorase la televizor. Nu-i venea să creadă că acum făcea parte din acel decor și că toată lumea se comporta atât de prietenos. Soții O'Brien erau amuzanți și primitori, iar Kelly era o companie plăcută. Între ea și Jack nu era nimic decât o bună prietenie, și într-un fel, Diana se simțea ușurată. Nu știa sigur de ce simțea asta, Jack îi era doar prieten. Poate era teama de a nu-și pierde singurul prieten din acea țară străină. Dar trebuia să recunoască faptul că se gândea la toți cei pe care-i cunoscuse până atunci ca la noii ei prieteni. Oamenii în America erau mult mai deschiși, mai primitori ca în Germania. Vorbeau ușor unii cu alții și știau să se bucure de timpul lor liber.

— De Crăciun am să vă fac un ștrudel cu mere, a zis Diana, iar Kelly a bătut fericită din palme. Ne vom întâlni noi cumva să îl mâncăm, chiar dacă nu sărbătorim împreună.

— Pe 26 pot să fac o petrecere la mine și sunteți toți invitați, a zis Jack. Așa ne vom cunoaște mai bine. Stau de câteva luni aici și de-abia v-am întâlnit, le-a spus el soților O'Brien. Ce-ar fi când veniți la mine să jucăm "Adevărul"? Ei îl priveau fără să înțeleagă. Este un joc în care participanții trebuie să prezinte în câteva fraze trecutul lor.

— Sau putem să începem chiar acum, a propus Kelly, ridicându-se în picioare ca la una din acele întâlniri ale alcoolicilor anonimi. Am tendința să trezesc sentimente materne bărbaților din viața mea. Culmea că nu și cu mama mea. Sunt bună și câteodată rea, impulsivă și deseori nu prea diplomată. Sunt umană. Câteodată îmi pasă, iar altădată, nu. Sunt gălăgioasă și o știu. Nu încerc să fac pe sfânta și nici nu vreau mila nimănui. Cred că este mai rea ca un pumn în nas. Am o fetiță de șapte ani pe care o ador și un fost soț pe care toată lumea adoră să-l urască. Sunt într-o nouă relație și culoarea mea preferată este verde... nu verdele de la invidie. Si Când eram mică abia așteptam să mă căsătoresc, acum, o legătură serioasă mă sperie. Mă tem că cineva ar putea să ia prea mult de la mine și nu mai vreau ca sufletul să-mi fie rănit... sau să pierd iarăși ceva. Nu mă refer la partea materială, ci la o parte din mine la care nu vreau să renunț. E rândul tău, i-a spus ea Dianei. Jack a privit-o atent pe Kelly și a zâmbit slab. Îi plăcea franchețea și stilul ei dezinvolt. Diana la rândul ei s-a ridicat în picioare și a început să vorbească.

— M-am născut și crescut în Munchen, iar cei care mă cunosc spun despre mine că sunt bună și curajoasă, lucru pe care-l cred și eu. N-am nimic împotriva milei sau a faptului că cineva se comportă ca Dalai Lama când este jignit. Am avut o viață lipsită de bucurii până în ziua în care l-am cunoscut pe Benjamin, soțul meu. Iubirea vieții mele. Nu demult am aflat că de fapt am fost îndrăgostită de o versiune falsă a lui, dar am decis să nu mai regret erorile trecutului. M-a părăsit acum un an și de atunci, singurele mele bucurii au fost fetița mea și prietenii. Între aceste două perioade, am fost mulțumită. M-a bucurat să am grijă de copilul și soțul meu și, dacă cineva mă întreba, aș fi spus chiar că sunt fericită. Cineva a spus odată că, indiferent ce faci în viață, sau ceea ce ai, dacă ești iubit, înseamnă că ai reușit. Probabil că am ratat partea cu căsătoria, dar am fost o persoană iubită, ceea ce mă face să cred că am reușit. Pe tot parcursul vieții mele am avut șansa de a cunoaște oameni minunați. Cred că și voi sunteți deosebiți și sunt recunoscătoare că v-am întâlnit. Apoi întorcându-se spre Jack l-a privit cu multă tandrețe: nu știu ce m-aș fi făcut fără tine în ultimele luni. Mi-ai fost de un sprijin moral inestimabil și de multe ori mi-am spus că fără tine n-aș fi reușit.

Jack a bătut-o ușor pe mână și a zâmbit impresionat. Diana reușea să-i atingă sufletul cu vulnerabilitatea și bunătatea ei.

— Am avut o copilărie grea, a continuat ea, dar o căsătorie pe care am iubit-o, ceea ce face și mai dureros felul în care totul s-a terminat. Cu Benjamin rezultatele n-au fost niciodată nete sau definitive, iar finalul se putea schimba de la o zi la alta, însă eu știu astăzi că trebuie să închid capitolul pentru totdeauna.

— Tu încă ești victima lui Benjamin, a zis Kelly, dar îți promit că într-o zi o să fie mai bine. Am trecut și eu prin asta, iar acum, după doi ani de la separare, pot să spun mândră că nu mi-am mai dat inima nimănui și nici nu am mai fost abuzată de nimeni.

— Nu cred că singura soluție pentru a nu mai fi abuzat este să nu mai iubești, a spus Diana, și refuz ca lumea să mă trateze ca pe o victimă. Urăsc cuvântul acesta și nu vreau să fiu etichetată ca o persoană fără apărare. Nu fac parte dintr-o turmă stupidă și ideea de grup anonim, spectator al propriei vieți, mă oripilează. Îi privea calm. Poate că n-am cunoscut niciodată apogeul fericirii, dar este OK și așa. De multe ori m-am întrebat ce aș face după, a zis ea zâmbind timid.

Jack a privit-o atent și și-a spus că este frumoasă, bună și valoroasă.

— Eu, dacă aș atinge apogeul fericirii, aș încerca să rămân acolo, a zis el. Suferința prin care am trecut nu mi se pare nici instructivă și nici constructivă. În ultimul an m-am simțit oribil și, la fel ca tine am decis să întorc pagina și să evit regretele. A fost ca și cum cineva mi-ar fi smuls inima din piept și ar fi aruncat-o la gunoi. Hoți de vieți, așa se numesc cei ca Adela și Benjamin. Dar în tot răul acesta am avut bucuria să te cunosc pe tine, i-a spus el Dianei. Prietenia ta îmi este foarte prețioasă. O privea direct în ochi și câteva secunde a fost doar cu ea în încăpere. Când s-a uitat la Kelly, i s-a părut că vede o sclipire răutăcioasă. De-acum încolo, îmi voi face doar prieteni femei, a schimbat el subiectul, luând un aer amuzant. Mirosiți frumos, n-aveți păr pe picioare și trăiți mai mult ca noi. Faptul că zâmbea și făcea glume, n-o păcălea pe Diana. Când s-a uitat în ochii lui, inima i s-a frânt. Mai văzuse deseori acea privire disperată. Era chipul ei în oglindă.

Restul zilelor până la Crăciun, Jack le-a petrecut cu copiii, Diana și Kelly, care s-a despărţit de iubitul ei, Fred. Nu era tristă şi, având timp liber mai mult, a decis să-l petreacă cu noua ei prietenă. Într-o dimineaţă, împreună cu fetiţele lor, Diana şi Kelly au plecat în Madison-Wisconsin, unde s-au distrat ziua întreagă. S-au plimbat în parcul Tenney, au patinat şi au mâncat la The Old Fashioned, iar Trudy cu Lili s-au simţit minunat. Diferenţa de patru ani dintre ele nu conta la acea vârstă.

Kelly o vizita aproape zilnic pe Diana, lucru care i se părea bizar lui Deborah. Nu găsea că cele două aveau multe puncte în comun. Diana era blândă şi bună în timp ce Kelly părea versată şi cumva interesată. Voia să pară cineva cine nu era şi Deb simţea disperarea pe care tânăra femeie încerca să o ascundă. Cu cât o cunoştea mai mult cu atât i se părea mai întunecată. Niciodată răspunsurile ei nu erau simple sau clare şi sub optimismul ei forţat se ascundea melancolie. Poate îi era frică să recunoască faptul că nu este atât de curajoasă precum voia să pară.

— Nu ştiu ce caută, i-a zis Deborah lui Jack într-o zi când luau ceaiul împreună, dar încă nu a găsit şi oricât ar vrea să pară sigură pe ea, nu este.

— Kelly este fată bună şi mă bucur că s-a împrietenit cu Diana. Cele două au nevoie una de alta.

— Iar tu ai nevoie de una din ele... Oricare... Cu excepţia lui Kelly.

Jack a început să râdă, dând din mână.

— Eşti incorigibilă. Niciunul din noi nu suntem pregătiţi pentru o nouă relaţie, Deb. Oricât ar vrea Diana să ne spună că a întors pagina, știu că Benjamin încă îi ține sufletul prizonier. Poate căsătoria ei este moartă, dar el este în viață și va rămâne pentru totdeauna fostul soț și marea ei iubire. Tu ai un mariaj fericit și nu cred că poți să înțelegi, chiar dacă ești o scriitoare senzațională. Când stai atât de mult timp cu cineva și te investești fără nicio reticență, atunci când afli că toată viața ta a fost bazată pe minciuni, devii frustrat și furios. Apoi furia trece și suferința revine. E un du-te vino haotic al sufletului pe care încerci să-l ții sub control dar, de cele mai multe ori, nu reușești. Apoi după zile, săptămâni, se produce schimbarea. Nu survine deodată și când la un moment dat simți că ți-e mai ușor, înțelegi că ești pe cale să te vindeci. Este un întreg proces, lung si dureros și dacă mă întrebi pe mine, este o irosire de timp. Suntem constituiți să ne simțim bine, nu să fim tot timpul în așteptarea a ceva mai bun și sunt sigur că dacă nu ne-am gândi atât la recunoștință și nerecunoștință, am fi mult mai fericiți. Să dăruim pur și simplu pentru bucuria de a dărui. Deborah adora să vorbească cu Jack și de fiecare dată profunzimea lui o încălzea. Aristotel a spus că "omul ideal se bucură când face bine altora". Omul ideal. Probabil că există, din moment ce-a folosit aceste cuvinte, a zis Jack ușor sarcastic.

– Și eu care credeam că nerecunoștința este naturală, a spus prietena lui zâmbind. Nu sună asta a pur idealism nepractic? Pentru că nu este. Este doar bun simț.

– Dacă ne-am gândi mai mult la ceea ce avem și mai puțin la ceea ce ne lipsește, probabil că toți am fi mai fericiți. Probabil de aceea Adela este nefericită și în căutarea permanentă a ceva, a cuiva. Acum că l-a găsit pe Benjamin, tot neliniștită este și cred că în viitorul apropiat va trebui să se mulțumească doar cu propria-i persoană. La bine și la rău. Cât de oribil poate să fie asta? a zis el, și amândoi au bufnit în râs.

– Nimeni nu va putea să o iubească așa ca tine, și când va realiza ce a pierdut, va da fuga la psihiatru și-l va ameți cu viața ei inutilă, a zis Deborah. Va fi femeia de pe peronul gării care va privi în urma trenului, dând vina pe toată lumea din jurul ei, mai puțin pe ea.

Jack a privit-o puțin mirat.

– De când aceasta aversiune pentru ea?

– De când a făcut inima praf celui mai bun prieten al meu. Ai fost amăgit și pângărit de această paria a virtuții, și pentru asta o urăsc, a răspuns Deb, care ar fi dat orice să-l poată ajuta pe Jack. Știa ce însemnase pentru el acea despărțire. El avusese dreptate când i-a spus că îi furase viața. Așa era. Tot ceea ce el a cunoscut până atunci, a dispărut, iar acum trebuia să-și construiască o nouă viață. Era un bărbat decent și respectuos, calități pe care soția lui le-a luat drept feblețe și vulnerabilitate. Încet, lucrurile intrau pe făgașul normal, dar drumul spre vindecare era încă lung.

– Un lucru pozitiv în separarea mea de Adela, este c-am scăpat de ceasul ei deșteptător isteric și de weekendurile organizate în cinstea artei. Nu-mi lipsesc adunările artiștilor anonimi care stăteau muți în fața unui tablou din care nu se înțelegea nimic. Prietena lui l-a mângâiat pe mână sperând ca într-o zi să-și găsească o femeie pe măsură.

Diana și Kelly s-au reîntors de la jogging îmbujorate și vesele. Când Kelly a dat cu ochii de Jack i-a sărit în brațe, în timp ce Diana a zâmbit timid din ușă.

Deborah privea cum covorul ei superb de Aubusson, în nuanțe de mov pal și portocaliu, se uda sub picioarele lui Kelly. Aceasta nu intenționa să se dea jos din brațele lui Jack și Deb l-a privit, ridicându-și o sprânceană. Lui Kelly nu i-a scăpat privirea ironică și după ce l-a lăsat pe Jack, i-a spus calm lui Deborah:

— Nu mă placi, nu-i așa? Și să nu spui contrariul, pentru că sunt un psiholog foarte bun.

— N-am nicio intenție să te contrazic, a răspuns Deborah. Ești în casa mea și nu mi-aș permite să te tratez altfel decât cu respect.

— Și dacă n-aș fi în casa ta?

— Draga mea, ești o femeie adorabilă și inteligentă, dar nu ești potrivită pentru Jack.

Jenată, Diana a părăsit pe vârful picioarelor încăperea.

— Nu știi nimic despre mine, a spus Kelly, cu ochii sclipindu-i reci, și mă judeci după aparențe. M-am măritat virgină pentru că așa era bine. M-am măritat și am făcut un copil. Pentru că asta fac oamenii căsătoriți. N-am trișat pentru că nu se face. Am făcut totul cum trebuia. Ca la carte. Așa am fost învățată. Apoi m-a părăsit. Iar acum, tu îndrăznești să mă privești în față și să mă tratezi ca pe o prădătoare.

Deborah s-a simțit jenată, dar n-a simțit nevoia să-și ceară scuze. Nu-și cerea niciodată scuze pentru ceea ce era. Îi părea rău pentru Kelly, dar era convinsă că nu se înșela în privința ei. Kelly l-a pupat pe Jack pe obraz și l-a rugat să-i transmită Dianei că îi va telefona, apoi, trecând pe lângă Deborah i-a spus:

— Visele nu au o dată de expirare.

După ce a plecat, cei doi prieteni s-au privit.

— Nu este bună pentru tine, a zis Deborah, după care s-a așezat, gemând pe fotoliul din fața șemineului. Ai avut vreodată impresia că ești nul?

— Tot timpul, a răspuns Jack. Apoi, m-am despărțit de Adela și mi-a trecut.

— Îmi sugerezi c-ar trebui să-l părăsesc pe Michael? Râsete.

— Da. Așa puzzle-ul vieții mele ar fi rezolvat. Jack și-a mângâiat prietena pe mână și s-a așezat pe fotoliul celălalt.

— Ce ai de gând să faci cu viața ta? l-a întrebat Deborah. Este păcat să te irosești așa între serviciu și treburile gospodărești. Ai făcut asta în ultimii 20 de ani și cred că a venit timpul să te distrezi și tu puțin.

— Să nu crezi că nu am niciun scop în viață, pentru că am, dar deocamdată sunt bine așa cum sunt.

— Exupéry a spus că "un scop fără un plan este doar o dorință". Viața este scurtă, n-o mai irosi. Aruncă-ți bucata aceea de material inutilă de la gât, puneți un costum de zăpadă și invit-o pe Diana la schi. El o privea cu ochi mari. Da, Jack, câteodată am impresia că te-ai născut cu cravata la gât. Ia viața în piept și însoară-te cu o femeie minunată. Meriți.

— Bine, a zis el amuzat. Nu am încă dispoziția necesară. Sau vreo iubită. Dar simt că anul viitor voi înnebuni toate femeile de pe Pământ.

— N-ai nevoie decât de una. Diana. Dacă te porți drăgăstos cu ea, te va urma peste tot.

— Știi că nu este cățel, da? Râsete.

— Tot ce trebuie să faci este să vii cât mai des la Diana și să te faci că-ți pasă.

— Într-adevăr, acesta chiar ar fi un început de relație miraculos, a zis el.

— M-am exprimat greșit, dar înțelegi ce-am vrut să spun.

Nu înțelegea de ce toată lumea voia ca el să se însoare, când nici măcar nu era încă divorțat. Nu putea să treacă atât de repede de la o femeie la alta. De la o viață la alta. Sau putea? Își pierduse reperele și nu mai știa exact ce-și dorea sau ce putea să facă. Fusese îndrăgostit toată viața lui de o impostoare. Nu-și mai punea întrebări care începeau cu "oare de ce" sau " cum ar fi fost", dar abia aștepta să treacă acel an. Investise și pierduse, iar acum venise timpul să treacă mai departe.

— Îți vine să crezi că mâine este Crăciunul? Trece timpul prea repede.

Ușa de la intrare s-a deschis zgomotos la perete și Summer a dat buzna în casă cu ochii înspăimântați. Plângea și încerca să explice ce se întâmplase, dar nimeni nu înțelegea nimic. Jack a luat-o în brațe încercând să o liniștească, însă fata scutura din cap și i-a zis printre sughițuri că mama ei și Benjamin se ceartă și sparg totul în casă. I-a cerut lui Summer să stea cu Deborah și a luat-o la fugă spre fosta lui casă.

În mijlocul sufrageriei, Adela stătea înconjurată de vaze sparte, cutii de machiaje și pungi de spaghete. Avea fața udă de lacrimi și mascara și își freca mâinile fără să spună nimic.

– Nu știu dacă a lovit-o, a spus David, care stătea speriat lângă ea. Când am coborât în sufragerie și m-a văzut, el a luat-o la fugă. Mama nu vrea să vorbească, poate că este rănită, a zis copilul plângând. Avea 11 ani și era foarte atașat de ea. Nici măcar nu se dezmeticise după evenimentele acelui an, iar acum asista la drama celor doi amanți. Copiii lor nu erau obișnuiți cu familia contemporană între ideal și criză. De un an de zile nu mai exista ideal, doar criză, iar pentru ei, șocul era mare.

După ce l-a liniștit, l-a rugat să se ducă la Deb.

– O să am eu grijă de ea. Fugi și vin și eu imediat. După plecarea lui David, Adela s-a pus pe smiorcăit, prea puțin coerentă. Rimelul îi curgea pe obraz și Jack și-a spus că nu era atrăgătoare.

– M-ai blestemat, Jack, iar acum plătesc, a zis ea, încercând să-l scoată pe el vinovat de păcatele ei. M-am angajat cu tine și m-am angajat cu el... Soț și amant. Am fost prinsă cu mâța-n sac, sunt în plin divorț, mi-am pierdut amantul și mi-am pierdut mințile. Și toate astea, doar într-un an. Nu sunt eu femeia anului?

În toate pierderile ei, uitase să-i menționeze pe copii. Pentru ea nu erau o pierdere, pentru că nu fuseseră niciodată o prioritate. O simțea ca pe-o străină, și privind-o, se întreba cum de nu-i văzuse adevărata față în toți acei ani?

– Ce s-a întâmplat? a întrebat-o.

– În afară de faptul că am rămas singură la bătrânețe?

– Ai 43 de ani, nu 90, Adela. Și-ar fi dorit s-o poată consola, dar era incapabil. Nu putea să-i spună că încă este tânără și drăguță și că avea viața înainte. Ce-ar fi vrut el să-i spună era că singurătatea însemna lipsa de iubire. Când nimeni nu te iubește, rămâi singur. Adela jonglase cu viețile lor și pierduse. Nu fusese niciodată o femeie rezonabilă. Nici dorințele nu îi erau rezonabile. Pentru ea căsătoria fusese doar un detaliu tehnic, nu viața adevărată. Își pierduse de mult busola pentru moralitate, iar în căsătoria lor, doar el făcuse compromisuri și își asumase responsabilitatea. Acum îi stătea în brațe și îndrăznea să-și jelească amantul. Arăta la fel de disperată pe cât se simțea și Jack știa că ea aștepta de la el consolare. Aștepta totul, inclusiv să-i împlinească idealurile în timp ce plângea după Benjamin. Nu era nici frumoasă, nici puternică și făcea parte din categoria oamenilor care veșnic rămâneau într-o zonă incertă. Oameni pierduți care nu puteau duce un lucru până la capăt. De angajamente, nici nu se punea problema. Asista la o cursă cu obstacole ruptă din iad, dar trebuia s-o ajute cumva. Doar le promisese copiilor.

– Ce s-a întâmplat, Adela?

– Toată viața mea am fost pregătită pentru eșec, Jack, și în cele din urmă am ajuns exact unde mi-era frică că voi ajunge. Pentru prima oară în luni o auzea spunând ceva adevărat. Se spune că dacă regreți cu adevărat, greșelile îți pot fi iertate. Crezi că aș putea să-mi repar greșelile? l-a întrebat cu speranță în ochi, iar el ar fi vrut să-i spună că, pentru asta ar fi trebuit să schimbe trecutul. Lucru imposibil.

– E bine să faci lucrurile cum trebuie de la început, Adela, pentru că nu ai decât o singură ocazie. Știu că îți pare rău, dar din păcate, regretele nu schimbă trecutul.

– Am fost proastă să cred că realitatea se poate ridica la nivelul așteptărilor, iar acum voi fi nefericită tot restul vieții mele.

I se părea o sentință nedreaptă și poate așa era, dar în general, asta se întâmpla cu oamenii furioși. Ea fusese mereu furioasă, indiferent cât de mult se străduise el să-i facă pe plac. 43 de ani de furie aveau ca sentință nefericirea veșnică. Deși o iubise foarte mult, nu îi era milă de ea. O văzuse întotdeauna ca pe-un fel de prințesă, pe un piedestal fără nicio scară. O prințesă la care nu puteai ajunge. Dar, Benjamin reușise, și acum drumul ei era presărat cu visuri spulberate, singurătate și o mare dezamăgire. Oare se aștepta ca el s-o primească înapoi? De ce ar fi făcut-o? Nu își iubea copiii, nu era amabilă sau amuzantă, flirta cu toți chelnerii și bea mult. Ca să nu mai vorbească de faptul că îi dăduse deja o șansă, pe care n-a luat-o în serios.

– Nu zici nimic, Jack?

– Nu pot să-ți spun ceea ce-ți dorești să auzi, Adela. M-ai trișat și ne-ai abandonat. Mi-ai spus că nu te-ai simțit bine cu mine la pat și ai plecat fără să te uiți înapoi. Ți-am dat o șansă, am făcut un preinfarct și tu tot nu te-ai oprit. Nu-mi cere să șterg totul cu buretele, pentru că n-o voi face. Viața ta este plină de rezultate dezamăgitoare și promisiuni față de tine însăți pe care nu le vei respecta niciodată. Nu sunt obligat să te mai car în spate.

– Era mai bine când nu spuneai nimic. De când ai devenit atât de hotărât?

– De când am decis să fiu fericit, iar pentru asta trebuie să las trecutul în urmă. Tu faci parte din trecutul meu, Adela.

– Te-ai culcat cu Diana, nu-i așa? Ai trecut de la discursurile sfântului Petru la "sexualitatea este o funcție omenească, înfăptuită cum și cu cine vrei"?

– Nu fac nimic cu nimeni. Și de altfel, nu sunt aici ca să vorbim de mine, ci de tine. Nu mi-ai spus încă ce s-a întâmplat?

– De ce? Ca să te bucuri?

— Știi bine că nu sunt așa. În mod normal nu m-aș fi băgat, dar când copiii mei sunt afectați, devine și problema mea.

— Copiii tăi? Câteodată ai tendința să uiți că sunt și ai mei. Jack și-a mușcat limba. Dacă cineva îi uita pe Summer și David, aceea era ea. Nu tu i-ai purtat nouă luni în burtă. El făcea eforturi mari să nu-i răspundă și ea a zâmbit, apreciind discreția lui. Niciodată nu ți-am spus Jack, dar deseori ți-am admirat felul în care te purtai cu copiii. Ești un tată bun.

Jack a privit-o cumva recunoscător. Nu așteptase aplauze pentru faptul că își făcuse datoria de părinte, dar câteodată era bine să vezi că cineva observă.

— Întotdeauna le-ai dat explicații simple, a continuat Adela, le-ai cerut lucruri rezonabile și ai învățat să se iubească, să nu fie răi unii cu alții. Poate ai putea să-i faci să nu mă urască, a zis ea încet, ca și cum ar fi fost o rușine să arate că-i pasă.

— Ești mama lor. Nu te vor urî, dar ar fi bine să te arăți mai interesată de ei. Este important să știe că îi iubești.

— Am citit undeva că să fii adult înseamnă să fii în stare să-ți accepți părinții așa cum sunt.

— Dar ei nu sunt adulți, Adela. Sunt copii care au trecut printr-un an traumatizant. David are 11 ani și încă doarme cu ursulețul, iar Summer este în plină criză hormonală. Crezi că le-a fost ușor să-și vadă părinții despărțindu-se, să-și schimbe casa, cartierul și școala? Adela îl privea tandru.

— Te mai întrebi vreodată cum ar fi dacă ne-am împăca? Să formăm iarăși familia de altădată? Știa că este o nebunie ce zicea și fără să aștepte un răspuns, și-a pus capul pe umărul lui. Nu l-a mai întrebat încă o dată" ce-ar fi dacă?". Și el nu i-a spus că n-ar fi făcut-o.

Jack și-a zis că viața era bizară, iar bariera dintre iubire și ură era foarte fragilă. De altfel se știa că lipsa iubirii nu era ura. Nepăsarea era. Cu capul ei pe umărul lui, și-a spus că încă avea sentimente pentru soția lui. Nu-i era indiferentă și se detesta pentru asta. Se crezuse vindecat, iar acum, o simplă atingere și toate simțurile i s-au trezit. Nu știa dacă era casa aceea, anii mulți petrecuți împreună sau era doar ea. Se spune că oriunde viața te duce, întotdeauna este un loc unde inima ta rămâne. Probabil că în locul acela îi rămăsese inima. Apoi gândul că nu a satisfăcut-o în pat a avut asupra lui efectul unui duș rece. S-a ridicat în picioare și i-a spus că trebuie să plece.

— Cum se face că peste noapte viața mi s-a schimbat, Jack? l-a întrebat ea incapabilă să înțeleagă că viața nu doar se întâmplă. Tu ai succes în tot ceea ce faci și toată lumea te iubește. Și elevii tăi te iubesc, chiar dacă ești sever.

— Succesul sau insuccesul nu sunt evenimente care apar brusc în viața noastră, Adela. Vin din lucrurile mici, din repetiții. Dacă am succes ca profesor este pentru că ani de zile am studiat și m-am pregătit pentru asta. Iar copiii mă iubesc pentru că și eu îi iubesc. Pentru mine nu sunt doar elevi. Sunt individualități, cu familii. Copii cu o mamă singură, cinci frați și doar un salariu, sau un tată bolnav. Ca să fii iubit, a spus el luându-i mâna în mâna lui, trebuie să iubești tu întâi. Dacă vrei să faci o schimbare în viața ta, începe cu tine. Ea îl privea atent. Dacă suferi după Benjamin, fă ceva și împacă-te cu el. Fii mai bună. Sau sună-l în mijlocul după-amiezii fără niciun nenorocit de motiv și spune-i că-l iubești. Adela și-a rotit ochii în cap și el a certat-o blând. Nu face aceeași greșeală pe care ai făcut-o cu mine. În 20 de ani de căsătorie nu mi-ai făcut niciodată un compliment. Ea a dat să spună ceva, dar n-a lăsat-o. Să nu-mi zici iarăși că sunt înalt, a spus Jack pe un ton amuzant și amândoi au început să râdă. O să fii bine? a întrebat-o și ea a dat afirmativ din cap. Mă duc să le spun copiilor că totul este în regulă, tu du-te spală-te pe față și fă puțină ordine aici. Adela și-a șters nasul cu dosul mânecii și în timp ce el se îndrepta spre ieșire, i-a strigat:

– Dacă vreodată ai de gând să te împaci cu mine, să știi că sunt de acord. Un cuvânt din partea ta și mă debarasez de Benjamin.

Fără să se întoarcă, el a făcut un semn cu mâna, gândindu-se că ce știa ea mai bine să facă era să se debaraseze de alții.

Acasă la Deborah copiii îl așteptau cu sufletul la gură și el i-a asigurat că totul este în regulă. Fusese o ceartă între adulți, dar mama lor era bine. Ușurați copiii l-au întrebat dacă se pot uita la televizor, iar el a acceptat, după care s-a dus cu Deborah în bucătărie.

— Vrei să-ți fac o ciocolată fierbinte? l-a întrebat prietena lui.

— Milă tratată cu zahăr? a zâmbit Jack.

— Îți promit că nu ți-o servesc cu reproșuri, culpabilitate sau întrebări indecente, a zis Deb. Dar dacă vrei să-mi povestești, sunt toată numai ochi și urechi. Râsete.

— Benjamin era deja plecat când am ajuns, iar Adela stătea în sufragerie înconjurată de cioburi și spaghete. Nu mi-a spus mare lucru și nici eu n-am cerut detalii de frică să nu ajungem iarăși la reproșuri. Toate discuțiile noastre din ultima perioadă s-au soldat cu certuri, indiferent dacă am vorbit de muzică sau de jambon.

— Nimeni nu se poate certa când vorbește de muzică sau jambon? a râs Deborah.

— Ba da, dacă persoana cântă fals sau face prăjituri cu gust de jambon. Și știi bine că prăjiturile Adelei aveau întotdeauna gust de șuncă sau ceapă. Râsete.

— De ce râdeți fără mine? a întrebat Michael apărând în bucătărie în sacou și șort de casă.

— Ești foarte drăguț, a spus Jack privindu-i ținuta.

— Am avut o conferință pe Zoom unde n-am nevoie de pantaloni, a zis el sărutându-și soția pe cap. Am vorbit cu Leopold Schmidt, fondatorul celei mai puternice firme de asigurări din New York și chiar dacă-mi este prieten n-am vrut să apar pe ecran în pijama, i-a explicat el lui Jack.

— S-a însurat? a întrebat Deborah.

— Nu. Nu înțeleg cum de un tip inteligent, haios și atrăgător nu a putut să se căsătorească măcar o dată în 40 de ani, a zis Michael. Nimeni nu spune glume mai bune ca el.

— Poate este doar un psihopat criminal cu sensul umorului, a zis Jack făcându-i să râdă.

— Eu cred că este doar un bărbat fără noroc la femei, a zis Michael.

— Și Jack the Ripper a violat doar câteva prostituate, a glumit prietenul lui.

Ca de fiecare dată când pleca de la ei, Jack era relaxat și bine dispus. Prietenii lui se înțelegeau bine și îi transmiteau întotdeauna starea lor bună. Cu copiii în mașină, privea strada îmbrăcată în zăpadă și casele luminoase. Era un loc frumos și de câte ori trecea prin fața casei lor îl cuprindea nostalgia. Fusese fericit acolo și oricât de mult ar fi negat, încă îi era dor de viața lui de altădată. Trecuse doar un an de când a aflat de relația Adelei cu Benjamin, însă avea impresia că trecuse o eternitate. Și copiii priveau triști casa, altădată umplută cu dragoste, prieteni și iubire. Au fost râsete, petreceri și bătăi cu zăpadă în suburbia aceea în care s-au născut și crescut. Îndreptându-se spre noua lor locuință, Jack și-a spus că într-o zi se vor întoarce să locuiască iarăși acolo.

Era 24 decembrie și afară ningea ca în povești. Jack și copiii s-au dat jos din mașina parcată pe aleea familiei Lynn, cu brațele pline de pachete. Michael le-a ieșit în întâmpinare cu zâmbetul pe buze și cu Deb alături. Nimic nu putea strica magia acelei zile, și-a spus Jack chiar înainte să-l audă pe Benjamin că îl strigă. Prietenii lui l-au privit fără să spună nimic și i-au luat pe copii în casă lăsându-i singuri pe cei doi bărbați.

— Pot să-ți vorbesc, te rog? l-a întrebat Benjamin.

— Nu, dar bănuiesc că oricum o vei face, a zis Jack și Benjamin a aprobat din cap zâmbind.

— Voiam să știi că aseară a fost doar o ceartă, nu m-am atins de ea. N-aș face asta niciodată chiar dacă Adela este dificilă. Jack l-a privit ridicându-și o sprânceană. Oare aștepta să-i dea sfaturi conjugale sau doar avea chef de-o bârfă la colț de stradă? Acum e calmă și cinci minute după, este nebună de legat, a continuat Benjamin. E greu să ții pasul cu așa ceva. Câteodată am impresia că trăiesc cu o persoană care nu știe să facă diferența între fantezie și realitate. Ti-aș povesti mai multe, i-a spus bărbatul pe un ton șoptit, de parcă i-ar fi fost cel mai bun prieten, însă nu este nici momentul și nici locul potrivit.

"Dar planeta? Planeta este bună?", ar fi vrut Jack să-l întrebe. Omul acela reușea să-l enerveze de fiecare dată când îi vedea fața. Și-a băgat mâinile în buzunar ca să nu-l strângă de gât.

— Trebuie să plec, i-a zis, nevăzând ce altceva ar putea discuta cu el. Benjamin l-a privit ca pe un copil agitat.

— Am înțeles, nu vrei să vorbești cu mine. Eu care credeam că hobby-ul tău era acela de a conduce cu abilitate interogatorii nemiloase.

Jack era siderat de tupeul lui. Se gândi la crimă, una sângeroasă. Dar tipul nici să moară nu merita. Nu putea să-i dorească mai mult decât ceea ce avea acum. O viață cu Adela. Încă nu știa, dar era ca o sentință la moarte.

— De luni întregi îți lingi rănile și tot curățăm sângele prin suburbie, a continuat Benjamin cu insultele, hai să discutăm odată pentru totdeauna ca între bărbați.

— Pentru asta ar trebui să fii unul. Benjamin a râs, ca și cum i s-ar fi făcut un compliment. Te-ai băgat cu bocancii în viețile noastre, iar acum te flenduri prin casa mea ca și cum ți-ar aparține. Stai și tu puțin liniștit. Fă stretching sau du-te la un psihiatru. Ceva de genul.

— Zâmbești. Dar zâmbetul nu-ți atinge ochii, Jack.

— Ce faceți aici? s-a auzit Adela, care a venit la ei imediat ce i-a văzut.

— Vorbim de un concert pentru oboi de Alessandro Marcello, a răspuns Jack fără să-și ia ochii de la Benjamin. Vă doresc un Crăciun... s-a oprit gândindu-se puțin. Vă doresc ca toate Crăciunurile de-acum înainte să le petreceți împreună! Ochii Adelei au scăpărat speriați. Părea mai degrabă un blestem decât o urare.

— Tu unde-l faci? l-a întrebat ea cu tristețe în glas. Întotdeauna sărbătorile de iarnă fuseseră preferatele lor. Chiar dacă în luna decembrie nu plecau nicăieri, se distrau de minune. În fiecare săptămână se dădeau petreceri în suburbie, lumea muncea mai puțin și petreceau timp mai mult cu familiile și prietenii. Anul acela era singură. Sau doar cu Benjamin. Nu știa care din cele două variante era mai rea.

— La Deb, a răspuns Jack simplu, fără să-i dea detalii. Ar fi reușit ea cumva să vină cu o critică. Voi? a întrebat el zâmbind, în timp ce le întorcea spatele, fără să aștepte un răspuns. Adela privea în urma lui cu regret. Ajunsese într-un punct al vieții unde știa că nu mai poate învinge, iar să se întoarcă în trecut, din păcate nu se putea. Era blocată undeva în mijloc, cu un bărbat pe care nu era sigură că-l iubește și cu care crea o imagine falsă în care trebuia să mimeze fericirea. Poate că Jack avusese dreptate când îi spusese că ea nu știa să fie fericită. Poate chiar nu știa să iubească cu adevărat. "Bărbații ei" erau importanți ca niște auxiliari ai momentelor vieții... și cam atât. Un fel de pată în decor. Prea puțin și prea jos. Ajunsese într-un loc unde nu mai existau limite acceptabile și asta numai din cauza ei.

Privind în urma lui Jack simțea că-i vine să leșine. Mușchi pe care nu știa că-i are, se contractară la nivelul gâtului împiedicând-o să respire. Dacă singurul lucru pe care-l avea în comun cu Benjamin era lipsa de angajament? Era adevărat că o ameţea în pat, dar în afara lui, nimic spectaculos. Nu venise toată noaptea acasă și când i-a văzut faţa bărbierită plină de sânge și de hârtie igienică l-a întrebat dacă a încercat să se sinucidă.

— Smerenie deghizată în autoironie? Crezi că asta te va ajuta, Adela?

— Dar pe tine te-a ajutat să spargi totul în casă aseară?

— Le-ai spus tuturor de cearta noastră și acum sunt persona non grata.

— Pentru asta este suficient să fii tu însăţi, n-ai nevoie de ajutor. Și nu uita, în acest cartier ești persoana non grata, indiferent ce-ai face.

— Am fost ajutat de tine, a zis el furios. Ai tendinţa să uiţi cum a început această relaţie. Tu ai fost cea care m-a căutat, tu ai fost cea care m-a găsit și tu ai fost cea care m-a convins că viaţa trebuie trăită din plin. Ai uitat toate plugușoarele anti naziste pe care mi le-ai scris? Fricile tale oribile, care decurg din neputinţa de a controla împlinirea dorinţelor. Spuneai că tu crezi în noi doi și că o credinţă neclintită nu primește bântuielile fricii. Te-am crezut și mi-am părăsit familia, iar acum, în ziua de Crăciun stau într-un loc unde nimeni nu mă vrea, cu o femeie care nu este a mea. Adela l-a privit fără să spună nimic. Ţi-e frică de amintiri și ţi-e frică de viitor, culorile pastel te înspăimântă, iar cuvintele lungi te ameţesc. Singurul lucru care te face să te simţi bine este mâncarea, și într-una din aceste zile va trebui să decizi exact ceea ce vrei. Benjamin s-a oprit o clipă și a privit-o, apoi a întrebat-o cu voce sleită de puteri: Adela, crezi că m-ai iubit vreodată sau a fost doar obsesie?

Ea s-a gândit o clipă.

– Cred că te-am iubit. Semăna cu iubirea, oricum.

Nici ea nu era sigură de ceea ce simțea, iar Benjamin a început să râdă nervos.

– Faci din râs o formă de rezistență la realitate, a zis ea răutăcios, făcând un gest larg cu mâna și mișcându-și sânii mari și lăsați. Benjamin îi privea fața schimonosită de răutate, părul tern, neîngrijit și dinții de culoare bizară.

Ar fi vrut să-i spună că nu este atrăgătoare și că are sânii enormi, ceea ce nu era un lucru bun. Când a început să râdă cu o voce groasă gâlgâită, Benjamin și-a spus că avea de-a face cu cimitirul viselor. Expresia de pe fața lui a speriat-o și a făcut-o să se oprească din grohăiala sinistră.

– Ce-i, de ce te holbezi așa? La ce te gândești?

– La nimic, i-a zis el obosit și mai înverșunat ca niciodată să-și recupereze familia înapoi.

– Petreci o grămadă de timp fără să te gândești la nimic, a spus Adela, simțind că nu era a bună. Haide în casă, i-a propus ea, n-am chef ca vecinii să spună că nu ne înțelegem.

– O grămadă de lume spune o grămadă de lucruri și este problema lor. Apoi, ca și cum atunci ar fi avut o revelație, i-a zis: sunt la răscruce de drumuri, dar voi părăsi drumul care duce la tine.

— Ce vrei să spui? l-a întrebat ea cu frică în glas.

— Te părăsesc, Adela. A fost o greșeală să facem ceea ce-am făcut și multă lume a suferit din cauza noastră. Am crezut că totul ne este permis, dar nu este adevărat. Nu ne-a fost nici permis și nici de folos să ne părăsim familiile, iar acum ne izbim de zidul crunt al realității. Am fost vicleni și lași și am creat o atmosferă de intrigi și trădări care s-au întors împotriva noastră. Ei vor fi bine fără noi, vei vedea, i-a spus el tot ceea ce nu voia ea sa audă.

Știa că era adevărat, dar nu voia să recunoască în fața lui. Adela nu și-a putut reprima instinctele și a răspuns cu o minciună:

— Ne iubim și trebuie să ne batem pentru dragostea noastră, Ben. Am ajuns prea departe ca să n-o facem. Ei nu se vor mai întoarce la noi, iar noi nu putem să pierdem ce ne-a mai rămas.

— Ce ne-a rămas, Adela? Trăim amândoi în vinovăție și până la urmă aceasta va submina unitatea, deja fragilă, a cuplului nostru și va distruge singura legătură pe care o avem. Legătura sexuală. Climatul opresiv în care trăim ne va duce la pierzanie. Eu cred că mai am o șansă cu Diana și voi face tot posibilul ca să o recuperez.

Adela l-a privit furioasă. Să creadă el că-l va lăsa să-și recupereze vechea viață înapoi. Nu dacă ea nu și-o putea recupera pe-a ei.

– Deci îi lăsăm să câștige? I-a întrebat.

–Asta nu este o competiție în care unii pierd și alții câștigă. În situația aceasta, toată lumea a avut de pierdut, iar rezultatul final este acesta. Noi doi, în ziua de Crăciun, cu zero perspective. Zero... ca nimic!

– Pentru că îți imaginezi că mai ai vreo șansă cu ea? Ești nebun.

– Poate. Dar ce altceva mi-a mai rămas? O privea trist. Câteodată trebuie să ne uităm la ce șanse avem și să o alegem pe cea bună. Nu poți să câștigi la loto dacă nu joci și este exact ceea ce voi face. Voi juca la loterie.

– Chiar nu vrei să intri în casă și să discutăm, Ben?

El a privit-o și nu era nimic acolo. Nici căldură, nici dragoste, nici ură. Era doar oribila indiferență.

– Nu, a răspuns ferm. Nu suntem buni împreună... sau despărțiți... a mai zis ca pentru el, după care i-a întors spatele și a plecat.

Capitolul 5

Seara de Crăciun se anunța bună și, ca în fiecare an la ora 5:00, luau aperitivul în salonul familiei Lynn. Pentru toți cei invitați acolo, nu era doar o noapte în care mâncau și se distrau între prieteni. Erau acolo în primul rând pentru a-l celebra pe Isus și își exprimau gratitudinea pentru binecuvântările din viața lor.

Deborah a decorat masa în argintiu și auriu, iar în mijloc a pus o ghirlandă luminoasă, care dădea un aer festiv. Familiile Smith și Maier și-au făcut apariția 15 minute mai târziu. Erau îmbrăcați elegant, la fel ca Jack care arăta trăsnet în costumul bleumarin și cămașă albă. Pantalonii îi scoteau în evidență picioarele lungi, musculoase, iar cămașa strânsă pe corp, exact cât trebuia, arăta un abdomen plat. Lângă el, era Diana într-o rochie neagră strânsă pe corp până în talie și cloșată, până la jumătatea pulpelor. Nu era înaltă, dar avea picioare frumoase și un zâmbet luminos care-ți încălzea inima. Deborah și Michael le-au servit eggnog în fața șemineului, iar copiilor le-a pus pe masa de lângă brad cornuri cu nucă, suc de struguri, bezele, fragi și șampanie fără alcool.

Deborah se mișca asemeni unui fulg de zăpadă printre invitații lor. Cămașa din mătase argintie și fusta lungă plisată de culoare roșie îi veneau minunat, iar Michael o privea admirativ. Împreună dădeau impresia unui cuplu proaspăt căsătorit și foarte îndrăgostit.

Diana îi admira, gândindu-se cu regret la cuplul ei. Benjamin n-o privise niciodată cu atâta mândrie și dragoste. Cu zâmbetul pe buze Jack s-a apropiat de ea și-a întrebat-o dacă îi place primul ei Crăciun în America. Unul lângă celălalt, dădeau impresia cuplului perfect. Ea miniona și fragilă, el mare și puternic, gata s-o protejeze.

– Toată lumea este atât de drăguță cu mine, este imposibil să nu-mi placă, a zis Diana zâmbind, iar Trudy se comportă ca și cum s-ar fi născut aici. Privindu-și fetița cum își șterge mâinile de ciocolată pe rochia roșie, Diana și-a pus teatral mâinile în cap și s-a dus s-o curețe. Kenny Smith a venit lângă Jack și l-a întrebat dacă este ceva între el și Diana.

– Suntem doar prieteni.

– Dragostea, a zis prietenul lui trăgându-i cu ochiul, toți o vrem, nu toți o obținem. Dar tu, Jack, ești o partidă bună. Tu poți obține tot ce vrei.

– Iar tu ai dori să obțin "tot ce vreau" până săptămâna viitoare, da? Care este data limită a pariului tău? a întrebat Jack zâmbind.

– Știi? a zis Kenny făcând ochi mari.

– Ce? Că acum câteva zile ai câștigat 200 $ pe căsnicia mea ratată? Jack nu era supărat când spunea asta, și Kenny a început să râdă. Vezi că s-ar putea să ți se schimbe norocul. Nu paria pe mine și pe Diana, pentru că suntem doar prieteni. Nu vreau să încerc ceva și să distrug totul.

– Totul fiind ce? Relația pe care n-o aveți?

— Tocmai despre asta este vorba. Avem o relație de prietenie mult mai importantă decât o posibilă relație de dragoste care ar putea să ne facă să pierdem totul.

— Sau să câștigați totul.

— Este mult prea devreme, a zis Jack serios.

— N-o lăsa să-ți scape. Nu-l lăsa pe bărbatul său s-o ia înapoi. Tu poate nu vezi, dar noi, și când spun noi, mă refer la toată suburbia, noi știm că Diana este ceea ce-ți trebuie.

— Voi, adică tu care o cunoști de cinci minute, și ceilalți care încă n-au văzut-o niciodată? Râsete.

— Exact, a zis Kenny, zâmbind cu gura până la urechi.

— Cu ce vă distrați așa bine? i-a întrebat Deb venind lângă ei. În loc să stai să-i faci curte Dianei, stai aici și râzi ca tolomacul.

— Câte pahare de șampanie ai băut? a întrebat-o el zâmbind. Deborah n-avea obiceiul să bea și se amețea repede. O iubea din tot sufletul și era ca sora pe care niciodată n-a avut-o. Se înțelegea bine și cu Michael, dar relația cu ea era specială. Amândoi erau pasionați de golf, scrabble, și de citit, în timp ce Michael iubea televizorul și hocheiul - o bandă de vagabonzi care patinau în toate direcțiile, dacă-i întrebai pe Jack și pe Deborah. Cu toate acestea, soții Lynn se înțelegeau minunat și erau cuplul model al suburbiei. Se susțineau reciproc și știau să-și respecte diferențele. Nu se sufocau unul pe celălalt cu lucruri inutile și nici nu-și impuneau să facă totul împreună dacă nu aveau chef.

— Am băut un singur pahar, i-a răspuns Deborah lui Jack, vreau să fiu sobră la slujba de la miezul nopții. În două ore vom mânca, iar pe tine te-am pus lângă Diana la masă.

— Ca și cum asta ar fi o surpriză, a spus Jack, ridicându-și ochii frumoși, căprui, spre cer.

— Trebuie să te însori, fătălăule, i-a zis ea dându-i o palmă peste fund și făcându-l pe Kenny să râdă, după care s-au strâns toți în jurul barului.

— Ce-i asta? a întrebat Marilyn Maier, arătând spre tarta cu somon și spanac. Parcă este arsă și nefăcută în același timp. Marilyn, soția lui James, era roșcată, cu nasul mare și lipsită de diplomație. Avea 35 de ani, era kinetoterapeut, cu propriul cabinet și deținea mai multe galerii de artă.

— Este tarta pe care am adus-o eu, a spus Jane Smith. Kenny mi-a zis că este excelentă, a adăugat ea în timp ce gusta din oribila tartă. Jane nu știa să gătească, dar de ani de zile se încăpățâna să aducă de mâncare la fiecare petrecere.

— Mmm, ce bună este, a zis ea serioasă, și toți s-au privit pe ascuns, forțându-se să nu râdă.

Când s-a auzit soneria de la ușă, s-au privit unii pe alții. Nu mai așteptau pe nimeni. Cine putea să fie în seara de Crăciun? Deborah a deschis ușa și s-a trezit față în față cu Benjamin.

— Bună seara lui Crăciun, a zis el agitat. Aș dori să vorbesc cu soția mea, se poate? a întrebat arogant, intrând direct în casă. Când l-a văzut cum se comporta, Dianei i s-a făcut rușine.

— Ce cauți aici? a șoptit jenată. Trudy în schimb i-a sărit în brațe cum l-a văzut, iar el a învârtit-o fericit și a strâns-o lung la piept. Tandrețea scenei era impresionantă, însă cunoscând povestea lui, nimeni nu-l simpatiza.

— Nu puteam să nu vă văd în seara de Crăciun, a zis el cu aer umil. Apoi a privit-o pe Diana și i-a mângâiat fața. Am părăsit-o pe Adela. "Oare se aștepta la aplauze?", s-a întrebat Jack care se afla în apropierea lor.

— Am putea fi iarăși familia de altădată, iubita mea, a zis el, cerșind un miracol.

— Da mami, hai te rog, mami! chiui Trudy bucuroasă.

Diana și-a pupat copila pe cap și-a rugat-o să meargă la prietenii ei. Când au rămas singuri, Benjamin a luat-o de mână și cu lacrimi în ochi a implorat-o să-l ia înapoi.

— Voi face tot ce-mi vei cere. Voi juca exact după jocul tău, Diana. Te implor, haide să ne împăcăm și să uităm acest an oribil.

— Faci să pară totul atât de simplu. Dar nu este. De la o zi la alta m-ai catapultat într-o viață străină mie. Mi-am pierdut toate reperele și tot ce auzeam în jurul meu este că trebuie să iau viața de coarne, să mă bat și să merg mai departe. Băteam străzile ca nebuna în speranța de a găsi soluția salvatoare sau răspunsul la miile de întrebări ce-mi chinuiau nopțile. Când am aflat că ești în America cu Adela, întrebările s-au dublat și nopțile au devenit și mai oribile. Mi-au trebuit luni de zile ca să înțeleg că nu sunt vinovată. N-am făcut decât să te iubesc și nu știu ce este mai jignitor: faptul că m-ai trădat sau faptul că îmi ceri să șterg totul cu buretele. Vrei să joci după jocul meu, dar eu nu m-am jucat, a spus ea cu lacrimi în ochi. Relația noastră pentru mine a fost ceva serios, nu o zbenguială de liceu. Credeam că sunt căsătorită cu un bărbat pe care pot conta, care să fie lângă mine orice ar fi. Să mă susțină la greu, să mă ajute să ne creștem copilul, se râdă și să îmbătrânească cu mine.

— Îți promit toate asta, a zis el plângând, atingându-i mâna.

Din nefericire, nu-i mai putea atinge sufletul. Ea știa acum că Benjamin putea să treacă într-un moment de la înger la demon. Era capabil să fie bun și carismatic, și într-o secundă să se transforme într-un monstru hidos. L-a privit în ochi și i-a spus calmă:

— Mi-ai promis deja toate aceste lucruri când ne-am căsătorit în biserică acum 10 ani. Benjamin a privit-o cu ochi mari în care se vedea frica. N-am făcut parte dintr-un grup de fete răsfățate sau o bandă de drogați, nu mi-am vopsit părul în verde și nici n-am purtat fuste din piele până la fund. Am avut o copilărie grea și am muncit mult ca să am o viață corectă. Când te-am întâlnit pe tine, m-am considerat norocoasă. Erai prințul salvator, omul care nu mă rănea niciodată. Te-am adorat și te-am respectat în timp ce tu îți făceai planuri de viitor cu o altă femeie. Benjamin și-a lăsat capul jos rușinat. Merit mai mult decât un tip ca tine. N-ai decât să rămâi acum cu ea. Vă meritați unul pe altul. Totul s-a terminat între noi și nu mai poți să faci nimic ca să schimbi asta.

Fața lui Benjamin s-a schimonosit.

— Ești cu Jack, nu-i așa? Recunoaște că ești cu el!

— Nu-ți datorez nici o explicație, a spus ea fermă. Acum te rog să pleci și să nu mai vii.

Jack s-a apropiat de ei și luând-o pe Diana de braț, i-a cerut lui Benjamin să plece. A mai rămas o secundă locului, i-a privit pe toți cu dispreț și furios a trântit ușa în urma lui.

Diana a zâmbit tristă, dar ușurată. Un capitol din viața ei se încheiase în noaptea sfântă. Îi era greu, dar nu așa ca la început și poate că în acea seară de Crăciun miracolul era vindecarea sufletului ei. Să nu mai sufere, să trăiască liniștită împreună cu fetița ei. L-a privit încrezătoare pe Jack și pe noii ei prieteni, fericită să-i aibă alături.

— M-am căsătorit cu el și mi-am pierdut identitatea, le-a spus ea. Probabil că este legea firii.

— Nu, nu este. N-ar trebui să fie.

— Mi-a spus că între el și Adela totul s-a terminat.

— Păcat, a zis Jack pe un ton neutru. Se meritau unul pe altul. Doi nebuni în libertate.

— Benjamin este excentric, nu nebun, a zis Diana zâmbind trist.

— Numește-l cum vrei, dar sunt sigur că dacă-i dai un antipsihotic va fi mai bine, a zis el făcând-o să zâmbească.

La 7:00 s-au așezat toți la masă unde în mijloc trona un curcan enorm, au spus o rugăciune de mulțumire și într-o atmosferă jovială au cinat liniștiți. Lumânări mari argintii și aurii pal ardeau vesele, creând o ambianță de poveste. Nu toate poveștile de la acea masă erau perfecte, dar faptul că se aveau unii pe alții era un cadou binecuvântat.

La o patiserie franțuzească din Chicago, Deborah a comandat mini tarte cu fructe, Mille-Feuille, Macarons și ecler cu vanilie. Jane a adus tort din ciocolată neagră și cremă de alune, care a avut mare succes, Diana a făcut gâscă la cuptor cu cartofi și varză roșie călită cu măr și ceapă, iar Jack a adus șampanie Bollinger Rosé și șase sticle de vin franțuzesc roșu și alb. Seara a decurs fără alte incidente și la 10:00 Deborah le-a propus prietenelor ei să ia digestivul.

— Ador sărbătorile de iarnă, a spus Deb, cu o licărire jucăușă în ochi. Când eram mică părinții mei împodobeau bradul pe ascuns și când mă întorceam acasă de la prietena mea, casa era cufundată în întuneric. Cum intram în sufrageria intimă, ai mei băgau în priză toate instalațiile electrice, creând o atmosferă feerică. Era minunat. Mă bucuram mereu și de fiecare dată eram surprinsă când intram în casa întunecoasă. Aveam prieteni mulți și toate petrecerile se țineau la noi.

— Tot la fel ca acum, a zis Jane zâmbind. Ce ne-am face fără tine?

— Îți sunt recunoscătoare pentru faptul că ai acceptat să ne găzduiești, a zis Diana luându-și noua prietenă de mână. Am pierdut atât de multe în viață încât uneori îmi spun că o nouă pierdere m-ar distruge. Cu tine mă simt în siguranță.

— Îți mulțumesc pentru încredere, Diana. Voi face tot ce-mi stă în putere să te ajut să treci peste această perioadă grea. Se spune că atunci când pierzi o persoană foarte importantă din viața ta o altă persoană importantă va apărea în calea ta, a zis Deborah zâmbindu-i cald și arătându-i-l cu capul pe Jack. Râdea cu Michael, iar părul puțin răvășit îl făcea să arate foarte sexy. Nu există partidă mai bună ca el în suburbie. Sau pe planetă. Este perla rară pe care orice femeie și-o dorește. Nu trebuie să-l scapi, a spus Deb, iar Jane și Marilyn au dat aprobator din cap.

— Sunt convinsă de asta, a zis Diana, dar din păcate niciunul din noi doi nu suntem încă pregătiți pentru o nouă relație. Ne-am cunoscut prea devreme... sau prea târziu... Ar fi o greșeală să încercăm ceva sentimental.

— Rahat! a zis Marilyn, lipsită de delicatețe, dar pertinentă. La sfârșit, ceea ce contează este ceea ce ai făcut. Sau ceea ce nu ai făcut! Tu ești singură, el e singur, restul este doar de decor. Pune mâna pe el înainte ca o altă nebună de genul Adelei să ți-l sufle. Femei ca ea se aleg întotdeauna cu cei mai buni bărbați. In vino veritas, a mai spus ea, ridicând paharul în semn de noroc, și golindu-l dintr-o suflare.

Seara a decurs bine, au povestit unii cu alții, au glumit, au colindat, și în afară de faptul că Diana a trebuit s-o schimbe pe Trudy de două ori, n-au mai fost alte incidente.

Slujba de la miezul nopții a fost frumoasă, așa ca în fiecare an. S-au rugat, au aprins lumânări și-au încheiat noaptea celebrându-l pe Isus.

Zilele care au precedat Crăciunul au fost ca o poveste magică, în special pentru Diana și Trudy care nu încetau să spună că totul era ca în filmele pe care le văzuseră la televizor. Case decorate minunat, îmbrăcate în zăpadă, moși Crăciuni și decorații luminoase în fața rezidențelor, jovialitatea prietenilor și complicitatea lor.

Jack le-a scos la restaurant și la plimbare aproape la fiecare prânz, iar serile mâncau cu prietenii, în fosta suburbie, ori la actuala lui casă. Diana s-a ținut de cuvânt și a făcut ștrudelul pentru Kelly și familia O'Brien, Jack i-a dat actele de divorț Adelei, care, ca de obicei, a făcut criză de nervi, iar Benjamin, care aflase noul număr de telefon al Dianei, o hărțuia zilnic, implorându-i pardonul sau amenințând-o. Depinde de cum se simțea în ziua respectivă. Viața din suburbii nu era plictisitoare așa cum și-ar fi imaginat, iar când Summer și Georgia O'Brien au fost prinse fumând marijuana, focurile de artificii n-au mai contenit în cele două case vecine.

— Cine ți-a dat marijuana? și-a întrebat Jack fata, însă aceasta n-a vrut să spună nimic. Adevărul l-au aflat de la părinții Georgiei, care a clacat la prima amenințare. Dacă nu spunea adevărul, avea să sărbătorească Anul Nou singură în camera ei. Georgia știa că atunci când mama ei promitea ceva, se ținea de cuvânt. Betty O'Brien nu accepta niciun fel de drog și când fata ei i-a spus că vinovata era Kelly, s-a înfuriat foarte tare.

— Nu le-am dat-o eu! a zis Kelly speriată. Cum pot să crezi așa ceva? Într-o seară după ce-am mâncat la voi am ieșit afară cinci minute să trag două fumuri și am uitat-o acolo. Adu-ți aminte, mă despărțisem de Fred, și-n plus iubitul meu soț m-a anunțat că va avea un copil. George, soțul lui Betty, și-a luat soția după umeri și a potolit furtuna. Summer și Georgia au fost pedepsite pentru restul vacanței, cu excepția serii de Anul Nou.

*

Revelionul se ținea la Michael și Deborah, ca de obicei. John, prietenul lui Jack, a venit și el din Franța împreună cu Marjorie, iubita lui pe care o cunoscuse cu o săptămână în urmă. Marjo, cum o numea, era înaltă, blondă, fuma mult și vorbea foarte tare.

— Ai nebunit? l-a întrebat Jack. Spune-mi că nu este minoră. Marjorie avea 29 de ani, dar nimeni nu-i dădea mai mult de 16-17, iar Jack l-a întrebat dacă i-a văzut cartea de identitate. Și ce s-a întâmplat cu cealaltă iubită a ta? Aveam impresia că vrei să te căsătorești cu ea.

— N-a mers treaba. Fuma mult prea mult, a zis John făcându-i cu ochiul, după care s-a îndreptat spre locul unde o găsea deseori pe Marjorie. La bar. Franțuzoaica era capabilă să golească trei-patru sticle de vin pe seară, fapt de care era mândră.

— Oh, mon chéri, mi-a fost dor de tine, i-a zis ea lui John, apucându-l de posterior, și sărutându-l cu limba.

Summer, Georgia O'Brien care venise cu familia și cei doi copii adolescenți ai familiei Smith au început să-și dea coate:

— E bună tipa asta, a zis Ben privindu-i picioarele interminabile. Se spune că franțuzoaicele sunt foarte fierbinți la pat.

— Nu, a zis Georgia, cu un aer atotștiutor de parcă ar fi avut multă experiență. Doar se culcă repede. Nu este același lucru.

— Ca și cum asta ar fi rău, a adăugat băiatul de 16 ani, fără să-și ia ochii de la Marjorie care acum încerca să-și bage mâna în pantalonii iubitului ei. Ooo, daa, a zâmbit adolescentul cu gura până la urechi și când mama lui a observat, s-a dus la Marjorie și i-a propus să bea un pahar de șampanie cu ea și cu "fetele", în cealaltă încăpere, spre dezamăgirea puștiului.

Când Jack a rămas doar cu John l-a întrebat ce l-a apucat să o aducă în America pe Marjorie.

— Nu este suficient de matură pentru tine. Ești cu ea doar pentru sex. Apoi, gândindu-se mai bine, și-a spus că de fapt era perfectă pentru el. John nu căutase niciodată o relație serioasă, genul tradițional, de drum lung. Pentru el, a avea o relație cu o femeie sexy cu care nu știai încotro mergi, era mai excitant.

– Exact, nu este matură deloc și sunt cu ea doar pentru sex, a râs John. Nu este asta fantastic? Tu cu ce te-ai ales că te-ai însurat din dragoste? Cu jumătate din contul bancar golit și inima frântă. Jack a dat din cap. Căsătoria este un fel de târg în care dacă treaba nu merge bine trebuie să renunți la jumătate din lucrurile tale. N-am avut niciodată dorința să mă însor, iar acum, după experiența trăită de tine, să nici nu mai aud. Jack a zâmbit trist. Cu ce se alesese el după 27 de ani în care i-a fost fidel Adelei? Fusese obligat s-o ia de la zero, să schimbe casa, cartierul și să lase în urmă nu doar o soție infidelă, ci o lume întreagă. Acum trebuia să-și făurească o nouă viață și nu știa dacă va mai putea vreodată avea încredere în vreo femeie. O parte din el murise când a aflat că Adela este îndrăgostită de Benjamin. Torentul de minciuni n-au făcut decât să-i diminueze personalitatea. După 27 de ani nu avusese dreptul la prea multe explicații și se debarasase de el fără niciun regret. Niciodată în viața lui nu se simțise atât de insignifiant. Cum putea acum să-l sfătuiască pe John să aspire la ceva mai serios decât acrobațiile lui sexuale cu femei superbe? Soția lui, care nici măcar frumoasă nu era, abandonase tiptil căsătoria. Fără să-i dea șansa ca el să poată schimba ceva. Îi furase viața și îi distrusese visele de care era legat dintotdeauna. Cum poți să abandonezi ceva atât de prețios ca visele tale de-o viață? Când părăsise căminul lor toți prietenii din suburbie au crezut că a fost o fugă disperată, ceea ce era și adevărat, dar nu știa ce altceva ar fi putut face. Să se agațe de amintirile cu o femeie care probabil că nu-l iubise niciodată? Singur își crease o iluzie, o poveste de dragoste care existase doar în capul lui și pe care o idealizase.

— Deci, a zis John aducându-l în prezent, ce este între tine și Diana? Păreți foarte complici.

— Ceea ce pentru tine se traduce că suntem amanți. De-abia i-am dat actele de divorț Adelei, nu pot să sar atât de repede de la o femeie la alta. Sau de la o viață la alta.

— Da, spui des asta, dar să știi că ar trebui, a zis John, luând o gură de whisky. Tu n-ai nicio vină, Adela te-a pus în situația asta. Și vei vedea, când vei trece de la ea la o altă femeie, va fi ca și cum ai trece de la infern la paradis. Diferența dintre ea și o altă femeie este... John a făcut o pauză mică și s-a gândit. De fapt, diferența dintre ea și o altă ființă umană este enormă. Tu ești un zeu pe lângă ea. Jack a râs de comparația făcută. Întotdeauna își pusese soția pe un piedestal pe care nu-și avea locul. Doar acum vedea asta. Ea era zeița, iar el muritorul de rând, care avea ca scop unic să-i satisfacă ei dorințele, fără a aștepta ceva în schimb. Nu văzuse cât de egoistă și lipsită de empatie era. Reîntoarcerea la realitate fusese brutală, iar decepția, oribilă. Spera doar că nu-l va ține o viață.

– Diana și cu mine suntem doar prieteni. Uraganul din sufletul ei este mai nimicitor decât orice altă catastrofă naturală. Cred că încă îl iubește pe Benjamin și sper din tot sufletul să nu se împace cu el. Dar cum aș putea să-i dau asemenea sfaturi?

– Cum ai putea să nu-i dai, Jack? Doar ai spus că ești prietenul ei. Acesta este rolul tău. S-o pui în gardă și să-i reamintești cât a suferit din cauza lui. Apoi, cu un zâmbet ștrengăresc, a continuat: și, dacă poți, să-i spui toate astea în pielea goală, ar fi foarte bine. Râsete. Pentru mine relațiile amoroase au fost întotdeauna foarte misterioase, a recunoscut John. Personal, n-am descoperit încă ingredientul secret care face ca toate astea să funcționeze mai mult de cinci minute. Și de multe ori în viață am fost surprins să văd că o relație, pentru care aș fi băgat mâna în foc că va fi pe viață, s-a terminat de la o zi la alta. În timp ce, relațiile dubioase, rezistă. Eu nu înțeleg nimic din lumea celor mari, a zis John ridicând dezinvolt din umeri. Nu era genul de bărbat care să-și piardă timpul cu amănunte inutile. Sau cu femei care plângeau după maternitate și aveau ca scop în viață coacerea prăjiturilor sau alăptatul.

În același timp, în salon, Marjorie cu Diana, Deborah, Jane și Marilyn vorbeau despre relațiile între femei și bărbați. Franțuzoaica nu era pentru relațiile pe viață. Sau monogamie.

Deocamdată, relația ei cu John o satisfăcea de minune.

— Am fost odată căsătorită, a zis ea ca și cum ar fi avut 90 de ani. Un tip deloc interesant, pe care l-am cunoscut într-un fast-food. A fugit cu cea mai bună prietenă a mea. El s-a îngrășat și ea a chelit... sau invers, a zis Marjorie indiferentă. Oricum sunt foarte fericiți, ceea ce demonstrează că urâții sunt făcuți să fie împreună. Nu m-am mai recăsătorit niciodată și nici nu vreau s-o fac, mă bucur că pentru voi funcționează. Mai puțin pentru tine, i s-a adresat ea Dianei, care a roșit. Cum poate cineva să arate atât de bine și chestia asta să fie legală? Pentru că ești foarte frumoasă, știi asta, da? Diana a zâmbit timid și i-a mulțumit. În plus, a continuat franțuzoaica, ești și bine crescută. Poate că ar trebui să fii mai rea. Bărbaților le place asta. Cele patru femei, care erau mai în vârstă decât Marjorie, o priveau zâmbind. La prima vedere părea antipatică. Dar nu era. Voia să pară matură și nici asta nu era.

— L-am iubit atât de mult încât nu am realizat că Benjamin nici măcar nu a încercat să mă cucerească, s-a destăinuit Diana, surprinzându-le. De felul ei era tăcută și discretă, dar cumva Marjorie a făcut-o să se simtă în largul ei. Am fost impresionată de șarmul lui legendar, fără să-mi dau seama că nu era nimic în spate. L-am iubit din prima clipă și nu m-am oprit niciodată. Erau zile când el nici măcar nu știa că exist, a zis ea tristă. Când în această seară a venit aici, mi-a venit să leșin... de bucurie. Ele au privit-o surprinse, dar n-au zis nimic. Da, a continuat Diana, știu că nu merită, dar încă îl iubesc foarte mult. Și probabil că-l voi iubi toată viața mea, chiar dacă câteodată îmi spun că nu-l mai iubesc deloc. Apoi momentul trece și iar îmi este dor de el. Este ca un blestem de care nu mă pot debarasa. Deborah a luat-o de mână și a mângâiat-o ușor.

— Îți promit să nu mai încerc o perioadă să te mărit cu Jack, a zis ea zâmbind. Dar când o să te simți mai bine, voi reîncepe. Râsete. Apoi, pe un ton serios i-a spus: Dacă tu crezi că întotdeauna îl vei iubi pe Benjamin, să nu încerci ceva cu Jack... dar nici cu Benjamin. Nu este fiabil. Diana a privit-o cu ochi îngustați:

— Fiabil? Asta nu înseamnă om care mănâncă alt om? a întrebat ea cu un accent drăguț și o mină care o făcea să pară foarte tânără.

— Ăla e carnivor, draga mea, a zis Deborah și Diana a început să râdă.

— Eu am crezut că înseamnă bou, a zis Marjorie veselă, dar am băut deja o sticlă de șampanie și două shot-uri de whisky. În plus sunt franțuzoaică, așa că pot greși... Deși, din câte am auzit până acum, Benjamin acesta chiar este un bou. Râsete. Fetele începeau s-o placă pe tânăra blondă care era plină de viață și deloc arogantă, așa cum deseori francezii erau. John a venit lângă ele și și-a luat prietena în brațe, pupând-o pe ceafă.

— Vă distrați bine? le-a întrebat, știind cât de amuzantă putea fi Marjorie. La prima vedere părea indolentă, fără nicio grijă - și deseori chiar era -, dar când o cunoșteai mai bine, o plăceai. Nu era complicată și nici nu se plia regulilor societății, fără ca totuși le încalce. Avea regulile ei, care erau simple și funcționau. În prima seară în care a cunoscut-o, a dus-o la el acasă și-a făcut dragoste cu ea. A fost senzațională și ea nu a așteptat ca el s-o sune a doua zi. Ceea ce de altfel n-a făcut. Când după o săptămână nici ea nu l-a sunat, John a fost intrigat și i-a telefonat. Marjorie a fost plăcut surprinsă, nu i-a făcut scene sau mofturi-așa cum fusese el obișnuit - și a acceptat să-l vadă în seara următoare. A invitat-o iarăși la el acasă unde ea i-a preparat - și ars - cina, i-a băut sticla de vin și-apoi a adormit încălțată în patul lui. Era simplu să fii cu ea, și se distrau bine împreună. Nu-și făceau planuri de viitor și nici nu puneau țara la cale, trăiau momentul și amândurora le convenea simplitatea relației lor.

Seara decurgea bine și toți se distrau, Marjorie fiind în centrul atenției. Pe la 1:00 dimineața Adela l-a sunat pe Jack, dar acesta nu a răspuns. Apoi a mai încercat odată la 1:10, la 1:30 și de la 2:00 până la 3, nu s-a oprit deloc. A petrecut revelionul singură, având timp să se gândească la viața ei. Nu așa fuseseră sărbătorile în timpul căsătoriei cu Jack. Erau amuzante, pline de prieteni, de glume bune, muzică, dans și cadouri. Ce i-a mai rămas? O casă goală cu o liniște asurzitoare, o sticlă de alcool, tot goală, și un pistol în sertarul noptierei din camera în care acum dormea singură. Ca și cum ar fi avut o revelație, a luat-o la fugă, împleticindu-se, pe scări și a luat arma care era așezată lângă biblia pe care jurase fidelitate soțului ei. Era beată, dar își amintea și acum când, în disperarea lui, Jack a pus-o să jure că relația ei cu Benjamin se terminase. O făcuse doar ca să mai câștige timp. Nu știa pe cine sa aleagă dintre cei doi. Pe atunci avea încă posibilitatea de a alege. Nu luase acea șansă în serios. La fel cum făcuse toată viața ei. A trebuit să ajungă în seara de Anul Nou, să golească singură o sticlă de whisky, ca să realizeze că pierduse totul. Nu luase niciodată în serios căsătoria lor. Pentru ea era ca și cum i-ar fi făcut lui Jack un favor. El era adeptul angajamentului, și-n timp ce pentru ea mariajul nu era decât o bucată de hârtie, pentru el însemna parteneriat, o promisiune a iubirii. Nu luase niciodată relația lor în serios pentru că totul fusese atât de simplu. Ce avea ea de făcut era să-și exprime dorința, iar el imediat i-o îndeplinea. Era ideal. În loc să aprecieze gesturile lui, a început să se plictisească și să-l trateze ca pe un valet, în serviciul ei. Nu îl asculta când vorbea sub pretextul că știa tot ce avea de spus. I se părea că știa dinainte și ce nu voia să-i spună. Cu toate acestea el îi fusese fidel și nu o criticase niciodată. Îi dăduse încredere-n ea și o ajutase să uite nesiguranța unei lumi incerte sau frica de singurătate. Singurătatea. Până la urmă tot acolo ajunsese. Fusese doar o chestiune de timp, dar reușise ca la 43 de ani să rămână singură și, mai grav, era că nu putea să dea vina pe nimeni. Singura vinovată era ea. Casa se învârtea cu ea insuportabil, în timp ce ținea pistolul în mână. Voia să termine totul. Nimeni nu avea nevoie de ea. Copiii o ignorau, o tolerau, și-a spus privind pistolul și căutând cutia unde ținea gloanțele. Ce rost mai avea să trăiască? Chiar și David care avea doar 11 ani a înțeles că era o mamă deplorabilă. Eșuase ca femeie, ca mamă și ca prietenă. Nici cu tatăl ei, care o adorase, nu mai avea o relație de ani de zile. Singurii prieteni pe care-i avusese fuseseră de fapt prietenii lui Jack, care acum i-au întors spatele. Ținându-și cu greu echilibrul a coborât la parterul casei unde și-a mai turnat un pahar de vin. Ceea ce avea de făcut în acea noapte necesita foarte mult curaj, ori ea nu fusese niciodată curajoasă. Alcoolul o va ajuta să vadă lucrurile mai clar. De fapt, să nu le mai vadă deloc. În acea noapte n-avea nevoie de cruntul adevăr. Alcoolul și arma ei de calibrul 38 îi erau suficiente. A golit paharul de vin și și-a servit altul.

Așezată pe fotoliul verde cu sticla de whisky goală la picioarele ei, și pistolul în mână, se gândea la cât pierduse în ultimul an. O lume întreagă, nu doar pe Jack și pe Benjamin. Nu că i-ar fi păsat de Ben. Dar după Jack suferea, iar faptul că nu mai era disponibil o făcea să simtă disperarea și mai acut. Plângând și-a dus pistolul la tâmplă cu mâna tremurândă. A stat așa câteva momente, incapabilă să-și ducă gestul la sfârșit. Cum ar fi putut? Niciodată nu dusese nimic până la sfârșit. Doar singurul lucru pe care n-ar fi tre-

Carmen Suissa

buit să-l termine. Căsătoria lor. Epuizată a pus pistolul pe masă și a golit și cel de-al doilea pahar de vin. Cum de nu s-a gândit până atunci? Dacă Jack o scosese complet din viața lui era pentru că Diana îl ajutase. Dacă înainte avea bănuieli, acum era convinsă că cei doi erau împreună. Un junghi de gelozie i-a înțepat inima. Fusese toată viața ei atât de sigură de el încât niciodată nu s-a gândit că Jack ar putea să iubească pe altcineva. Nu fusese niciodată geloasă, fiind sigură că el îi aparține. Chiar și după ce aflase de relația ei cu Benjamin, inima lui tot îi aparținea. Însă bărbatul blând și îngăduitor cu care se căsătorise se transformase complet. Devenise un om sigur pe el, un bărbat căruia nu-i mai pasa și care se debarasa de ea. Și asta doar pentru că era îndrăgostit de Diana. Oare cei 27 de ani împreună nu-i mai dădeau dreptul la o nouă șansă? Ar trebui să existe o lege pentru asta, și-a spus ea, golind și cel de-al doilea pahar de vin. Totul în cameră se învârtea și nu mai avea ideile clare, dar un lucru era cert. Dacă cineva trebuia să moară în acea noapte, aceea nu era ea. Diana era responsabilă de indiferența soțului ei în ceea ce-o privea - pentru că Jack era încă soțul ei! Un soț pe care nu-l văzuse ca pe o persoană cu propriile nevoi. Îl părăsise pe Jack și se pierduse pe ea, în timp ce el o pierduse pe ea și se regăsise. Apoi a găsit-o pe Diana. O fraudă care încerca să-i distrugă ei viața. Totul se aranja pentru toată lumea, mai puțin pentru ea. Doar lumea ei încetase să mai existe: nu soț, nu copii, nu prieteni. Se avea doar pe ea... ceea ce, era și mai rău. Furioasă s-a ridicat în picioare și luând pistolul de pe masă a părăsit casa în fugă, desculță, în pijamale și cu părul răvășit. Tremura din toate încheieturile și nu știa dacă era din cauza frigului, a urii sau a actului ce urma să-l facă.

*

Acasă la Deborah, într-o suburbie liniștită, unde toată lumea se știa cu toată lumea, aveai impresia că nimic nu se întâmplă niciodată.

Petrecerea era în toi. Diana, Jack și Michael erau în hol, ciocnind un pahar de șampanie.

– Asta este cea mai bună petrecere pe care am dat-o în ultimii ani, Jack, spuse Michael ținând în mână o morișcă de hârtie pe care i-o făcuse Trudy la grădiniță. Un curent de aer sufla în morișca multicoloră și el s-a uitat intrigat la ușa de la intrare care era lipită de perete. Adela stătea cu pistolul în mână și îi privea cu ură. Cu părul răvășit și ochii umflați de plâns, a făcut un pas spre ei arătând-o cu degetul pe Diana. A deschis gura, încercând să zică ceva, dar nu a ieșit decât un bolborosit furios, de neînțeles. Doar pe ea o vedea. Micuță, blondă și fragilă. Vulnerabilitatea ei îl impresionase pe Jack, care acum o privea șocat. Cu ochii încețoșați, Adela a apăsat pe trăgaci. Michael care a înțeles primul ce se întâmplă, a sărit s-o protejeze, a împins-o și-a trântit-o la pământ, evitând ca glonțul să o rănească. Din păcate, el n-a putut să-l evite. Timpul s-a oprit în loc câteva secunde și nimeni din încăpere nici măcar nu respira. Când Michael s-a prăbușit cu cămașa plină de sânge, Deborah a urlat ca din gură de șarpe. Nu și-a dat seama unde a fost împușcat, era sânge peste tot, iar el, de abia mai respira.

— Iubitule, uită-te la mine! Michael privește-mă! a țipat ea. Să nu închizi ochii! Stai cu mine, te rog, nu închide ochii! Cu respirația tăiată, Michael își privea soția și ar fi vrut să-i spună că o iubește mult, dar nu putea. Deborah era panicată și ar fi vrut s-o liniștească, să-i spună că totul va fi bine și că n-o va părăsi niciodată. Îi era cald și îl durea stomacul, iar gura îi era plină de un gust bizar. Trebuia să-i spună că fusese singura femeie pe care o iubise în toată viața lui. Că anii petrecuți cu ea fuseseră un cadou ceresc și iubise fiecare zi alături de ea. Deborah îl privea cu fața plină de lacrimi și îl implora să nu închidă ochii. Dar el era foarte obosit. Poate că dacă s-ar fi odihnit câteva momente și-ar fi revenit. Trebuia să-și revină, nu putea s-o lase singură. Nu aveau copii și părinții ei locuiau în Los Angeles. S-au avut toată viața doar unul pe altul, dacă o părăsea acum, ea n-ar fi rezistat.

— Te iubesc, a șoptit el, făcând un efort supraomenesc.

— Știu Michael, plângea Deborah. Știu că mă iubești. Și eu te iubesc și te voi iubi mereu. Doar te rog să ții ochii deschiși până vine ambulanța. Ambulanța! a urlat ea. A sunat cineva ambulanța? a întrebat privind disperată în camera care într-o secundă se transformase într-o scenă de groază. John sunase deja la ambulanță, iar acum vorbea cu poliția, în timp ce Jack se lupta cu Adela care-și pusese pistolul la cap, apăsând în gol iar și iar... Părea să aibă o forță enormă, alimentată de alcool, adrenalină și disperare. Se transformase într-o fiară care se zbătea cu îndârjire. Imobilizând-o Jack i-a luat pistolul și l-a dat lui Marilyn Maier, care păstrându-și calmul încerca să ajute cum putea. Diana cu fața pătată de sângele lui Michael stătea ghemuită într-un colț cu Trudy în brațe și respira sacadat, în stare de șoc.

– Vei fi bine! Totul va fi bine, iubitul meu, doar să nu adormi, i-a zis Deborah lui Michael, care o privea cu lacrimi în ochi. Îi era din ce în ce mai greu să respire.

– Îmi... pare atât... de rău, s-a chinuit el să-i spună, căutându-i mâna. Copiii... ar fi fost minunați... copiii noștri. Deborah plângea și ar fi vrut să-i spună să-și păstreze puterea, dar n-a făcut-o. Simțea că trebuie să-l lase să vorbească. Ai fi fost o mamă... minunată, a zis Michael cu vocea înecată. Ai fost o soție... bună...

– Și-ți voi fi în continuare, Michael. Nu mai vorbi așa, iubitul meu. Totul va fi bine, vei vedea.

Soțul ei o privi cu dragoste infinită. Privirea i s-a încețoșat și lacrimile fierbinți îi ardeau fața. Avea sânge în gură, împiedicându-l să vorbească. Deasupra lui, cu ochii verzi, pe care-i iubise atât, soția lui îl implora să nu moară.

– Michael, Michael! Te implor, stai cu mine! Uită-te la mine, iubitul meu! Nu mă lăsa! Nu pot să trăiesc fără tine, te rog, mai rezistă puțin! plângea Deborah.

Fața pe care-o iubise atât, dispărea încet în ceață.

Un zgomot de geam spart i-a speriat pe toți. Adela se desprinse din mâinile lui Jack, și cu o rapiditate incredibilă a aruncat vaza de cristal ce se afla pe măsuță, în geam, spărgându-l. Cu un ciob în mână încerca să își taie venele, urlând ca nebuna.

– Mamaaa, a strigat Summer, care a alergat la ea și i-a smuls bucata de sticlă, în timp ce Jack o ținea de mâini și de picioare, lăsându-se cu toată greutatea corpului pe ea.

. În depărtare se auzeau sirenele poliției și a ambulanței. Suburbia liniștită deveni scena unei crime abominabile.

– Michael, Michael! țipa Deborah, strângându-și soțul la piept. Iubitul meu, nu adormi, te implor, plângea ea. A leșinat. Nu este mort, îi simt pulsul.

Jack o lăsase pe Adela în mâinile celorlalți și venise lângă Michael. I-a atins gâtul. Apoi încheietura mâinii. Nu simțea nimic. Disperată Deborah îi făcea masaj cardiac încercând să-l țină în viață. Fața îi era udă de lacrimi amestecate cu sânge, respira sacadat, arătând ca într-un film de groază.

— Fă ceva, Jack, te implor, plângea ea. Nu-l lăsa să plece! Voi muri și eu dacă el mă părăsește.

Avea mâinile, părul și hainele pline de sânge, și trecea de la Michael la Jack, implorând să-l salveze pe cel cu care fusese 15 ani atât de fericită. Cu ochii plini de disperare, Deborah și-a privit prietenul plângând:

— Este prea tânăr ca să moară. Și este bun. Este cel mai bun om din lume. Și eu îl iubesc. Asta nu contează?

— Ba da, contează, i-a spus el luând-o de mână și făcând loc paramedicilor, care ajunseseră în același timp cu poliția. Lasă-i să-și facă treaba, Deb. O să-l ducă pe Michael la spital unde va fi pe mâini bune.

Nu știa ce altceva să-i zică. Ce puteai să-i spui unei persoane care era într-o astfel de situație? Că totul va fi bine? Nu puteai să promiți mare lucru. Când se producea o tragedie nimic nu mai era la fel. Sau bine. Cel puțin nu pentru câtva timp. Depindea de fiecare. De cât aveai nevoie să treci peste așa ceva? Un an? Zece? O viață?

În holul casei, panicată, și cu cătușele la mâinile, care-i sângerau superficial, Adela privea spre rămășițele vieții ei pierdute. Avusese multe șanse în viață și pe toate le risipise. Tot ce atingea se transforma în praf. Își privea copiii care se uitau la ea îngroziți și ar fi vrut să le spună că îi pare rău, dar nu mai avea niciun sens. Pentru ea totul era terminat și orice ar fi făcut sau nu de-acum încolo, nu mai conta. Viața ei va fi redusă la un tur în curtea închisorii, iar numele ei va deveni doar un număr. Un număr între alte sute de numere care au încălcat legea și au distrus sau au luat viața cuiva.

— Vino, i-a ordonat locotenentul Aris Evans, care-a scos-o forțat pe Adela din casă. A împins-o în mașina poliției, protejându-i capul cu mâna, sub privirile consternate ale vecinilor și ale copiilor ei care plângeau șocați. Strada frumoasă, luminată acum nu numai de ghirlande, ci de sirenele ambulanțelor și poliției, era plină de vecini îngroziți. Oameni care au venit să celebreze intrarea în noul an acum asistau la o scenă de crimă oribilă.

Summer, care de obicei părea sofisticată și matură arăta acum exact ce era. Un copil pierdut. David se ținea de ea și își privea mama tremurând. Era noaptea cea mai urâtă din viața lui și nu avea să uite niciodată fața Adelei în mașina de poliție, pe Diana care în stare de șoc era urcată într-o ambulanță, pe Trudy care plângea în brațele lui Marjorie sau pe Michael care pe targă era dus într-o altă ambulanță. Era un haos de nedescris și nimeni nu știa exact dacă acesta era încă în viață sau dacă mai avea vreo șansă. Jack și-a luat copiii în brațe și, plângând împreună cu ei, a privit în urma mașinii de poliție care o luase pe Adela. O parte din viața lor pleca pentru totdeauna cu acea mașină a cărei sirenă urla, ca un țipăt de agonie. Agonia lor, a familiei Peterson.

— Vă promit că va fi bine. O să fim bine, le-a spus el agitat, încercând se pară convingător. John și Marjorie vor rămâne cu voi până mă voi întoarce de la spital unde trebuie să mă duc cu Deborah. Înțelegeți?

Copiii dădeau din cap, înțelegând, dar fără să-i dea drumul tatălui lor, iar Jane a venit și i-a luat de mână. L-a asigurat pe Jack că vor rămâne toți acolo să-i aștepte. Totul se petrecea atât de repede. Împreună cu Deborah, a urcat în ambulanță, alături de Michael și brancardieri.

— Să nu mă lași, i-a cerut ea. Ai auzit, să nu mă lași și tu, pentru că voi muri.

Jack o ținea aproape de el și încerca s-o liniștească.

— Nu ești singură, Deb. Nu te voi lăsa o secundă. O să te saturi de mine.

Ea dădea din cap afirmativ și continua să-i strângă mâna rece a lui Michael ca și cum viața ar fi depins de acel contact. Dacă-i dădea drumul la mână, se pierdea și în mod sigur nu va mai găsi drumul de întoarcere. Întoarcerea unde? La ce? La cine? Dacă Michael murea, rămânea singură. Se uita la fața pe care o iubea atât și cu ochii plini de lacrimi fierbinți, și a început să se roage. Jack privea pe geam spre noaptea neagră și nu știa dacă mereu era așa de întuneric sau doar mintea lui o percepea așa. Autostrada era aproape goală și în câteva minute au ajuns la spital. Michael nu era conștient, însă respira încet.

— Nu știu ce voi face, Jack, dacă Michael va muri, plângea Deborah. Nu pot să trăiesc fără el.

— Dragostea este o forță și datorită ei vei trăi, indiferent ce se va întâmpla. Dar trebuie să rămânem pozitivi. Poate că rana nu este profundă și în câteva zile acest coșmar se va termina. Peste câțiva ani, în fața șemineului, vom povesti despre această noapte ca despre o noapte prea puțin amuzantă și Michael ne va cere să schimbăm subiectul. Apoi se va uita la un meci de hockey, iar tu o să-l cerți că sunetul televizorului este prea tare.

Ea îl privea ca un copil pierdut și ar fi vrut să creadă tot ce-i spunea, dar pentru moment vedea viitorul ca pe o pată neagră. Nu mai avea speranțe sau vise. Singura persoană din viața ei care ar fi putut s-o ajute, era el. Jack era ca un frate pentru ea. Era răspunsul la strigătul ei de ajutor. Își iubea părinții și avea o relație bună cu ei, dar erau departe și nu voia să-i supere cu tristețea ei. De asemeni, în suburbie avea mulți prieteni pe care putea conta, dar singurul care cu adevărat ar fi putut s-o țină pe linia de plutire, era Jack.

— Dacă moare, nu-mi vor rămâne decât zile pline de singurătate. Zile în care mă voi gândi la ce a fost până acum. Prima noastră întâlnire, primul sărut, căsătoria... toate sunt în spatele meu... plângea iarăși. Plângea mereu. Nu cred că voi uita vreodată cum stătea întins pe jos... Frumos. Pe jumătate mort... Crima este o insultă. Tot ceea ce a făcut Adela în viața ei este o insultă, a zis Deborah, cu lacrimile șiroindu-i pe față. Femeia asta ne-a luat totul. Știa și el că așa era. Adela nu era doar o criminală, ci și o hoață. Le furase viețile la toți patru: a lui, când a decis să fie iubita lui Benjamin, a Dianei, a lui Deborah și a bietului Michael, dacă nu v-a supraviețui.

— Am 38 de ani, Jack, sunt prea tânără ca să privesc în spate și să n-am nimic în față.

— O, dar vei avea, draga mea. Știu că acum ai impresia că totul este sfârșit, dar nu este. Ai o viață întreagă înainte, și-ți promit că va fi minunată. Oamenii minunați au parte de lucruri minunate, Deb, iar tu faci parte din această categorie.

— Tu nu înțelegi că el este minunea mea? Căsătoria noastră nu este o cursă de sărituri peste obstacole. Este perfectă, știi asta. El este cel mai bun lucrul care mi s-a întâmplat vreodată. Se spune că după rău vine bine și după bine vine rău și îmi este atât de frică, pentru că, până acum mi-a fost tare bine.

— Nu cred în asta. Știu că este cumplit ceea ce s-a întâmplat și nu știu de ce s-a întâmplat asta, dar într-o zi vom înțelege. Dumnezeu are un plan cu noi toți. Lucruri minunate ți se vor întâmpla, îți promit.

Nimic din ce îi spunea nu putea s-o consoleze. Nu încă. Nu înainte să fie sigură că Michael era în afara oricărui pericol. Soțul și omul cel mai bun din viața ei. Prietenul ei și singura iubire.

— Peste-o lună împlinește 40 de ani, a zis Deborah, plângând încet. Apoi cu un zâmbet slab: sunt sigură că nu va face criza de 40 de ani. Nu mașină roșie decapotabilă, nu ceas enorm... S-a oprit înecată de lacrimi. Nu, Michael, nu este genul acela. Este un om bun, liniștit și prietenos. Nu a jignit niciodată pe nimeni și de câte ori a avut ocazia i-a ajutat pe cei din jurul lui. Ce-o să mă fac dacă moare? plângea Deborah, fără să aștepte neapărat un răspuns. Nimeni nu putea răspunde la asta. Jack și-a zis că probabil în viitor va avea o grămadă de întrebări la care el nu va avea răspunsuri, dar va face totul ca s-o ajute. O privea cum stătea dreaptă și se uita cu ochii mari, îndurerați, la fața soțului ei. În spatele terorii se vedea curajul unei femei care toată viața știuse ce să facă în orice situație. Jack era sigur că într-o zi va trece și peste acea nenorocire. Deborah era o forță a naturii, va răzbi indiferent ce se va întâmpla. Era o femeie drăguță. Nu sexy. Atrăgătoare într-un fel aparte, nu provocator, cu o minte ascuțită și un umor fantastic. Era prietena lui cea mai bună și femeia cea mai curajoasă pe care o cunoscuse vreodată.

Ajunși la spital Michael a fost preluat rapid și băgat în sala de operație. Deborah se plimba în lung și-n lat fără să scoată un cuvânt. Avea fața mânjită de sânge și cămașa ieșită din fustă. După două ore de așteptare în încăperea cu canapele gri și oameni îngrijorați care așteptau verdictul vieții lor, o asistentă a venit să le spună că intervenția nu se terminase încă. Doctorii - o echipă de elită - au reușit să scoată glonțul și să oprească hemoragia internă, însă complicații a căror detalii nu le avea, făcea ca operația să mai dureze un timp.

Carmen Suissa

Cu cămașa argintie plină de sânge și părul blond lăsat pe umerii firavi, Deborah părea în agonie. Undeva între real și ireal. Se plimba agitată printre oamenii care erau la fel de nefericiți ca ea. Se vedeau, dar nu se observau, și nimănui de acolo nu i se părea bizar că sala era plină de persoane în smoking-uri sau în rochii lungi de seară. Părea o scenă dintr-un film de-a lui Hitchcock. Era acolo chiar și un bărbat deghizat în Superman, dar nimănui nu-i păsa. Detalii ce altădată ar fi fost luate în râs sau arătate cu degetul treceau neobservate în acea sală plină de oameni îndurerați, îmbrăcați elegant. Oameni care cu certitudine aveau două lucruri în comun. Durerea și frica.

După încă două ore în care nimeni nu mai veni să le spună nimic, și Deborah își frângea degetele de la mâini, Jack s-a ridicat. Nu mai suporta să audă zgomotul pe care-l făcea. Avea impresia c-o să-și rupă oasele de la degete, dacă nu cumva o făcuse deja. Durerea sufletească era atât de mare încât cea fizică trecea neobservată. S-a dus să cumpere două cafele și când s-a întors ea umbla iarăși agitată prin încăpere.

— Nu mai vine nimeni! De ce nimeni nu ne mai spune nimic, Jack? Echipă de elită pe mama naibii. O bandă de incompetenți care probabil au ieșit din operație și s-au dus liniștiți la cafea.

— Ți-am adus și ție un cappuccino. Bea-l, i-a zis el, întinzându-i paharul de plastic. O să-ți fie mai bine după o cafea caldă.

Și-a întors capul și l-a privit urât fără să ia paharul:

— Soțul meu este între viață și moarte, a spus furioasă, chiar crezi că o nenorocită de cafea o să-mi facă bine? El și-a lăsat privirea în jos fără să spună nimic.

— E vina ta dacă Michael moare! a rostit ea cuvintele de care lui îi era frică. Numai la asta se gândea de când ajunsese în acel loc sinistru, cu timpul ce părea că se oprise în loc. Aproape că puteai palpa durerea și auzi rugăciunile surde ale oamenilor disperați. Fiecare se ruga pentru cineva și sperau disperați ca rugile să ajungă unde trebuie. Toți cei din acea sală, credincioși sau necredincioși, sperau în acea noapte ca Dumnezeu să nu-și întoarcă fața de la ei. Făceau promisiuni tacite în speranța că rugăciunile le vor fi ascultate.

— Îmi pare atât de rău, a zis Jack fără să aibă curajul să o privească în ochi. Știu că este vina mea.

— Al naibii să fii că ești vinovat! a zis ea furioasă, trecând de la epuizare la surescitare, și de la durere la ură. Avea nevoie de un vinovat și cum Adela nu era acolo, Jack era ținta perfectă. Dacă n-ai fi fost tu să o aduci pe Diana în viețile noastre, Michael n-ar fi fost acum alungit pe o masă de operație între viață și moarte. Iar eu n-aș fi stat aici, ca nevasta lui Frankenstein, gata să fac un AVC sau un infarct. Jack stătea nemișcat și o lăsa să se descarce. Nu sunt eu cea mai norocoasă dintre mirese? l-a întrebat, dându-și de pe față șuvițele murdare de sânge, arătând ca o nebună.

Dacă mi se-ntâmplă ceva, sunt chiar aici, în miezul acțiunii, și o grămadă de doctori, probabil incompetenți, îmi vor sări în ajutor. Epuizată s-a așezat pe unul din fotoliile gri, iar Jack i-a întins iarăși paharul cu cafea pe care l-a luat furioasă.

– O să beau nenorocita ta de apă chioară și dacă n-o să-mi fie mai bine o să mai iau una, pe care am să ți-o arunc în cap. Jack s-a așezat liniștit pe fotoliul de lângă ea. Deborah a luat o gură din băutura caldă după care s-a luat iarăși de el. Tu cu idioata ta de nevastă care în fiecare an de Crăciun mi-a adus mâncare indiană, numai voi sunteți de vină. Și știu că nu tu ai apăsat pe trăgaci, dar tu ești cel care... s-a oprit câteva momente căutându-și cuvintele. Tu ești cel care mi-ai băgat mortul în casă, a zis privindu-l furioasă. Da, este expresia exactă în această situație. Mi-ai băgat mortul în casă!

Ca și o coordonare lugubră a frazei cu acel moment, un doctor a venit la ei, și privirea din ochii lui nu prevestea nimic bun. Tremurând, Deborah s-a ridicat în picioare împreună cu Jack, ținându-și respirația.

– Doamnă Lynn, a zis chirurgul pe un ton apăsător, îmi pare nespus de rău... Deborah l-a privit, așteptând, și el se ura pentru vestea care o avea pentru ea. Și se ura pentru durerea ce avea să i-o pună în ochi. În 30 de ani de carieră, văzuse prea des acea privire plină de speranță și-apoi de disperare. Michael nu a reușit să supraviețuiască. I-am scos glonțul, dar din nefericire acesta i-a perforat plămânul și...

Lăsând cafeaua să-i cadă din mână, Deborah s-a prăbușit pe fotoliu fără să mai asculte. Michael era mort și nimic altceva nu mai conta. Nu mai era important cum sau ce s-a întâmplat. Iubitul ei soț o părăsise și nu avea să-l mai vadă niciodată. Doctorul s-a retras, prezentându-și încă o dată condoleanțele, lăsând-o pe văduva lui Michael cu Jack care plângea încet. Nu l-a împins când el și-a pus brațele în jurul ei și nici nu l-a mai acuzat de nimic. Frica și durerea erau prea mari ca să mai poată lăsa loc la altceva. Au stat așa aproape o jumătate de oră, după care el l-a sunat pe John să-i spună.

Jane a venit la spital să o ia pe Deborah acasă, Jack urmând să se ocupe de lucrurile administrative.

— S-a dus să-și ia la revedere de la Michael, i-a spus el lui Jane. Este de o oră acolo și sper din suflet să nu i se întâmple ceva. Arată ca o stafie, parcă a îmbătrânit 10 ani de când suntem la spital. Jane a dat din cap înțelegător.

— O tragedie care ne va schimba viețile tuturor, a spus ea încet. Dar cel mai greu va fi pentru Deborah. Moartea lui Michael o va devasta.

De asta îi era și lui frică.

— Cum sunt copiii?

— Bine, a zis Jane. Au adormit la o oră după plecarea voastră. Nu i-a mai spus că au adormit plângând și că David a făcut pipi în pat. Și-a strâns doar prietenul la piept și i-a spus că nu era singur. Știi că poți conta pe Kenny și pe mine, Jack. La fel pe Marilyn și James. Vom face tot posibilul ca să treceți cât mai ușor posibil prin această durere. Și așa au făcut. Dar oricât de prezenți prietenii lor au fost, nefericirea avea traiectul ei și din păcate nimic n-a putut să-i consoleze. Doar timpul putea face ceva, iar dacă erau norocoși, într-o zi, nu foarte îndepărtată, vor suporta mai ușor suferința oribilei pierderi.

Carmen Suissa

Capitolul 6

Cele trei luni care au precedat înmormântării lui Michael, au fost foarte grele. Deborah intrase într-o gaură neagră, incapabilă să facă altceva decât să stea pe un fotoliu cu un tricou de-al soțului ei în mână. Avea nevoie să-i simtă mirosul, să întrețină iluzia. Era un refugiu să se gândească la Michael, singurul lucru care o liniștea. Prietenii ei credeau că este în depresie, însă ea suferea de ceva ce nu era o boală, dar care avea aceleași efecte: lipsa de sens, de o goliciune a vieții. Teama are chipuri multe, iar al ei era Michael. Adică absența acestuia. Se izolase în lumea ei, unde nu lăsa pe nimeni să pătrundă. Michael fusese îngerul ei și tot așa ca și când era în viață, era ușor să-l iubească. Deborah se ascundea în spatele dorinței de a atinge inaccesibilul, dorință confortabilă care nu implica niciun risc. Când era singură vorbea cu el ca și cum ar fi fost acolo. Slăbise 5 kg și nu făcea altceva decât să plângă. Și prietenii erau îngrijorați. Mama ei i-a spus că va veni să stea un timp cu ea, însă Deborah a refuzat. Avea nevoie să fie singură, să-și ducă singură doliul, iar în acea perioadă nimeni n-ar fi putut s-o ajute. Vecinii îi aduceau mâncare, treceau zilnic s-o vadă și vorbeau cu ea de Michael. De perioada lor fericită. Acest subiect era singurul care o mai scotea puțin din amorțeala obișnuită în care căzuse. Nici măcar condamnarea Adelei la închisoare pe viață nu-i stârnea interesul.

Jack trecea pe la ea de două-trei ori pe zi, fiindu-i mai ușor acum când locuia iarăși în suburbie. Copiii au fost bucuroși să revină în casa lor, iar el se simțea în sfârșit acasă. Era locul de care aparțineau, căminul în care fuseseră fericiți atâția ani și n-a ezitat niciun moment când copiii i-au propus să se mute înapoi. Încarcerarea mamei lor a fost un șoc pentru ei, dar nu mai mare ca moartea lui Michael. Copiii au asistat la crima oribilă a Adelei și, chiar dacă sufereau pentru ea, erau conștienți că trebuia să plătească pentru ce a făcut. Moartea lui Michael îi întristase, dar puteau măcar să traverseze strada și să fie cu prietenii lor.

Zilele erau mai ușoare ca nopțile când, singur în pat, mintea hoinărea prin locuri tenebroase. David a început să aibă iarăși coșmaruri și deseori dormea cu Jack. La 11 ani avea nevoie de mama lui și deseori încerca să îi găsească scuze pentru actele oribile comise. Poate că fusese prea beată ca să știe ce face. Poate că pe moment înnebunise. Erau foarte mulți "poate" de care avea încă nevoie, iar Jack nu încerca să-l contrazică. Summer spunea că era suficient de mare să accepte ce se întâmplase. Furia o ajuta să treacă mai ușor peste ceea ce se întâmplase, să sufere mai puțin. Jack știa însă că fata lui nu va rămâne o viață întreagă furioasă. Că într-o zi, după ce furia va trece, durerea va ieși la suprafață, iar el trebuia să fie pregătit să o prindă în cădere. Îi spusese fetei lui că va fi întotdeauna acolo lângă ea când va avea nevoie.

Jack nu avea o secundă a lui. Între serviciu, casă, copiii și Deborah, nu mai făcea nimic. Diana, care se integrase impecabil în noua școală, îl ajuta mult. O veghea deseori noaptea pe gazda ei, fiindu-i de-un ajutor inestimabil. Era discretă, sufletistă și eficace. Se simțea foarte vinovată, lucru care o împiedica să doarmă sau să se bucure de noua ei viață. Michael luase glonțul în locul ei și nu înceta să-și spună că dacă nu ar fi venit în America, bietul om ar fi fost încă în viață și Deborah, o femeie fericită.

Benjamin o căuta aproape zilnic. Ne mai dispunând de banii Adelei, a fost obligat să se mute în oraș și să accepte un post de ajutor de ospătar într-un restaurant de cartier. Lucra la negru și banii nu erau mulți, dar îi permiteau să plătească chiria unui apartament mic și salubru, nu departe de locul de muncă. Era disperat pentru că nu era obișnuit cu sărăcia sau cu munca, dar nu se simțea apăsat de ceea ce făcuse Adela. Îi părea rău pentru Michael, dar nu era problema lui. Nebunia amantei lui n-avea nicio legătură cu el. Și, de altfel, Michael nu-i fusese niciodată prieten. Cu Adela alături nimeni nu-l dorise în preajmă, așa că nu avea niciun prieten. De întors în Germania nici nu se punea problema. Ar fi fost și mai rău. Toți prietenii lor au rămas prietenii Dianei, nu și ai lui. Ca să poată să-și construiască iarăși o viață socială trebuia s-o ia de la zero, lucru deloc simplu. Fără bani în America erai un nimeni. Era mult mai greu decât în Europa. Disperat și singur, spera la o minune. Și singura minune din viața lui fusese întotdeauna Diana. Acum știa asta și se baza pe firea ei bună, pe natura ei umană, ca într-o zi să-l ierte și să-l ia înapoi. Era singura lui șansă să reușească în acea țară. Benjamin nu fusese niciodată prea curajos. Sau muncitor. Nu era nici ambițios, nici inteligent, și se enerva foarte repede, lucru care era cât pe ce să-l lase fără serviciu. Spera să se împace cu Diana și deseori când o suna, îi vorbea de viața lor de altădată, încercând s-o sensibilizeze. Într-o zi, a întrebat-o dacă avea pe cineva în viața ei, și chiar dacă nu era obligată să-i răspundă, i-a mărturisit că nu. S-a simțit ușurat. Ar fi fost mult mai greu să o cucerească dacă ar fi fost îndrăgostită de Jack. Când a întrebat-o dacă s-a gândit vreodată să se recăsătorească, ea ia spus că, nu. Avea intenția să se călugărească doar ca să-i facă lui plăcere. În timpul căsătoriei lor niciodată nu și-ar fi permis să fie atât de sarcastică, lucru care acum se întâmpla des. Dar ce putea să facă? Nimic. Doar să-și țină gura închisă și să înghită în sec. De multe ori era furios, dar se abținea să se certe. O părăsise, lăsând-o singură cu fetița lor, chiar și el știa că nu mai avea niciun drept. Nu exista o zi să nu o întrebe dacă putea cumva să compenseze ceea ce făcuse. Ca și cum trădarea putea fi compensată cu ceva, i-a spus Diana. Orice ar fi făcut nu putea să șteargă decepția acelui an. Sau moartea lui Michael, care ar fi fost încă în viață dacă el și Adela și-ar fi văzut de căsătoriile lor. El i-a spus că nu se consideră vinovat pentru crima

Adelei. Nici acum nu înțelegea că viața însemna oameni, deciziile pe care le iau și consecința acestora. Toate discuțiile lor telefonice erau contradictorii și Diana se întreba cum de nu văzuse până atunci cât de diferiți erau. Cum de a putut să iubească un asemenea om? Faptul că îi făcea curte, o lăsa rece și el se enerva pentru că simțea că ea se îndepărtează pe zice trece de el. Când nu încerca să-i dea întâlnire sau să-i spună cât de dor îi era de ea, o înnebunea cu serviciul lui unde muncea prea mult pe nimica toată și unde trebuia să zâmbească, chiar dacă avea chef să-și înfigă o furculiță în ochi. Diana nu i-a spus că dacă n-avea chef să zâmbească nu trebuia să lucreze într-un comerț, iar el a continuat să se plângă. Ura sărăcia și locurile urâte și spera să iasă cât mai repede din acea situație. Benjamin îi făcea curte Dianei fără să realizeze că prăpastia dintre ei era din ce în ce mai mare. În ultimul an Diana se maturizase și complimentele care altădată i-ar fi dat aripi, acum o făceau să se simtă prost.

Benjamin nu era un bărbat pe care te puteai baza. Jack era. Îl admira de cum se ocupa de ea și de Trudy, de Deborah și de copii. Era un bărbat sufletist, un tată și un prieten inestimabil. I-ar fi plăcut să-l fi cunoscut în alte circumstanțe. Adela a fost nebună să-i dea cu piciorul. Bărbați ca Jack nu se părăseau dacă puteai face altfel. Atât ea cât și Deborah erau norocoase să-l aibă ca prieten.

Jack știa să facă din toate câte un pic. Era priceput, calm și ducea întotdeauna lucrurile la bun sfârșit. Tot el se ocupase de contractele în curs ale lui Michael și de restul muncii birocratice în urma decesului.

Deborah era o femeie bogată. Avea mai mulți bani decât ar fi putut cheltui vreodată, dar ar fi renunțat la totul doar pentru a mai fi o zi împreună cu soțul ei. Iubirea nu se termina, ea continua să fie în inima ei pentru totdeauna, chiar dacă Michael era mort. Toată lumea spunea că într-o zi îi va fi mai ușor, dar nu era adevărat. Trecuseră trei luni și ea se simțea mai rău ca înainte. În afara lui Jack și a Dianei, nu suporta să vadă pe nimeni. Și totuși prietenii ei din suburbie treceau zilnic, încercând din răsputeri să o ajute, lucru care pe Deborah o agasa. Era devastată, iar ei credeau că dacă lua aspirină sau va mânca macaroane cu brânză, îi va trece. Nu putea să le ceară să nu mai vină. Intențiile lor erau bune, însă ea nu avea energia necesară să vorbească cu ei. Era furioasă și îndurerată și nu știa dacă într-o zi va putea fii altfel.

*

Era șase după-amiaza când Jack s-a dus să-și vadă prietena. Îmbrăcată într-un trening din cașmir negru, cu părul blond prins într-o coadă, și nemachiată, Deborah arăta firavă, vulnerabilă și foarte tânără. O fetiță pierdută, dar demnă. Stătea pe fotoliu de lângă șemineu - fotoliul lui Michael -, cu una din bluzele lui pe genunchi și cu un castron de supă în față.

— Diana mi-a gătit supă de pui, i-a zis lui Jack, forțându-se să zâmbească. Este bună.
— De aceea n-ai mâncat deloc?
— Mi-a pus foarte mult și nu mai pot.
— Vrei să te hrănesc eu? a întrebat-o, luându-i lingura din mână, și Deborah a dat din cap că nu. Atunci mănâncă, te implor. Ești prea slabă. Ea a început să plângă încet:
— Lui Michael i-ar fi plăcut. Înainte să... înainte de Anul Nou, a zis ea incapabilă să rostească cuvântul dureros, ne-am apucat de un regim...
— Da, dar ai slăbit prea mult, draga mea, a zis Jack, așezându-se lângă ea pe fotoliu. Lui Michael nu i-ar fi plăcut asta. El ar fi vrut ca tu să fii fericită.
— Cum poți ajunge criminal? a întrebat ea privind podeaua. Ce resorturi interioare determină astfel de gesturi și de ce nu pot fi controlate?
— Te implor draga mea, încearcă să mănânci, a zis Jack. Nu te mai gândi la asta.
— Specialiștii vor spune că este vorba de un complex de factori, a continuat ea fără să-l bage în seamă. Ereditate, mediu, educație. Apoi întorcându-se spre el furioasă: este prea ușor să dăm vina pe gene, pe zonă și pe educație sau lipsa acesteia, pentru crimele comise. Ce poate determina un om să ia viața unui alt om? Să nu-i fie frică să comită păcatul major. Frica de pedeapsă, nădejdea răsplătirii sunt adevăratele resorturi ale unei vieți corecte. Viață credincioasă. A fost ea credincioasă, Jack? Eu nu-mi aduc aminte să se fi rugat cu

noi la masa de Thanksgiving... sau vreodată... Și-a luat o scamă imaginară de pe pantaloni și-a dat din cap: Este o persoană oribilă, furioasă și oribilă. Știu că am spus asta de două ori, dar Adela chiar este o femeie oribilă.

—N-am să îmi iert niciodată faptul că am venit aici, a zis Diana, care fără să vrea a asistat la scena tristă. Era prima oară când o spunea cu voce tare și Jack s-a uitat la ea cu tandrețe amestecată cu milă. Dacă n-aș fi venit aici, Michael ar fi fost încă în viață. Plângea fără să se mai poată opri și cei doi au realizat că nu numai Deborah era într-o stare critică, ci și ea.

— Nu este vina ta, a spus Deborah, realizând starea precară a Dianei. Fusese atât de pierdută în suferința ei încât nu și-a dat seama de disperarea tinerei femei.

Diana i-a privit plângând.

— Nu pot să dorm noaptea deloc și-am început să iau somnifere. Mă simt vinovată. Și orice ați face sau ați zice, nu va schimba asta. Trebuie să am grijă de Trudy, nu-mi pot permite să cad iarăși și sunt îngrijorată aproape tot timpul în legătură cu orice. Să nu-mi pierd serviciul, să nu-mi pierd reperele... Sau sensul de a mai trăi.

Jack a privit-o trist. A fost atât de concentrat pe Deborah, încât a uitat-o pe Diana, care avea mare nevoie de ajutor. De ce spunea "să nu cadă iarăși"?

— Principala cauză a îngrijorării este confuzia, i-a zis el. Poate dacă am discuta și am clarifica lucrurile ți-ar fi mai bine?

— Nu sunt confuză deloc, Jack. Lucrurile sunt foarte clare: Benjamin s-a cuplat cu Adela, care încă te mai iubea, și din gelozie a vrut să mă elimine, dar a greșit și l-a ucis pe Michael. Un om, care nu era vinovat de nimic, este mort. Un bărbat minunat care mi-a deschis casa, a dispărut dintre noi. Vezi tu, lucrurile sunt foarte simple. Turuia când spunea toate acestea și Deborah o asculta. Pentru prima oară de la dispariția lui Michael era atentă la ce se întâmplă în jurul ei. Trăia în două lumi paralele și nu știa care dintre ele era mai rea. Ar fi dorit să nu mai fie melancolică și obosită. Melancolia era o supărare de lungă durată, ca un reproș făcut altora. Îi reproșa oare Dianei, în subconștientul ei, moartea lui Michael? Privind-o, i s-a făcut milă de ea; avea ochii triști, încercănați și o paloare cadaverică. Nu cerea ajutor, dar avea mare nevoie de el.

Jack i-a propus Dianei să i-l prezinte pe prietenul lui, Steve Wiliams, psihiatru renumit din Chicago, iar ea a ezitat. Poate, într-o zi, dar deocamdată nu dorea. Jack și Deborah s-au privit scurt. Nu puteau s-o forțeze, însă începând cu acea zi, Deborah a fost mai atentă cu ea, lucrul care a ajutat-o să iasă din amorțeala ultimelor luni. Faptul că se simțea iarăși utilă o făcea să-și uite cât de cât durerea.

Din păcate, pentru Diana era prea târziu. Nu mai era obligată să își vegheze prietena și avea mai mult timp să se gândească la coșmarul de la Anul Nou. Când nu muncea, trăia iarăși și iarăși drama acelei nopți. Dacă nu s-ar fi aflat în încăpere, poate că nu s-ar fi întâmplat nimic. Sau poate că ar fi trebuit să vorbească cu Adela, să-i spună că nu este nimic între ea și Jack. Da, dacă ar fi făcut asta, Michael ar fi fost încă în viață. Dar fusese mândră și Biblia spune că mândria vine înaintea căderii. A căzut Michael, a căzut Deborah și acum cădea ea. Simțea că alunecă într-o groapă întunecată și că nu se poate opri. Cum ar fi putut să se oprească și ce sens ar fi avut? Benjamin și cu ea ajunseseră cuplul cel mai detestat... de fapt nu mai erau un cuplu. Și lumea îl ura doar pe el. De ea le era doar milă. Și nu știa care din astea două era mai rea. Lumea ne judecă oricum. Orice ar fi. Cum ți-ai trăit viața și cum ai plecat din ea. Se gândea din ce în ce mai des să se retragă undeva, dar ce să facă cu Trudy? Pe zi ce trecea se simțea din ce în ce mai neputincioasă. Nu mai mânca, făcea efort supraomenesc pentru a rezista la școală, iar noaptea era obligată să înghită doză dublă de somnifere. Toate acestea nu le spunea nimănui, dar Jack și Deborah erau din ce în ce mai îngrijorați.

În ziua în care a plecat de la grădiniță și-a uitat s-o ia pe Trudy cu ea, Jack a insistat să înceapă ședințele cu Steve, iar ea acceptat.

*

Instalată pe unul dintre fotolii, Diana se străduia să răspundă întrebărilor plictisitoare ale psihiatrului. Nu, nu mânca prea bine. Și nici de dormit nu dormea. Apoi mai era capul.

Capul o durea foarte tare și medicamentele pe care le lua îi creau somnolență. Cu o zi în urmă unul dintre copiii din grupa ei escaladase o scară, pe care ea o uitase în clasă, și a căzut, rupându-și mâna. Părinții erau foarte supărați pe ea și era normal să fie. Ceea ce nu era normal era faptul că Deborah și Jack n-o credeau responsabilă pentru moartea lui Michael.

— Dar tu crezi că ești vinovată? a întrebat-o Steve.

— Dacă nu aș fi fost pe lumea asta, Michael ar fi trăit încă.

— Dar nu tu l-ai ucis, Diana, a zis Steve, realizând gravitatea stării ei. Când ți se răspundea la o întrebare cu "dacă nu aș fi fost pe lumea asta", era serios. Tânăra nu se mai simțea responsabilă că fusese în aceeași încăpere în același moment. Era vinovată că trăia. De fapt, regreta că se născuse, lucru care era și mai rău.

— Nu mai servesc la nimic, a continuat Diana, cu privire sticloasă, și el s-a gândit că probabil înghițise mai multe medicamente decât ar fi trebuit. La grădiniță nu mă mai pot concentra, pe Trudy am uitat-o acolo și mi-e greu să mă ocup de ea acasă. Noroc că stăm cu Deborah și Jack.

Steve a privit-o, notându-și ceva în carnet:

— Pentru că Jack locuiește cu voi? a întrebat-o, iar ea și-a dus mâna la ochi ca și cum și-ar fi îndepărtat o șuviță de păr.

— Nu, dar ai înțeles ce voiam să spun...

— Nu, n-am înțeles. Poți să-mi explici?

– Aș putea, a zis ea dintr-o dată agresivă, dar n-am niciun chef. Iar ședința aceasta nu servește la nimic, a mai adăugat, ridicându-se în picioare. Totul este prea târziu...
– Târziu pentru ce, Diana?
Ea și-a pus mâinile în cap, masându-se încet. În ultimul timp avea migrene cumplite.
– Nu știu cum să-ți spun, a zis ea obosită.
– Cel mai bun răspuns este întotdeauna cel mai simplu. Nu te complica, spune-mi doar ceea ce simți.
– Mă simt frustrată, neînțeleasă și blestemată. Am impresia că distrug tot ce ating. Am avut o copilărie grea și acum am o viață și mai grea. Totul este din ce în ce mai rău și m-am săturat să mă bat. Este o luptă pe care am pierdut-o deja la naștere. La venirea noastră pe lume ni se dau daruri sau pedepse. Eu am primit doar pedepse, oricât m-aș strădui să cred că în sfârșit roata s-a învârtit și-mi va fi mai bine. Tot ce fac este a pagubă. Am pierdut un soț și am pierdut o familie. Mă bat pentru o cauză pierdută și știu că drumul meu nu duce nicăieri. Diana s-a oprit să-și tragă sufletul și l-a privit pe Steve. Ești contra mea? l-a întrebat.
– Nu sunt contra ta, Diana. Dar nu sunt de acord cu ceea ce spui.
– Este același lucru, a zis ea, iarăși agresivă. Trecea de la o stare la alta fără să-și dea seama. Și-a lăsat capul pe spate masându-și tâmplele dureroase, apoi pe un ton liniștit i-a spus: știu că atâta timp cât persist în negativism, nimic bun nu poate să mi se întâmple,

dar nu pot să fac altfel. Să știi ce-ar trebui să faci și chiar să faci sunt două lucruri total diferite și n-am nevoie să plătesc 100$ ședința ca să-mi spui ceva ce știu deja.

– Frazele de genul "nimic bun nu poate să mi se întâmple", sunt strigăte de ajutor, Diana. Aș dori s-o fac, dar fără consimțământul tău, nu voi putea să te ajut, i-a spus Steve blând, evitând să facă pe psihologul eminent al cărui tarif era de 200$ pe oră. Ea l-a privit atent gândindu-se câteva momente, apoi a dat ușor din cap.

Steve a întrebat-o dacă i se întâmplă vreodată să-i fie dor de Benjamin. Nu, nu-i era dor de Benjamin de-acum, cel care a părăsit-o și din cauza căruia Michael era mort. Dar îi era dor de cel cu care se căsătorise în urmă cu 10 ani.

– Îmi este dor de zâmbetul lui, a zis nostalgică.

– Atât?

– Am avut o nuntă frumoasă, chiar dacă n-au fost multe persoane prezente. În schimb la petrecerea de aniversare de 10 ani a căsătoriei noastre, am fost numeroși. Avem mulți prieteni în Germania. Prieteni buni, și cu toate astea a fost doar o aniversare, nu și-o petrecere. El nu mai era cu mine, a zis și ochii i s-au întunecat iarăși. Căsătoria și adulterul sunt două chestii serioase din cauza cărora poți să-ți pierzi mințile.

– Crezi că Adela și-a pierdut mințile?

– Nu era angajată nici în căsătorie și nici în adulter, iar acum, un om bun este mort și o căsătorie care ar fi meritat să existe, a dispărut din cauza ei. Steve, dacă-ți spun ceva, este secret profesional, nu-i așa? El a dat afirmativ din cap. Nu mai are rost să trăiesc, a continuat Diana, cu o suferință cumplită în ochi.

— Ești tânără, o grămadă de lucruri bune ți se vor întâmpla, crede-mă.

— Lucrurile bune se întâmplă numai oamenilor cu o atitudine bună. Dacă tu crezi că eu voi mai putea vreodată avea o atitudine bună, înseamnă că ești nebun, Steve.

— Nu toți psihiatrii sunt nebuni, a spus el încercând fără succes să destindă atmosfera. Diana l-a privit furioasă. Te deranjează când glumesc? a întrebat-o, gândindu-se că arăta ca un înger, dar vorbea câteodată ca Iehova.

— Sunt tânără și mă deranjează multe, chiar dacă se spune că atunci când ești tânăr ești mai cool.

— Ce vrei să-mi spui? Că nu ești cool sau că glumele nu-ți plac? Sau poate amândouă?

— Vreau să-ți spun că fericirea mi se pare foarte depășită. Și că mă obosești foarte tare, Steve. Acum voi pleca, a zis ea calmă, după care a părăsit cabinetul.

Jack era în sala de așteptare, lucru care a surprins-o neplăcut.

— Ce cauți aici? l-a întrebat enervată.

— Am venit să te invit la cină. Ce zici?

— Încearcă peste cinci ani, a răspuns ea fără nicio expresie în ochi și Jack l-a văzut pe Steve cum îi făcea semn să se ducă după ea. Nu trebuia s-o lase singură.

— Ești supărată pe mine? a întrebat-o Jack când a ajuns-o din urmă. Crede-mă, n-am venit aici să te supăr, intenția mea a fost bună. Voiam să-ți ridic moralul. Diana nu spunea nimic, doar mergea cu pas grăbit. Recunosc, voiam să-mi ridic și mie puțin moralul, a spus Jack, nu sunt în formă în ultimele zile. Ea a încetinit pasul. Vântul rece le brăzda fețele, și ea și-a strâns geaca din puf de gâscă pe lângă corp. Nu este ușor, a zis Jack, copiii îmi pun în fiecare seară întrebări la care nu am răspunsuri. Deborah nu este bine chiar dacă susține contrariul. O face doar ca să fiu liniștit. Tu, la fel. Suntem toți într-o situație de coșmar și cred c-ar trebui să facem ceva să ne ridicăm moralul. Poate că ar trebui să organizăm o cină între prieteni, să mai vorbim și de altceva decât de oribila crimă.

— Nu mi se pare deloc că o întâlnire între prieteni va schimba ceva sau îl va aduce pe Michael înapoi. A găti 10 feluri de mâncare și o rochie de seară, nu mă vor face să mă simt mai puțin vinovată.

— Ce ar putea să te facă să te simți mai bine, Diana? Vreau să te ajut și voi face tot ceea ce dorești.

— Spui mult asta.

— Cred mult asta, a zis Jack, luând-o de braț și făcând-o să se oprească. Îmi doresc din tot sufletul să-ți fie mai bine. Cum pot să te ajut?

— Toată viața mea se bazează pe minciuni. Chiar crezi că cineva mă poate ajuta?

— Pot încerca. La asta servesc prietenii. Eu te ajut pe tine, tu mă ajuți pe mine. Cine știe, într-o zi vom reuși poate să punem toată drama asta în spatele nostru. Sau măcar să nu ne mai gândim zilnic la ea. Diana dădea din cap și el nu știa dacă a reușit să-i capteze atenția sau era doar un gest automat. Privirea îi era goală și el nu reușea deloc s-o citească.

— Da, Jack, cred că ai putea să mă ajuți. Ca să-ți spun adevărul în ultimele zile mă gândesc din ce în ce mai mult să mă retrag.

El i-a privit fața lipsită de expresie și s-a întrebat despre ce naiba vorbește. Să se retragă unde?

— Vrei să te muți înapoi în Germania?

— Mi-este indiferent... atâta timp cât pot sta singură undeva.

— Singură... adică cum, Diana?

— Adică fără nimeni, Jack. Ce este atât de greu de înțeles?

— Cum ar fi o pădure sau o casă de odihnă? a întrebat-o, încercând să n-o enerveze cu întrebările lui.

— Cam așa ceva, a zis ea dintr-o dată calmă. S-a întors să-l privească și pentru prima oară în zile, a zâmbit slab. Mă gândeam la o mânăstire.

— Dar Trudy, ce-o să facă într-o mânăstire? Ea are nevoie de copii. Trebuie să se joace, să râdă, să învețe lucruri...

— Sunt de acord cu tine, a spus ea pe un ton împăciuitor. Motiv pentru care va trebui să rămână cu Deborah o perioadă. În mod sigur Trudy o va ajuta să treacă mai bine peste tragedie.

— Ar fi o soluție, a spus el, gândindu-se serios. Și cât timp te-ai gândit să lipsești?

— Nu știu. Atât cât va fi necesar, a zis ezitând și el simți că ascunde ceva. O lună, două, poate mai mult.

— O să poți sta două luni fără copilul tău?

— Mă judeci sau mi se pare mie? a întrebat arțăgoasă. Pentru că nu am nevoie de asta.

— Nu mi-aș permite așa ceva, Diana. A fost o întrebare fără nimic ascuns în spate.

— Dacă trebuie să trăiesc fără ea, o voi face, Jack, a spus calmă. La ora actuală sunt un dezastru ambulant, nu-i pot fi de folos fiicei mele. A făcut o mică pauză, căutându-și cuvintele. Am uitat-o la grădiniță, iar acum trei seri am culcat-o fără să-i dau să mănânce. Mi-am adus aminte când ea dormea deja și mititica n-a spus nimic. Vede că nu sunt în apele mele și suferința mea o afectează. Trudy a fost întotdeauna o fetiță receptivă și discretă. Nu deranjează cu întrebările și instinctiv știe când trebuie să se retragă. Dar eu nu vreau ca un copil, care este plin de viață, să se retragă în cochilia ei, doar pentru a-mi face mie plăcere. Așa cum ai spus și tu, are nevoie să se joace, să cunoască copii, să fie cu cineva care poate să se ocupe de ea. Două luni nu înseamnă nimic în viața unui om.

— Dacă tu crezi că asta poate să te ajute, fă-o, a zis el resemnat, continuând să creadă că cea mai bună soluție ar fi fost să stea cu ei și să-și continue ședințele la Steve.

— Nu știu cât mă va ajuta pe mine, dar sunt convinsă că pentru Trudy va fi ceva bun. Vreau să înțelegi că fac asta din iubire pentru ea. O iubesc prea mult ca s-o las în lumea mea. Ar fi un gest egoist, iar eu nu sunt egoistă. N-am fost niciodată. Nici măcar atunci când ar fi trebuit să fiu, a zis ea privind zăpada depusă pe băncile din parc, pe felinare, pretutindeni. Era un peisaj de vis, dar ei trăiau un coșmar. Benjamin mă sună zilnic, a continuat ea. Îmi spune că mă iubește și că a fost un prost că mi-a dat drumul să plec. Îți dai seama că de-abia acum, după 10 ani, încep să-l cunosc? Este un șarpe fals care-a dat de greu și nu știe cum să se facă iertat. Și asta nu pentru că ne iubește, ci pentru că financiar este un dezastru. Nici măcar nu mai vorbește de Adela, ca și cum dacă n-o face, povestea lor oribilă va dispărea.

— Tu ce spui la toate astea? a întrebat-o Jack.

— Nu mare lucru. Diana s-a aplecat și a făcut un bulgăre mic de zăpadă pe care i l-a aruncat în piept, râzând. Trecea de la o stare la alta cu viteza luminii. El s-a aplecat și a luat zăpada, depusă proaspăt și i-a aruncat-o în față, făcând-o să râdă și mai tare. Au început să se joace ca doi copii și pentru câteva momente și-au uitat problemele. Instinctiv el a luat-o în brațe și a început să o învârtă ca pe un copil, făcând-o să râdă. Când a pus-o jos și i-a curățat zăpada din păr, au devenit serioși.

Jack i-a aranjat o șuviță și-a mângâiat-o pe față, iar ea s-a tras ca arsă.

– Ce faci? l-a întrebat, făcându-l să se simtă ca un pervers. Faci pe gentlemanul, îmi propui să mă ajuți în legătură cu Trudy, apoi îmi arunci un bulgăr zăpadă în față și te aștepți să sfârșim înlănțuiți pe podeaua din bucătărie? O noapte poate schimba totul. Ce va fi după aceea, Jack? Îmi vei spune că nu-ți amintește exact cine a făcut primul pas, că am fost extraordinară, dar că din păcate nu este momentul oportun? Sau o să-mi faci cadou un buchet de flori, o să-mi spui de câteva ori că arăt al naibii de bine și după încă două săptămâni toride mă vei părăsi sub pretextul că totul se întâmplă prea repede? Recunosc, sunt supraviețuitoarea la ceea ce viața aruncă în mine, dar de data aceasta voi tăia totul din fașă.

Jack o privea fără să spună nimic

– Ai dreptate doar pe jumătate, a zis el într-un final. Cred că ești minunată și că arăți al naibii de bine, dar nu era un gest romantic. Nu mă dădeam la tine, pentru că sunt conștient că nu este momentul oportun. Întotdeauna te-am considerat doar o prietenă, deși recunosc, nu o dată m-am gândit că, dacă ne-am fi cunoscut în alte circumstanțe, totul ar fi fost diferit. Jack a simțit-o că se relaxează. Îmi cer scuze dacă te-am ofensat, n-a fost intenția mea. Ea a dat înțelegătoare din cap și au continuat amândoi drumul prin parc. După câteva minute de tăcere Diana i-a zâmbit puțin jenantă, parcă conștientă de eroarea

făcută. O oră mai târziu parcau mașina în fața casei lui Deborah și când au intrat în casă, au surprins-o cu fotografia lui Michael în mână, plângând. Când i-a văzut și-a șters repede ochii și le-a zâmbit.
— Cum a fost întâlnirea cu Steve?
— Neproductivă, așa cum mi-am imaginat, a venit răspunsul Dianei și cei doi prieteni au schimbat o privire deasupra capului ei. Soțul meu m-a părăsit, schimbându-mi viața pentru totdeauna. Adela ne-a schimbat viața iremediabil la toți trei și nebuna grupului sunt eu! Tu de ce nu te duci să-l vezi pe fantasticul Steve? Să-ți purice viața, s-o disece ca pe-o broască moartă, apoi să-ți dea pastila minune care te va transforma pe veci în zombi?
— De un an de zile îl văd o dată pe săptămână, a zis Jack, pe un ton împăciuitor. Este adevărat că nu mă duc la el la cabinet, dar o dată pe săptămână luăm cina împreună.
— Terapie de restaurant, a făcut Diana zeflemitor. Nici nu-i de mirare că după un an ești încă nebun de legat. Deborah și Jack s-au privit uimiți, dar n-au spus nimic. Unde este Trudy? a întrebat-o apoi pe gazda ei.
— La noua ei prietenă, Isy. I-ai spus că poate să meargă, îți aduci aminte? Diana a dat afirmativ din cap. Mama ei o va aduce la ora cinei acasă.

Nici n-a terminat bine de spus fraza că Trudy a intrat ca o furtună în casă, aruncându-se în brațele lui Deborah. Avea ochii râzători și obrajii roșii de la frig. Diana privea la fel de roșie scena.

— Am mâncat bezele și Pruschetta, cheesecake și bomboane colorate, i-a spus fetița lui Deborah, și aceasta a râs amuzată de entuziasmul fetiței.

— Bruschetta, vrei să spui, a corectat-o ea, apoi i-a arătat-o pe Diana. Uite, a ajuns și mami acasă. Când Trudy a dat cu ochii de ea, a zâmbit timid.

— Mami, ne-am distrat foarte bine și dacă ești de acord în weekend voi dormi la Isy. Mama ei a spus că pot. Guvernanta, care o adusese pe Trudy acasă, a confirmat zâmbind veselă.

— Este o scumpă de fetiță și se înțelege atât de bine cu Isy. Puteți s-o lăsați la noi când doriți.

— Bine. Vom vedea, a zis Diana rece, după care și-a luat fata de mână și a dispărut la ea.

După ce Deborah și Jack au rămas singuri, acesta i-a povestit pățania din parc.

— Este mult mai rău decât credeam, Deb. Pare nebună de legat.

— Este nebună de legat. N-am vrut să te îngrijorez, a început Deborah, dar miercuri noaptea când am coborât la bucătărie să beau un pahar cu apă am găsit-o stând la masă îmbrăcată gata de serviciu. Era trei dimineața și când i-am spus că este foarte devreme, a replicat că are foarte multă treabă de făcut. M-am așezat lângă ea și am discutat puțin. Ca de obicei a-nceput să vorbească de Benjamin. Mi-a zis că este sigură că va deveni chel și bețiv și că probabil va avea cancer de prostată. Stătea rău cu acea glandă, mi-a explicat ea. Sunt din ce în ce mai îngrijorată, Jack. Încerc s-o ajut cât de mult îmi permite și o ador pe Trudy, dar complicitatea noastră o deranjează. Cred că este geloasă că fetița s-a atașat de mine.

— N-o deranjează, chiar îi convine. Astăzi în parc mi-a spus că ar vrea să se retragă o lună-două undeva la o mânăstire și vrea să ți-o lase pe Trudy. Este conștientă că are nevoie de ajutor și nu vrea să-și scoată fetița din lumea civilizată unde ea nu mai poate face față. Nu știu cât de serioasă a fost când spunea toate astea, dar pe moment era foarte credibilă. Tu ce crezi?

— Ar fi un cadou ceresc pentru mine această fetiță. Știi cât de mult Michael și cu mine ne-am dorit un copil, dar nu cred că asta este soluția. Trudy este atașată de mama ei și mi-e frică să nu sufere. Oricât de multă dragoste i-aș da, eu nu sunt mama ei. Apoi nu cred c-ar fi bine nici pentru Diana să se retragă departe de lume, doar cu ea însăși. Mi-e teamă că în loc să se regăsească se va pierde definitiv. Dar, să spunem că totul va decurge bine. Ce voi face eu când după o lună, două ea o va lua pe Trudy și vor pleca înapoi în Germania? Nu știu dacă este bine să mă atașez atât de tare de cineva. Jack a dat din cap înțelegător.

— Shakespeare a spus că nu există nimic bun sau rău, doar gândirea face această distincție. Așa că eu sugerez să trăim momentul prezent și să ne bucurăm la maxim de Trudy. Dup-aceea vom vedea noi ce vom mai face.

Îmbrăcată într-o rochie moale de casa, cu părul blond lăsat pe umeri, Deborah arăta mai odihnită.

– Hai să bem un pahar de vin roșu, i-a propus ea, turnându-i trei degete într-un pahar mare rotund. Nu mai vreau să vorbim negativ în seara aceasta. Nici să punem țara la cale sau să luăm vreo decizie. Mâine va fi o altă zi, iar noaptea mă va ajuta să-mi clarific gândurile.

*

Nu doar noaptea a ajutat-o pe Deborah să-și clarifice gândurile, ci plecarea precipitată din acea noapte a Dianei. În câteva pagini scrise haotic, tânăra mămică i-o încredința pe Trudy și îi explica cât de important era să se vindece.

"Toată viața", scria Diana "am fost doar nevasta lui, doar mama ei, DOAR DOAR. Am renunțat la doar și-acum nu mai sunt nimic.

Știu că ne cunoaștem de puțin timp, dar am încredere în tine și sunt convinsă că vei avea grijă de fata mea. Îmi cer scuze pentru comportarea mea bizară și pentru faptul că am plecat ca o hoață. Durerea pierderii lui Benjamin și a vieții noastre împreună m-a îngenuncheat și m-a făcut să-mi pierd speranța că într-o zi voi mai avea parte de binecuvântări sau bucurii imense. Benjamin a fost raza mea de soare și mult timp l-am crezut bărbatul perfect. Amuzant, talentat și puternic, a fost dragostea vieții mele și... cea mai mare pierderea mea. M-a făcut să râd ca nimeni altcineva și oricât am spus în ultimul timp că nu m-aș mai întoarce la el, eu încă îl iubesc. A fost un dar pentru mine și nu regret cei 10 ani împreună, însă nu mă mai pot împăca cu el. Nu sunt chiar atât de nebună. Dar nici nu mai pot trăi fără el. Să supraviețuiesc abandonului său a fost cel mai greu lucru pe care l-am făcut vreodată. Voi nu l-ați cunoscut așa cum l-am cunoscut eu și nu puteți sa înțelegeți - mai ales știind finalul -, dar ne completam bine. El a făcut fiecare moment al vieții mele mai prețios, m-a învățat să fiu curajoasă în timp ce eu, l-am învățat sa iubească mai mult - cel puțin așa am crezut -, să fie recunoscător pentru fetița noastră și tot ceea ce împărtășim. Pierderea lui mi-a frânt inima și trăiesc această separare ca pe-o moarte. Am avut momente în care am crezut că-mi este mai bine, dar mă minteam. Trebuia să avansez de dragul fetiței mele, însă a fost o eroare pentru care acum plătesc scump, fiind obligată să-mi las copilul și să plec. Nu ne putem minții o viață întreagă. Adevărul este că încă îl iubesc pe Benjamin și cred că-l voi iubi întotdeauna. În ciuda egoismului pe care l-am descoperit, el a fost bucuria vieții mele și un bărbat minunat. În inima mea nu m-a părăsit niciodată și eu îl voi purta cu mine pentru totdeauna. Pe unii oameni sfârșiturile, pierderile, îi fac mai puternici. Pe mine, nu. El a fost cel ce a făcut ca viața să merite trăită. Poate mă credeți lașă că plec așa, dar n-aș fi putut suporta să-l mai aud pe Steve spunându-mi să-mi caut fericirea în lucrurile mărunte, cum ar fi o schimbare de sezon sau o pizza. Să văd frunzele colorate căzând, în timp ce mănânc pâine cu brânză caldă, nu mă va ajuta cu nimic. Problemele mele sunt mult mai mari, ceea ce face ca soluția să fie mult mai mică. Am părăsit casa și orașul nostru, dar durerea am luat-o cu mine și acum am înțeles că oriunde m-aș duce, ea mă va însoți mereu. Aceasta este bătălia mea pe care deocamdată nu pot s-o câștig. Mi-ar plăcea să fiu una dintre acele persoane care poate să ia o carte bună în mână și să evadeze. Dar nu sunt. Și nu mă pot transporta într-o lume mai bună. Simt că mi-am anulat viața și oricât am încercat în acest an să văd paharul pe jumătate plin și nu jumătate gol, tot oribil mă simt și nu cred că o romanță sau un serviciu nou m-ar putea scoate din întunericul în care am intrat.

Deborah, îți mulțumesc pentru că ne-ai primit în căminul tău și ai făcut totul să ne simțim bine. Ne-ai fost de mare ajutor, dar a venit timpul să mă ocup de mine, așa că am decis să plec la o mătușă de-a mea care locuiește în Phoenix. Nu am prea multe detalii să-ți dau acum, poate doar faptul că este ursuză și nu știe să gătească sau să iubească. N-am mai văzut-o din copilărie, dar îmi amintesc de ea cu rujul care îi depășea prea mult buzele și cu o pisică ce sforăia. Vă voi telefona imediat ce voi ajunge și te rog din suflet să ai grijă de Trudy. Am discutat cu ea și știe că voi reveni cât de repede posibil.

Transmite-i lui Jack toate gândurile mele bune și spune-i că-l rog să nu fie supărat că am plecat așa. Este un om minunat, un prieten de nădejde și un bărbat superb. Perla rară, așa cum ai spus tu într-o zi, iar eu acum îți zic: nu-l lăsa să-ți scape. Dacă Jack se potrivește perfect cu cineva, aceea ești tu, Deborah.
Pe curând,
Diana "

— Extraordinar! a exclamat Jack citind scrisoarea. Știi, Steve mi-a spus că este prea devreme să se exprime, dar o bănuiește că este bipolară. Deborah dădea din cap afirmativ. Nu mi-aș fi imaginat că ar fi capabilă să plece așa, a continuat Jack. Atât de repede și fără să-ți vorbească. Habar nu am dacă are ceva bani puși deoparte sau dacă această mătușă există cu adevărat. Nu poate să o lase pe Trudy. Deborah l-a privit ridicându-și o sprânceană. Sau poate?

— După o asemenea scrisoare, totul este posibil. Biata de ea suferă profund și din păcate izolarea n-are cum s-o ajute. Sau mustăcioasa ei de mătușă pe care n-a văzut-o din copilărie. Ar fi trebuit să fie sub supraveghere medicală, înconjurată de persoane dragi ei, care s-o încurajeze.

Jack era de acord cu ea, dar era prea târziu. Diana dispăruse mistuită de furtuna din sufletul ei și tot ce sperau era să fie capabilă să urce din nou panta.

Era șapte jumătate dimineața când Trudy și-a făcut apariția în bucătărie cu picorușele ei mici roz, desculțe și cu părul blond ciufulit. Fără să spună nimic a venit la masă și s-a suit în poala lui Deborah.

— Ați citit scrisoarea lui mami? i-a întrebat cu nonșalanță.

— Da, iubito, a spus Deborah, știi cumva unde a plecat?

Fetița a bătut-o cu mâna pe genunchi, părând foarte curajoasă.

— Într-un loc mai bun. Totul va fi bine, nu te îngrijora. Mami mi-a spus să am grijă de tine și așa voi face, a zis fetița făcând-o să zâmbească. Ai puțină cafea și pentru mine? a întrebat-o luând un aer matur. Am avut o noapte lungă. Între făcutul bagajelor și pupici, nu am dormit prea mult.

Adorabil era un cuvânt special, se gândea Deborah, privind fetița inocentă, un cuvânt care i se potrivea perfect micuței blonde. Era minunat să iubești și să fii iubită de un astfel de îngeraș și putea să-și imagineze disperarea Dianei, dacă a fost capabilă să abandoneze acea ființă minunată. Jack se juca cu ea și era o plăcere să-i privească. Oare de ce Diana i-a spus că el era bărbatul perfect pentru ea? Întotdeauna îl văzuse ca pe fratele ei, iar acum, după moartea soțului ei, era prietenul, familia și colacul ei de salvare.

Michael, bunul și iubitul ei Michael, care-i dăruise cincisprezece ani de fericire deplină. Omul care credea că fiecare persoană merita să fie apreciată, și iubită, și care o învățase să fie bună. "Să nu uiți niciodată", i-a spus el, "indiferent de dezamăgirile prin care vei trece în viață sau unde aceasta te va duce, să nu uiți că ești o persoană demnă de iubit. Azi, mâine, peste 10 ani, în orice moment, și tot timpul!".

Avuseseră deseori astfel de discuții în care avea impresia că nu se proiecta în viitor cu ea. Odată chiar l-a întrebat de ce vorbește așa. I se părea morbid, ca și cum ar fi prevestit ceva rău. Acum se întreba dacă nu cumva Michael a simțit dintotdeauna că v-a muri tânăr. Doamne, cât îi era de dor de el. Întotdeauna îi spusese că merita să primească de la cineva tot ce este mai bun și în fiecare secundă a vieții lui doar asta făcuse. I-a dat tot ce-a avut el mai bun în el. Ar fi vrut să poată fi ca eroinele din romanele ei. Să ia viața de coarne, să se ridice din ruinele universului ei care a explodat și a întors totul cu susul în jos. Eroinele din cărțile ei nu se speriau, ci reușeau să învingă tot ce le înfricoșa. Rezultatele erau fantastice în ficțiune, dar în viața reală era mult mai dificil.

Privindu-i pe Trudy și Jack jucându-se, și-a spus că era totuși norocoasă. Avea o casă minunată, prieteni pe care se putea baza și o Trudy cu părul de aur care-i lumina bezna în care căzuse de la dispariția lui Michael. Chiar dacă era greu să accepte moartea lui și să își ajusteze viața în funcție de noua situație, știa că va reuși într-o zi. Deseori în viață oamenii aveau vise pe care în final le abandonau, însă ea se va strădui să-și facă o viață bună. Și nu doar pentru ea. Știa că lui Michael i-ar fi plăcut asta. Era bizar cum destinele evoluau în feluri neașteptate. Cu lacrimi și râsete, cu lecții de viață, pierderi și câștiguri. Nu era ușor să-ți reinventezi o viață bună într-o lume de care nu mai erai sigură. Cum, după o astfel de tragedie, te mai puteai simți în siguranță? Dar nimic nu era etern și atât binele cât și răul nu țineau pentru totdeauna, pentru ca lucrurile să intre iarăși pe făgașul lor normal. Ea trebuia acum să ia doar o bucată din viață și cu pași mărunți să avanseze. Spre ce, încă nu știa, dar trebuia să-și continue drumul, zi după zi, să-și facă noi obiceiuri, noi amintiri și să nu piardă speranța că într-o zi totul va fi mai bine.

Gabriela, menajera lui Deborah, după ce a pregătit-o pe Trudy, a dus-o la grădiniță, în timp ce ei au rămas liniștiți la cafea. În acea dimineață Summer și David se duceau la școală cu Jane Smith. De când Jack s-a mutat în vechea lui casă și-a reluat rutina. O zi îi ducea el pe copii la școală și o zi ea. Copiii lui se înțelegeau bine cu Beth și Ben, iar în ultimul timp aceștia petreceau mult timp la familia Smith, care-i fusese de mare ajutor în acea perioadă. Jack era bucuros să se reîntoarcă "acasă", unde lucrurile erau mai simple, în ciuda tragediilor petrecute. Era foarte confortabil să aibă pe cineva ca Jane, pe care o cunoștea de mult, și în care avea încredere să-și lase copiii. Nu era ușor să fii părinte singur. Paternitatea nu era pentru pămpălăi și deseori în ultimul timp se simțise depășit. Să fie fătălău nu era chestia lui, însă uneori, exact așa s-a simțit.

— Ești pierdut în gânduri, a zis Deborah, privindu-l blând.

— Mă gândesc la viețile noastre. Cum s-au schimbat brusc în ceva parcă ireal. O demarcație invizibilă, dar pe care o simt ca o durere în oase și uneori îmi spun că este doar un coșmar care se va termina. Doar trebuie să-mi deschid ochii și să mă trezesc. Însă când o fac, nimic nu se întâmplă. Sunt închis tot în acest univers stresant, de coșmar, în care nu mai vreau să fiu. Sunt spectatorul unei vieți pe care n-o vreau, dar sunt obligat s-o trăiesc și deseori simt că nu mai pot, a zis el dând frâu liber sentimentelor pentru prima oară. A fost odată ca niciodată, a spus el teatral, dar trist. Viața. Magică sau mai puțin magică, bună sau nu, populată cu noi, ființe umane, ordinare, care facem greșeli, care rănim și care transformăm o lume minunată în infern, unde sfârșiturile fericite nu există.

Deborah îl privea consternată și se învinuia că n-a fost lângă el. Lui nu-i murise nimeni. Dar era tot atât de greu când sufletul îți murea, când viața, în care te-ai crezut fericit, s-a transformat peste noapte în ceva oribil. Șocul suferit de el în ultimul an era la fel de dur ca al ei. Faptul că Adela îl părăsise a fost ca o moarte pentru el. Îi furase viața, așa cum deseori Jack spunea. După haosul mutării din suburbie și din casa pe care o iubise atât, Jack a bolit pe ascuns. Nu a avut timp să-și plângă de milă, cei doi copii aveau nevoie de un părinte funcțional, normal, care trebuia în viteză să construiască un alt cuib. Ajunseseră toți într-un tren urât care se oprise într-o gară în care nu voiau să coboare, dar trebuiau s-o facă. Au bâjbâit în întuneric și-au lucrat din greu împreună ca să poată să avanseze și mereu Jack era acolo lângă ei, ghidându-i și încercând să-i determine să fie mai curajoși. A improvizat pentru ei lucruri și situații care le-au ameliorat noua viață. Jack era un tată extraordinar.

— Nu ți-am zis niciodată, Deb, dar luni de zile mi-a fost frică și m-am întrebat cum voi face și dacă voi reuși. Ea l-a privit cu milă și el a dat din cap: Fritz Perls a spus că teama este o stare de entuziasm în care uiți să respiri. Ei bine, pot să-ți mărturisesc că un an de zile n-am avut parte de prea mult entuziasm, iar să respir nu mi-a fost întotdeauna ușor. După un an de la separarea mea de Adela, pot să spun că am reușit cu succes provocarea care viața mi-a impus-o. Copiii mei nu sunt perfecți, dar sunt din ce în ce mai încrezători în ei înșiși, fără să creadă totuși că sunt extraordinari. Toți trei am încercat și încă încercăm să ne construim o nouă viață. Nu ți-am zis suficient, Deb, dar m-ai ajutat foarte mult când am trecut prin ce am trecut cu Adela. Când ți-am spus că mi-am pierdut încrederea în mine, m-ai consolat și mi-ai zis că este un lucru bun, pentru că voi fi obligat să încerc din ce în ce mai mult să fiu din ce în ce mai bun. Și ai avut dreptate. Anul acesta cred că toți am învățat multe lecții, ne-am forjat caracterele și am devenit mai puțin superficiali.

Carmen Suissa

— Ai reușit să faci cu copiii o treabă extraordinară, Jack. Au devenit mai puternici și mai buni și n-au pierdut acele lucruri atât de importante: dragostea, empatia și respectul. Sunt copii adorabili și asta n-are nicio legătură cu mine. Este opera ta de artă, rezultatul unui tătic minunat care și-a concentrat toată răbdarea pentru o cauză bună. Reușita copiilor.

— "Răbdarea nu este pasivă, din contră, este puterea concentrată", l-a citat el pe Bruce Lee, impresionând-o încă o dată. Jocul lor, să-și dea citate din cărți sau din filme, îi amuza și Michael le spusese deseori că era incredibil cât de mult se asemănau. Jack i-a zâmbit prietenei lui și i-a zis: am avut zile grele, Deb, și din păcate încă nu s-au terminat. Toți am avut anul acesta lovituri teribile și pierderi, dar se spune că după fiecare durere vom primi binecuvântări. Bucurii imense care vor face fiecare moment al existenței noastre mai prețios. Vom deveni mai puternici, sunt sigur de asta. Și aici mă refer și la tine. Tu, Deb, ești cea mai puternică femeie pe care am cunoscut-o vreodată și sunt sigur că vei reuși să treci peste dispariția dragului de Michael care va rămâne veșnic în sufletele noastre. Știi ce se spune, când te aștepți mai puțin viața te poate surprinde în cele mai frumoase moduri. Important este să nu ne pierdem speranța, a zis el, luând-o de mână, iar Deborah a dat afirmativ din cap.

Îi plăcea să fie cu el și știindu-l la câteva case distanță, îi dădea o anumită siguranță. Aveau o conexiune specială și era norocoasă să-l aibă ca prieten. De-abia acum după ce îl pierduse pe Michael realiza cât de bine îi fusese înainte. Micile plăceri, cum ar fi să bei o cafea cu o prietenă sau să cinezi într-un restaurant romantic, îi păreau acum un lux. A înțeles că libertatea pe care credea că o merită, o putea pierde cât ai clipi. Într-o zi când îi va fi mai ușor, va pune la adăpost într-un sertar al inimii vechea ei dragoste și va închide acel capitol al vieții. Nu se va mai întreba ce mai putea viața să-i facă, acum când i l-a luat pe Michael. Va accepta soarta care i-a fost dată și va avansa spre noi orizonturi. Einstein spusese că, pentru el, coincidența este Dumnezeu care se plimbă în anonim. Dacă Dumnezeu asta voia pentru ea, nu-i rămânea decât să accepte.

*

Trecuseră două luni de la plecarea Dianei și aceasta nu dăduse nici o veste. Deborah era tristă, dar faptul că o avea pe Trudy o ajuta mult. Fetița nu era supărată pentru plecarea Dianei și se înțelegea minunat cu Deborah care organiza tot felul de activități pentru ea. Undeva în capul ei, Trudy era convinsă că Dianei îi era foarte bine și că în ziua în care va fi pregătită va veni la ea.

În ultima săptămână Deborah începuse să lucreze la o nouă carte. Debutul era slab, dar era un debut. În timp ce înainte lucra 12 ore pe zi, acum scria doar în timpul dimineții când Trudy era la grădiniță.

Jack și cu ea erau îngrijorați de faptul că Diana nu le telefonase, dar și-au propus să-i respecte dorința. Oricum, n-aveau altă alternativă. Deborah se atașase mult de Trudy și știa că-i va fi foarte greu când mama ei i-o va lua. Era ușor să fii cu ea: era veselă, calmă și inteligentă. Învăța foarte repede orice îi spuneai. Amândouă petreceau după-amiezile în fața șemineului, pictând, citind sau jucându-se și Trudy vorbea aproape perfect engleza. Fetița îl adora pe Jack, care trecea în fiecare seară să le vadă. Deseori cinau împreună cu David și Summer, alteori trecea singur sau le invita pe ele să cineze acasă la el. Totul decurgea natural și acel ritual îi ajutase pe amândoi să treacă mai ușor peste greutățile acelei perioade.

Jack se simțea din ce în ce mai bine cu copiii lui și nu se mai gândea atât de des la vechea lui viață. Trebuia să avanseze și să-i pe ajute copiii să facă la fel. Nu-l deranja faptul că nu mergea nicăieri în afară de școală și casă. În suburbie se întâmplau multe lucruri și în fiecare weekend petrecea timp cu familiile Smith și Maier. Făceau grătare, organizau seri de mim la care participau și copiii, jucau bridge sau canastă, ping-pong și aveau și seri culturale. Fiecare săptămână avea o altă temă și îmbinau plăcutul cu utilul. Trudy se integrase foarte bine și într-o zi i-a spus lui Summer că o iubea ca pe sora ei. În ultima săptămână Jack fusese ocupat cu Kelly, care în urma unei certi cu Fred, s-a accidentat și a ajuns la spital cu piciorul scrântit. Cei doi se certau și se împăcau frecvent, iar Jack era obișnuit cu peripețiile lor.

*

Îmbrăcată în jeanși albaștri și un pulover alb, Kelly îl aștepta pe Jack să sosească la ea acasă. L-a invitat la cină, dorind să-i mulțumească pentru ajutorul dat . Era singurul bărbat pe care putea conta și în ultimul timp se gândea să-și încerce șansele cu el.

A comandat Bruschetta, icre de somon, paste cu sos tomat și vițel în sauce au poivre, de la restaurantul ei preferat. La 6:00 fix, Jack a sunat la ușă. Era pentru prima oară când venea la ea la apartament. Cu părul blond, proaspăt spălat, și un zâmbet luminos pe buze, Kelly l-a întâmpinat călduros. L-a luat în brațe și l-a pupat pe obraz, mulțumindu-i încă o dată pentru faptul că o consolase când s-a despărțit de Fred.

Jack a admirat apartamentul decorat cu gust. În fața șemineului avea o canapea mare din lână gri și un covor alb, făcut de mână, îmbrăca solul parchetat. Mobilierul era modern și avea câteva tablouri colorate de artă contemporană. Ambianța era caldă și primitoare. La fel ca și Kelly, care cu ochii strălucind s-a așezat lângă Jack, întinzându-i un pahar de vin roșu.

— Te simți mai bine? a întrebat-o el și ea a dat afirmativ din cap.

— Și m-aș simți și mai bine dacă nu m-aș mai îndrăgosti de bărbați bizari. Am o slăbiciune pentru bărbații frustrați, egocentrici și neinteresanți. Parcă-i atrag, a recunoscut ea. Abia aștept să ies din această perioadă oribilă.

— Unele zile sunt mai grele ca altele, a zis Jack. Avem tendința deseori să uităm cât de norocoși suntem, iar atunci când se întâmplă o chestie teribilă este prea târziu.

— Nu te doare că ești singur? l-a întrebat ea.

— Nu sunt singur. Am doi copii minunați, o am pe Deborah, te am pe tine, pe John. Zâmbi. Am o grămadă de lume în viața mea și sunt bucuros pentru asta, iar în viitor mă voi concentra mai mult pe ceea ce am, nu pe ceea ce am pierdut.

— Ai dreptate, a zis Kelly, gândindu-se că o pusese pe Deborah înaintea ei.

Da, ăsta era un nume pe care-l auzea des din gura lui Jack. Deborah e deșteaptă. Deborah e bună. Deborah e incredibilă. Tot ce și-ar fi dorit ea era ca Deborah să aibă un neg mare pe nas ș-un dinte lipsă în față sau să arate ca Murphy în plin carnaval. Din păcate, la cei 38 de ani arăta trăsnet. Nu era prea înaltă, dar avea picioare lungi fine și un piept micuț de adolescentă. Blondă, cu ochii verzi visători, avea tot ce-și dorea un bărbat: independență, vulnerabilitate și frumusețe. Nu va sta cu mâinile în sân să aștepte ca Jack să se îndrăgostească de ea, s-a gândit Kelly.

— Ieri am luat prânzul cu fratele meu, Mike. Este haios și ne înțelegem foarte bine, chiar dacă deseori îmi spune că am dinții prea mari.

— Frații întotdeauna spun chestii din astea, nu-i așa? a zis visător, căutând ceva banal de spus. I se părea lui sau Kelly se apropiase prea mult de el? Zâmbea dulce și dădea din pleoape des, gesticulând larg. Îl stresa, dar nu trebuia să se poarte ca și cum i-ar fi omorât câinele și voia să se răzbune pe ea. Era mai deștept de atât. Sau nu? În toată viața lui fusese numai cu Adela. Nu făcuse curte niciunei alte fete sau femei și nu prea știa cum să reacționeze. Cum să intre într-o relație sau să iasă din una... A privit-o pe Kelly și și-a spus că vorbește foarte mult. Nu știa de ce, dar abia aștept să plece acasă.

—Voi elimina tot ce este rău în viața mea, a spus ea, umplându-i iarăși paharul cu vin.

— Să elimini răul e bine, dar să adaugi binele e și mai bine, a zis el și Kelly s-a abținut să nu-și dea ochii peste cap. Omul ăsta era mai ceva ca sfântul Petru, s-a gândit ea, dorindu-și să fi avut ceva alcool tare în casă. Dacă va începe să vorbească în parabole și să-i dea sfaturi de viață, în mod cert va avea nevoie de mult alcool. Jack, a zis ea bătând iarăși din pleoape, mă faci să mă gândesc.

— Te fac? a întrebat el jenant.

Ea s-a apropiat de el, apoi s-a retras.

— Nu trebuie să te faci că-ți pasă dacă nu-ți pasă, Jack. Destinde-te, n-am de gând să sar pe tine.

— Chiar? a întrebat el prea repede. Pentru că nu sunt încă pregătit pentru o relație, iar tu meriți un bărbat extraordinar. Nu bărbatul alteia.

— Și când spui "alteia", la cine te referi? La femeia din spatele gratiilor sau văduva lui Michael?

El a privit-o surprins. În niciun caz nu era problema ei să-i examineze lui viața. Dacă ar fi știut că voia de la el mai mult decât prietenie, n-ar fi acceptat niciodată acea cină.

— Femeia din spatele gratiilor, cum spui, a fost dragostea vieții mele. Și indiferent dacă tu ești sau nu de acord, nu cred că există ceva mai frumos decât prima dragoste.

— Hmm, ce e mai frumos decât prima dragoste? s-a făcut ea că se gândește. Poate dragostea adevărată? Cea reală, a zis ea privindu-l în ochi. Primele întâlniri, descoperirea și falsele promisiuni nu m-au încântat niciodată.

— Probabil că ai dreptate, a admis el, punând paharul jumătate gol pe măsuța din fața lui. Realitățile false ajută la ascunderea adevăratelor intenții. Dar, când suntem îndrăgostiți avem tendința să anulăm defectele partenerilor noștri.

— Asta s-a întâmplat cu Adela? Pentru că în ceea ce-o privește, aveai ce anula.

O privea perplex întrebându-se cum de îndrăznea să-i vorbească așa? Îl judeca pe el, stilul lui de viață, pe Adela și pe toată lumea. Când vorbea de Deborah era mereu sarcastică.

— Ce-ar fi să mâncăm? a schimbat el subiectul. La 9:00 le-am promis copiilor că voi fi acasă.

— Copiii pot să aștepte, eu nu, a zis Kelly, punând stăpânire pe gura lui și în următorul moment limba ei se mișca agitată, căutând-o pe a lui.

— Ce faci? a întrebat-o el, împingând-o. Credeam că ai înțeles că nu-mi doresc să am o relație cu tine, a zis agasat. Era total nebună să sară așa pe el. Avusese impresia că era o fată inteligentă, dar s-a înșelat, iar acum trebuia să găsească o modalitate elegantă să se debaraseze de ea.

— O relație cu mine sau relație în general? l-a întrebat.

— M-ai chemat la cină sau să-mi iei un interviu? Credeam că suntem prieteni.

— Suntem. Ai ceva împotriva prietenilor care fac sex?

— Nu. Doar când este vorba de mine. Eu nu fac sex cu prietenii, Kelly. Și de altfel nici nu știu de ce avem această conversație. Am venit aici să petrec o seară liniștită și descopăr că am de-a face cu o nimfomană deghizată, i-a scăpat lui, și ea l-a privit șocată. Îmi cer scuze, a spus el ridicându-se în picioare, nu vorbesc niciodată așa. Sunt cu nervii încordați, și așa cum ți-am mai spus, nu sunt pregătit pentru o nouă relație.

Nu-i venea să creadă că se debarasa așa de ea.

— Îmi dai papucii?

— Pentru asta ar trebui să fim împreună, nu-i așa?
— Nu numai că mi-i dai, dar o faci și foarte prost. N-avea să se milogească de el. Dacă nu dorea să fie cu ea, putea să se ducă naibii. Dacă vrei să pleci, pleacă, i-a spus ea. Nu așa am vrut să fie seara aceasta, dar acum este prea târziu și cel mai bine ar fi să uităm totul.

*

Când a intrat la Deborah, a suflat ușurat. Ea se uita la televizor în timp ce copiii se jucau liniștiți cu Trudy în camera ei.
— Deja acasă? l-a întrebat, întinzându-și picioarele pe taburetele din fața ei.
— A fost un coșmar, a zis Jack așezându-se lângă ea pe canapea. Covorul Wilton în culori pastel înveselea camera luminată de veioze cu lumini calde. Se simțea bine acolo și nu știa dacă era datorită ambianței familiare sau a lui Deborah.
— S-a dat la tine? l-a întrebat prietena lui, uimindu-l încă o dată cu perspicacitatea ei.
— Ai pus o cameră pe mine? a întrebat-o, făcând-o să râdă. De unde știi că s-a dat la mine? Să nu spui că te-a sunat, a zis el privind-o cu ochi mari. Te-a sunat, nu-i așa?
Deborah râdea. Era pentru prima oară de la moartea lui Michael, când o făcea, dar Jack era prea amuzant. Și inocent.
— Nu știai că-i place de tine? Fata asta este îndrăgostită lulea de la început.
Jack o privea șocat. Despre ce vorbea?

— La ce început te referi? N-am început nimic cu nimeni de mult. Deborah a ridicat o sprânceană. Râsete. Chiar crezi că este îndrăgostită de mine?

— Nu cred. Știu. De fapt nu este îndrăgostită, doar dorește o aventură cu tine. Nu de lungă durată, nu este genul ei, a zis Deborah, iar el o privea de parcă nu era în toate mințile. Cum știu asta? I-a întrebat parcă citindu-i gândurile. Mi-a spus ea într-o zi.

— De ce nu mi-ai spus asta până acum?

— Mi-a ieșit total din cap. Kelly este tânără frumoasă și poate în orice clipă să facă orice. Sau să meargă oriunde. Nu-ți face probleme că ai respins-o, o să-și revină rapid.

— De unde știi c-am respins-o? a întrebat-o el, făcând-o să râdă.

— N-ai respins-o?

— Ba da, a zis după care s-a oprit un moment. Dar aș fi putut să n-o fac. Deborah a râs iarăși. La cum am respins-o, sigur mă crede nebun, a zis Jack râzând la rândul lui.

Deborah i-a servit un pahar de vin roșu și i l-a întins.

— Ai impresia câteodată că ești nulă? a întrebat-o luând o gură de vin.

— Uneori... a răspuns Deborah, ezitând. De două-trei ori pe săptămână. OK, zilnic, a recunoscut ea. Și știi ce-am mai descoperit? Că viața este al naibii de scurtă și oribilă de multe ori. Jack a bătut-o liniștitor peste mână. Mi-e dor de el, a zis Deborah tristă. Seara în patul nostru îl caut... era atât de bun. Șoptea când spunea asta. Mi-a oferit totul. Mereu.

"Nu sunt nimic fără tine", îmi zicea, "de aceea vreau să-ți dau totul". Habar nu am dacă i-am spus că nici măcar prin cap nu-mi trecea vreodată să-l părăsesc.

— Sunt convins că i-ai spus. Știa că-l iubești, Deb, nu te mai chinui atât.

Ea a dat din cap. Da, în mod sigur a știut ce însemnase el pentru ea. Atunci de ce se chinuia atât? Și când oare îi va fi mai ușor? Trecuseră cinci luni și suferința ei tot atât de mare era. Nu știa ce s-ar fi făcut dacă nu i-ar fi avut pe Trudy și Jack.

— Peste două săptămâni mă duc în Springfield la Adela, a anunțat-o el.

— Aș vrea să spun că îmi pare rău pentru ea, Jack, dar nu-mi pare. Știu că ar trebui s-o iert, și probabil o voi face într-o zi, dar deocamdată sunt departe. El dădea din cap înțelegător. Nu știu cum să trăiesc fără el.

— Ești tânără și frumoasă, ai toată viața înainte să-ți găsești un bărbat superb.

— Nu vreau un bărbat superb.

— Atunci o să-ți găsești unu' urât, a zis el, încercând să-i ridice moralul și Deborah l-a lovit în joacă peste mână. Îți propun un pact. Dacă până la 50 de ani nu suntem căsătoriți, ne căsătorim amândoi.

— Amândoi? a întrebat ea.

— Adică tu cu mine și eu cu tine.

— N-ar fi asta ca un fel de incest? l-a întrebat râzând.

— Nu, pentru că nu vom face sex. Va fi un adevărat mariaj. Râsete.

— Accept, a zis ea, bătând palma cu el. Și să fiu al naibii dacă n-o să te fac să te ții de promisiune.

— Care? Cu sexul sau cu mariajul?

— Amândouă. Dar ia spune-mi, Casanova, ești pe piață de câteva luni bune. Cum merge?

— Sunt la televizor cu tine în fiecare seară. Deci, nu prea bine. Ultima femeie cu care am ieșit, deși o cunoșteam de doar cinci minute mi-a zis de vreo zece ori în timpul cinei "ți-am spus eu". Nu câștigi nimic cu o frază care începe cu "ți-am spus eu". Au terminat seara liniștiți, la televizor, așa cum deseori se întâmpla. Cinau împreună cu copiii, după care se uitau la vreun film sau povesteau. Cu ea putea să discute despre orice: industrie, interacțiunile între oameni, noul orient sau cinematografia neorealistă postbelică. Nu îi trebuia să-și complice viața cu o nouă femeie. Avea prietenii lui, copiii care erau fericiți că locuiau iarăși în suburbie, o avea pe Trudy și pe Deborah. Viața devenea pe zi ce trece mai ușoară. Grea sau ușoară, și-a spus Jack, ceea ce contează este să merite să fie trăită.

Capitolul 7

Ploua cu găleata și Jack abia vedea autostrada prin parbriz. În mai puțin de o oră urma să-și vadă soția. De fapt, fosta soție. Divorțul se pronunțase mai repede, ținând cont de circumstanțe. Nu o mai văzuse de la noaptea fatidică și nici nu plănuia să facă din acea vizită o obișnuință. Nu le-a cerut copiilor să vină cu el, și nici ei n-au insistat, așa că a venit singur.

La intrarea în penitenciar a fost controlat în două rânduri, după care a intrat în sala plină de deținuți și familiile lor. S-a așezat stingher pe scaun, privind spre ușa pe care ea intra. În încăpere mirosea a igrasie și aer închis, iar gardienii se plimbau atenți printre ei. Când a dat cu ochii de Adela, a rămas surprins de cât slăbise. Arăta aproape la fel ca în tinerețe. Era bizar să spună asta, dar parcă întinerise în închisoare.

— Arăți bine, i-a zise el sincer, știind că vorbea aiurea, dar aceea nu era o situație normală. Totul era aiurea acolo. Sau în viața lor.

— Ai venit...

Avea ochii încercănați și triști, iar Jack a realizat că le va fi mai greu decât crezuse. Îi adusese actele de divorț, dar acum se întreba dacă să i le dea sau nu. Nu mai avea nicio importanță oricum. Ca și cum i-ar fi citit gândurile, Adela i-a spus:

— Mi-au dat sentința pe viață, Jack. Oare cum voi rezista? El și-a lăsat ochii-n pământ.

Carmen Suissa

Ce putea să-i răspundă la asta? Ea l-a privit calmă și i-a spus că nu aștepta niciun răspuns la acea întrebare. Cum sunt copiii?

— Cât de bine pot fi, ținând cont de circumstanțe.

— Da, a zis ea, lăsându-și capul în jos, nenorocitele de circumstanțe. Era trist când se gândea la căsătoria lor și alegerile făcute de ea. Nu fusese mulțumită, iar acum va putrezi în închisoare. Jack și ea fuseseră diferiți, dar pe parcurs a învățat să-l accepte așa cum era, simțindu-se totuși blocată într-o viață care parcă nu era a ei, cu un serviciu în care se plictisea și fără nicio portiță de ieșire. Au fost lacrimi și râsete, apoi ea l-a regăsit pe Benjamin și totul a luat-o razna, iar situația i-a explodat în plină figură. După o pauză scurtă Adela a zis. N-a meritat să fac ceea ce-am făcut.

— Te referi la adulter sau la crimă? a întrebat-o el, regretând imediat.

— Chiar a fost o crimă pasională, Jack. N-aș fi putut suporta să te văd cu Diana. Pe ea am vizat-o, nicidecum pe Michael.

— Nu este nimic între Diana și mine, Adela. Dar nimic pe lumea asta nu justifică crima pe care-ai făcut-o. Biata Deborah a rămas singură.

— Mi se rupe de ea. Tot așa cum nici eu n-am contat în ochii ei după ce ne-am despărțit. Mi-a fost prietenă și mi-a întors spatele când mi-a fost mai greu.

— Uiți că tu ai plecat din căsnicie?

— Dar asta nu înseamnă că mi-a fost ușor, Jack. Eu totuși te-am iubit foarte mult.

— Însă nu suficient pentru a nu mă trișa, nu-i așa?

— O alegere foarte proastă, într-adevăr, a recunoscut ea. Am luat câteva decizii de viață greșite. Regret, dar ce pot să mai fac acum?

— Nu sunt prea multe de făcut. Viața ni s-a schimbat dramatic în urma deciziilor pe care le-ai luat și catastrofele s-au ținut în lanț, lovindu-ne ca o bombă. Jack a zâmbit trist. Plănuisem toată viața noastră și trebuia să fie foarte bună. Râdeai de mine când făceam planuri. Spuneai că nu sunt spontan. Dar pentru mine, a avea un viitor bine conturat, îmi dădea o stare de siguranță. Aveam impresia că pot să-mi țin viața sub control. Acum știu că așa ceva nu se poate. În viață trebuie să fim flexibili și să ne adaptăm la schimbările care survin de-a lungul existenței. Nu poți doar să planifici viața și apoi să bați fericit din palme, așteptând ca miracolul să se întâmple. Totul se schimbă mereu, orice ai face. Vorbea cu voce joasă și Adela nu avea impresia că vorbește cu ea. Era un fel de monolog, o retrospectivă a vieții și multe regrete.

— Nu știu de ce am venit, Adela, a zis el, nu sunt bun la asta. Nu pot să te ajut. Și apoi a hotărât să termine acolo totul, a scos plicul maro și i-a înaintat hârtiile de divorț. Nu mai suntem căsătoriți.

Adela doar a dat din cap.

— N-am fost apropiată de mama mea, a zis ea, trecând la alt subiect, și întotdeauna mi-am spus că dacă voi avea o fată voi face totul să nu fiu ca mama. Nu doar am eșuat ca părinte, dar am eșuat și ca soție, prietenă sau ființă umană. Îmi este greu să accept sentința pe viață, dar o merit. Ea respiră profund apoi cu voce joasă i-a șoptit: să știi că dacă voi putea să-mi iau viața, o voi face. N-ar fi trebuit să mă nasc, a continuat ea, șocându-l. Am această nevoie morbidă în mine de a distruge totul în calea mea. Recunosc că destinul mi-a scos în cale cadouri incredibile, dar cumva, am găsit o cale și am distrus totul. Așa că, vezi tu, faptul că divorțezi de mine nu schimbă mare lucru, Jack. Nu numai că nu vreau să mai vii la mine vreodată, dar îți cer să nu-i aduci nici pe copii. Ce sens are? Oricum n-am fost o mamă bună. Summer știe asta, iar David este mic și într-o zi mă va uita, ceea ce nu este rău.

Lui i s-a făcut milă de ea. Nu se aștepta să reacționeze așa. Nu fusese niciodată rezonabilă și nu credea că va deveni acolo.

— N-ai fost chiar așa de oribilă.

— Benjamin nu este singurul cu care te-am trișat, a zis ea, iar el a rămas privind-o mut. Îi mai spusese asta o dată, la întoarcerea ei de la conferința imaginară. Dar fusese atât de șocat de relația ei cu Benjamin încât n-a insistat sa ceara detalii în ceea ce privește celelalte relații extraconjugale.

Cum îndrăznea? Chiar era o femeie rea, iar el, un prost.

— Ești tot ce eu nu sunt, Jack. Tu ești conservator, în timp ce eu sunt nonconformistă, ești blând, nobil și discret.

— Discreția este partea cea mai bună a nobleței, a zis el după ce și-a revenit din șoc. Ce încerci să-mi spui, Adela? Că dacă ai reușit să-mi ascunzi relațiile extraconjugale este pentru că ești discretă? Sau nobilă? Asta vrei să-mi spui? Era furios. Cum putea să fie atât de crudă? El a iubit-o.

— Viața are o grămadă de nuanțe, Jack. Nu doar alb și negru, așa cum crezi tu. Nu vreau să-ți spun că sunt nobilă, doar vreau să te fac să înțelegi de ce te-am trișat. El a privit-o fără să înțeleagă un cuvânt. Totul cu tine a fost... își căuta cuvintele. A fost calm. Fără surprize sau spontaneitate, a zis ea făcând un gest plan cu mâna. Totul era planificat, lucru care mă sufoca, în timp ce ție situațiile incerte îți creau anxietate. Total diferiți unul de celălalt. Ca să pot rezista căsătoriei noastre a trebuit să mă ocup cum am putut. El o privea, nevenindu-i să creadă cât de rea este. Trecea de la o stare la alta, dând impresia că este nebună de legat.

— Este jaf la drumul mare ceea ce mi-ai făcut, a zis el furios. Cum îndrăznești să-mi arunci oribilul adevăr în față? Am fost protectorul tău, colacul de salvare și m-ai tratat ca pe-o cârjă.

— Oricât de bizar ți s-ar părea, să știi că o fac pentru tine. Nu înțelegi, îți dau drumul să pleci. Îți fac un cadou generos. Te eliberez.

— Dar m-am eliberat de tine demult, i-a zis el, regăsindu-și calmul. Faptul că-mi arunci în față că ți-ai bătut joc de mine toată viața, nu-mi arată decât ce machiavelică ești. Niciodată n-ai știut cum să te comporți sau să vorbești.

– Și vrei tu să mă înveți să vorbesc?

– Din contră, încerc cu disperare să te fac să taci.

– Pentru mine, Jack, ai fost doar un "poate". Poate mâine va fi mai bine, mai puțin plictisitor, poate într-o zi nu va trebui să-mi caut plăcerile în altă parte... Poate, poate...

– Știi că «poate» este cuvântul ratațilr, da ?

Și când credea că nu-l mai poate șoca, ea continua totuși să o facă.

– Ai crescut într-o familie de snobi unde non-respectul tradiției era pedepsit, nu este de condamnat că ești un bărbat tradițional.

– Și de ce spui asta ca și cum ar fi un defect? Tradițiile, iubirea, creativitatea îți aduc cele mai frumoase amintiri. Tradiționalul este ceva bun, Adela.

– Da, dacă asta îți dorești, Jack. Însă eu am vrut altceva. Dar tu ești bărbat, n-ai cum să înțelegi.

– Nici o femeie n-ar putea. Sau o persoană normală, i-a zis el siderat de inconștiența ei.

Își bătea joc de el până în ultima clipă. S-a uitat prin sală și dintr-o dată s-a întrebat ce caută acolo. Ea a făcut alegerile greșite, iar el a trebuit să ia deciziile cele mai grele ale vieții lui. Timp de un an a fost mamă și tată pentru cei doi copii și așa urma să rămână pentru tot restul vieții lor. Și asta numai din cauza ei.

Pentru că era o femeie oribilă, o alcoolică fără scrupule sau fibră maternă. Adela reușea să scoată ce este mai rău din el.

— Și dacă tot am ajuns la momentul adevărului, a zis ea privindu-l fix, răspunde-mi sincer la o întrebare. El a privit-o așteptând. Recunoaște că Deborah ți-e amantă demult.

— Asta nu este o întrebare, Adela.

— Cum poți să ai atâtea afinități cu o persoană în afara patului, dacă nu ai avut-o deja într-un pat? Hai, Jack, recunoaște, întotdeauna ți-ai dorit-o pe Deborah. Erai mai mult cu ea decât la noi acasă și de câte ori mergeam la "voi" în vizită mă simțeam ca un polițai într-un cartier rău famat al orașului. Michael și cu mine eram întotdeauna în plus în prezența voastră. Ca și cum vă erați suficienți unul altuia.

Ce aveau oare toți cu ei? De ce era atât de greu de înțeles relația dintre doi prieteni? Nu-i păsa ce spunea Adela sau Kelly. Două femei incapabile să înțeleagă o relație bazată pe încredere și respect.

Stând acolo și privindu-și soția, și-a adus aminte de prima zi în care a văzut-o la liceu. Era timidă și stingheră, iar el s-a îndrăgostit de ea la prima vedere. Zâmbetul ei incredibil de copilăresc îi făcea să-i bată inima cu putere. Din prima clipă a simțit nevoia să o protejeze, să o iubească și doi ani mai târziu era sigur că voia să-și împărtășească cu ea viața. Momente ale existenței lor împreună îi treceau prin fața ochilor, rupându-l de realitate, ducându-l în spate, într-o viață pe care-o iubise. La Crăciunuri când, în bucătăria lor, coceau prăjituri cu prietenii și se amuzau. Își aduse aminte de cumpărăturile pe care le făcea la începutul lunii decembrie. Nu voia să se grăbească. Adora să cumpere cadourile potrivite pentru fiecare-n parte. Împodobirea bradului, ambalarea cadourilor, toate acestea pentru el erau amintiri prețioase. În seara de 24 decembrie cântau colinde, cinau cu familia și prietenii și mergeau la biserică, iar în ziua de Crăciun deschideau cadourile. Totul fusese atât de simplu atunci. Iar acum, stătea într-o sală plină de deținuți, cu o femeie care-i spunea că l-a trișat pentru că a fost plictisitor. O criminală care i-a călcat viața în picioare și l-a lăsat cu doi copii neconsolați și debusolați.

Un capitol din viața lui lua sfârșit atunci și acolo. Era un moment trist care urma să-l bântuie pentru tot restul vieții. Apoi și-a adus aminte momente din căsătoria lor mai puțin plăcute, când ea îi spunea că, mariajul nu este cel mai bun afrodiziac. Sau că ea nu crede în dragoste veșnică. Când a născut-o pe Summer i-a zis că seamănă cu o purcică roz cu colici. Doar el a iubit-o. Necondiționat și mereu. Acum realiza că viața cu ea fusese ca un permanent meci de box, în care el pierdea. Îi furase viața. I-a dat doi copii frumoși, au construit o familie frumoasă împreună, o casă primitoare și confortabilă, o existență perfectă. Apoi, i-a luat totul înapoi. Copiii erau minunați, dar rămăseseră cu sechele, casa era încă primitoare, dar deseori amintirile vieții lor anterioare îl copleșeau. În ultimul timp totul era mai ușor, dar încă se mai lupta zilnic cu trecutul.

— Nu trebuie să-mi răspunzi la întrebare, a zis ea. Că ești sau nu cu Deborah, eu nu mai pot face nimic, nu-i așa? Nu mai pot face nimic nici cu trecutul nici cu prezentul și nici cu viitorul. Nu este ăsta cel mai trist lucru pe care l-ai auzit vreodată? Nu i-a zis că cel mai trist lucru a fost când i-a mărturisit că nu a fost fericită în căsătoria lor.

— Și dacă ai putea, ce ai face?

— În primul rând n-aș mai veni în America, a zis ea fără să ezite. Aș rămâne cu mama mea în Germania.

— De ce? Pentru că sunteți atât de apropiate? a întrebat-o, așteptându-se la ce era mai rău din partea ei. Habar n-avea că ce avea să-i spună era mai rău decât orice.

— Nu. Dar nu mi-aș mai fi făcut o familie. N-am fost niciodată adepta vieții de suburbie cu jocuri în parc și bârfe la colț de stradă cu gospodine nevrozate.

El o privea șocat. Era pentru prima oară când îi spunea că ura viața din suburbie. După tot ce aflase el se întreba cum de căsătoria lor rezistase atâția ani.

— Gospodine nevrozate? Despre cine vorbești? Despre Jane Smith care este arhitectă și are o carieră înfloritoare? Sau Marilyn Maier care este kinetoterapeut și are peste 20 de galerii de artă în toată America? Sau poate despre Deborah, scriitoare faimoasă?

— Faci ce faci și tot la scumpa ta Deb ajungi, nu-i așa?

— Nu încerca să schimbi subiectul, Adela. Realizezi că tocmai ai confirmat că nu ți-ai dorit această familie? Vorbești de copiii tăi, pe care i-ai ținut în burtă nouă luni.

— Și a cui vina fost asta? a întreba ea senină. Cine a insistat atât să avem copii? Chiar crezi că a fi mamă este un fel de terapie ocupațională? Știi bine că eu nu mi-am dorit, dar am cedat la insistențele tale. Tu cu iubirea ta și cerințele tale de normalitate. Viața de cuplu, monogamia, coacerea prăjiturilor în weekenduri și oribilele drumuri în mașină la școală și la activitățile sportive. Toate acestea n-au fost alegerea mea. Tu mi le-ai impus. Tu ești cel care mi-ai furat viața! Eu n-am făcut decât să mi-o iau înapoi.

Nu-i venea să creadă ce auzea. Era adevărat că el insistase să aibă toate acelea. O viață normală, liniștită. O existență pe care el o adorase. A crezut că și ea și-a schimbat optica în timp, dar se înșelase. Cum de au ajuns în acel loc catastrofic? Cum a început totul? Avea oare destinul un început?

— Atunci, felicitări, i-a spus el, privind în încăperea plină de deținuți. Ai obținut în sfârșit ceea ce ți-ai dorit și promit că noi, familia pe care nu ți-ai dorit-o, nu te vom mai deranja. Dacă aceasta este viața pe care ai vrut-o, nu-mi rămâne decât să-ți urez mult noroc.

Fără să mai spună un cuvânt sau să-și ia la revedere, s-a ridicat și a plecat, lăsând-o acolo, în camera sumbră și urât mirositoare, plină de oameni care au luat sau au distrus viața cuiva. Auzind ușile de fier închizându-se în urma lui, și-a spus că nu va mai reveni niciodată.

Tot drumul până acasă s-a gândit la deșertăciunea vieții lor. Adela reușise să-i murdărească până și amintirile. Nu era nimeni afară. Doar el cu gândurile lui, la răscruce de drumuri. Cu dragostea lui pierdută la care a râvnit mereu. Se crezuse norocos că și-a găsit iubirea de tânăr. Alții o caută o viață întreagă și nu întotdeauna au parte de ea. Trăise bucurii și plăceri de o intensitate inegalabilă cu Adela și se temea că îi va rămâne în suflet multă vreme. Acum era furios, dar știa că atunci când furia trecea, sentimentele ce le-a avut pentru ea vor reveni în galop. De câte ori în ultimul an nu se întâmplase să se culce liniștit, să spună că în sfârșit s-a lecuit, ca apoi dimineața să se trezească cu sufletul la gură, ca și cum cineva îi ținea un pistol la tâmplă. Pentru că așa se simțea câteodată. Ca un bărbat a cărui viață atârna de un fir de ață. Dragostea pentru Adela îl umpluse de bucurie, dar îi dăduse și cele mai dureroase stări.

Se spune că fără iubire o ființă umană este infirmă psihic. Dragostea are o putere uriașă, dar schimbătoare. Te poate face bun sau ca în cazul Adelei, te poate împinge la crimă. În numele ei, unii se sinucid, alții sunt capabil să ucidă, dar oricât de multă suferință ne poate provoca câteodată o iubire pierdută, noi tot o căutam. Pentru că, acele sentimente de început, care rămân în sufletul nostru, nu pot fi înlocuite cu nimic altceva. Dragostea a fost și va rămâne întotdeauna o enigmă. Chiar dacă ne creează cele mai mari dureri, noi tot o căutăm, iar când o obținem, vrem mai mult.

Jack avea inima frântă, însă a plânge în momentul și locul acela era o alinare pe care nu voia să și-o îngăduie. Ce-i spusese ea? Că-i dăduse libertatea. Cineva spusese odată că ideea libertății nu este decât raportul dintre o cauză inteligibilă și efectul ei fenomenal. Nu trăia acea situație ca pe ceva inteligibil și nici nu se simțea fenomenal în libertatea lui. Se spunea că lupta modelează caracterul și că cel care scapă din luptă era mult mai puternic decât fusese înainte de începerea confruntării. El de ce nu se simțea așa? Nu se simțea nici puternic, nici liber și nici fericit. Era un amărât cu fața udă de lacrimi, într-o mașină udă de ploaie, pe o stradă pustie. Odată cu Adela, pierduse confortul dragostei împlinite, visele, speranțele. De asemenea, somnul și 8 kilograme. Ce opțiuni avea? Iertarea? Acceptarea? Știa asta, dar nu era întotdeauna ușor să faci ceea ce trebuia. Nu-și imagina cum va mai putea vreodată crede în iubire. Când o femeie voia să se apropie de el, se simțea inconfortabil și bătea în retragere. Un pas înapoi, apoi altul și altul, până când ajungea la o distanță confortabilă.

Sudori reci îi curgeau pe coloana vertebrală, gândindu-se că a apucat-o pe un drum greșit care nu ducea nicăieri. Dacă nu va mai putea găsi drumul de întoarcere și va rămâne blocat într-o viață pe care nu și-o dorea? Nu mai avea vise. Și nici planuri. Era doar o altă zi ploioasă și lăsa în spate o viață la care nu se mai putea întoarce chiar dacă s-ar fi răzgândit. De multe ori în ultimul an se gândise "ce-ar fi fost dacă?". Nu își va mai pune acea întrebare. Basmul lui nu se terminase cu un happy ending, așa cum și-aș fi dorit, dar se terminase, iar el nu mai putea face nimic ca să schimbe asta. Va trebui să avanseze și să spere că într-o zi poate va găsi o femeie pe care s-o iubească și care să-l iubească înapoi. Avea nevoie de un miracol. Și nu doar genul acela de miracol, în care nu erai lovit de trăsnet sau nu făceai cancer la ureche.

Ajuns în suburbie, s-a dus direct la Deborah acasă unde-l așteptau copiii. Când a intrat în sufragerie i-a văzut pe toți patru privind poza lui Benjamin pe ecranul de televizor, unde crainicul relata atacul armat al unei bănci în care muriseră cinci persoane.

– Ce s-a întâmplat? a întrebat el, iar Deborah a sărit în picioare și a venit la el.

– Este un coșmar, Jack. Un coșmar care nu se mai termină. Benjamin a atacat o bancă împreună cu trei foști deținuți și cinci persoane au fost omorâte. Nu știu dacă și el a fost ucis, a zis ea luându-o pe Trudy de mână și trăgând-o din fața televizorului.

– Unde este tăticul meu? De ce tăticul meu este la televizor? întreba fetița.

"S-a căutat un vinovat, dar s-au găsit patru", zicea crainicul, arătând secvențe de la locul crimei. Apoi pe ecran a apărut fața lui Benjamin. Era nevătămat, avea cătușe la mâini și era însoțit de doi polițiști înarmați. Jurnaliștii urlau ca nebunii punându-i tot felul de întrebări. De când plănuiau acea spargere, cine era șeful misiunii și ce te putea împinge să faci un astfel de act?

"Într-o casă care nu mai este a mea, femeia pe care n-o mai am nu mă mai așteaptă", zicea Benjamin, luându-și aerul de vedetă internațională. Dintr-o dată la intrarea în bancă alți doi infractori au ieșit înarmați și au început să tragă focuri de armă. Panica a pus stăpânire pe toți cei prezenți acolo, iar Trudy a început să urle când l-a văzut pe Benjamin căzut într-un lac de sânge. Sângele lui. Cu ochi măriți de groază Deborah l-a privit pe Jack. Acesta a luat telecomanda și-a închis televizorul după care a luat-o pe Trudy în brațe. Era prea mult pentru biata fetiță. Mama ei care plecase de câteva luni, fără să dea un semn de viață, iar acum moartea tatălui ei pe care-o trăia în direct. Jack o privea pe Deb, vorbindu-și din priviri. Cum ar fi putut ei să-i ușureze fetiței suferința? Cum poți să explici unui copil de cinci ani că tatăl ei a participat la o crimă gravă din cauza căreia a murit? Că nu se va mai întoarce niciodată.

Bărbatul din cauza căruia căsătoria lui luase sfârșit era acum mort, lăsând în urma lui o fetiță de cinci ani, pierdută. Trudy plângea în brațele lui, iar el nu putea decât s-o aline în tăcere. Fetița s-a tras puțin în spate atât cât să-l privească în ochi și pe un ton tandru i-a spus:

— Vrei să ai tu grijă de mine în locul lui tati? Eu vă iubesc pe amândoi.

Cuvintele fetiței, venite din suflet, l-au atins direct la inimă pe Jack, făcând-o pe Deborah să plângă.

— Voi avea grijă de tine, draga mea, și voi fi exact ceea ce vei dori tu să fiu pentru tine, i-a spus el, mângâind-o pe părul blond, moale. Acum te doare sufletul, ne doare pe toți, dar ne avem unii pe alții, și-ți promit că într-o zi o să ne fie mai bine. Am avut toți zile grele, spunea el cu ochii la Deb, dar câteodată trebuie să ne reinventăm, ca să o putem lua de la început.

Deborah se întreba deseori cât timp va mai dura acea suferință oribilă. Avusese greutăți pe parcursul existenței, dar trecuse la altceva fără să se dea cu capul de pereți și să irosească timpul. Toate tratamentele hormonale, pierderile de sarcină și testele negative fuseseră incredibil de dureroase, dar Michael fusese întotdeauna lângă ea. Roca ei și bărbatul care i-a vândut vise pe care apoi le-a împlinit, dar care a dispărut fără un cuvânt, lăsând în urma lui un dor și un gol enorm. Jack avea dreptate, uneori chiar trebuia să te reinventezi ca s-o poți lua de la început.

În același timp în sala de mese a închisorii, Adela privea șocată la televizor moartea iubitului ei. Și ea se gândea la visele pe care și le făcuseră împreună. N-au dus nici măcar unul până la capăt, iar acum ea era închisă pentru tot restul vieții între patru pereți și el, mort. Cu nostalgie se gândea la existența liniștită din suburbie pe care a avut-o până nu demult. Era înfiorător cum o decizie putea să-ți schimbe viața. Într-o fracțiune de secundă o persoană fără istorie se putea transforma în victimă sau, mai rău, înceta să mai existe. Cu calmul pe care ți-l dădea teama, Adela s-a retras în celula ei, târșindu-și picioarele și evitând cele două lesbiene masive care o priveau indecent. Poate că n-ar fi trebuit să-i vorbească așa lui Jack. Îl făcuse să sufere prea tare și nu merita, dar a fost necesar s-o facă. Mai bine s-o urască decât să continue s-o iubească. Din păcate, acum nu mai era nimeni care să-i aducă banii de care avea atât de mare nevoie pentru a supraviețui acolo. Ar fi vrut să-și ia viața, dar era prea lașă pentru asta. Nimănui nu-i mai păsa de ceea ce simțea. Plângea în fiecare noapte, regretând amarnic tot ceea ce făcuse în ultimul an sau ce nu mai putea să facă de-acum înainte. Se spunea că toată lumea avea parte măcar o dată de un miracol în viață, poate că și ea îl va avea pe al ei. Dar ea știa că avusese deja parte de unul. Miracolul ei a fost Jack și viața lor împreună...

*

Era luna august și pentru prima oară în acea săptămână o boare de vânt răcorise atmosfera caniculară. În parcul suburbiei, Jack, Deborah și copiii se jucau cu un frisbee. Formau o «familie specială», așa cum îi plăcea lui Deborah să spună, și se ajutau unii pe alții, oferindu-și atenție și dragoste. Locuiau în case diferite, dar cinau foarte des împreună, în weekenduri mergeau la cinema sau lacul Michigan. Iar de Ziua Americii au plecat cinci zile în California. Atât copiii, cât și ei au adorat grădina zoologică din San Diego și Universal Studios din Los Angeles. Acea minivacanță le-a făcut tuturor bine și și-au propus ca la fiecare două luni să plece câteva zile în Canada, New York, sau oriunde altundeva și-ar dori.

Trudy era un copil fericit, plin de resurse, care îi bucura constant. Era tandră, calmă, bună și cuminte, neavând niciodată capricii sau probleme. Deborah, Jack și copiii erau înnebuniți după ea.

Acum, în acea zi frumoasă de sâmbătă, s-au așezat pe pătura de pe iarbă pentru a bea limonadă și a mânca prăjiturile făcute de Deborah și fete cu o seară în urmă. În timp ce scoteau paharele și cele necesare picnicului, Trudy a țâșnit de lângă ei și a luat-o la fugă în direcția unei persoane care se îndrepta spre ei. Era prea departe ca să-i vadă fața, dar știau deja cine era. Cu inima strânsă și luându-se de mână pentru a-și da forță unul altuia, Deborah și Jack o priveau pe Diana, care zâmbind se apropia cu Trudy în brațe. Nu telefonase niciodată și oricât au încercat ei să o găsească, n-au reușit. Fetița era în apogeul fericirii, ceea ce le încălzea inimile, paralizându-i de frică în același timp.

Calmă și serioasă, Diana, care stăpânea la perfecție arta de a părea altcineva decât ceea ce era în realitate, i-a salutat voioasă, îmbrățișându-i. Senină le-a povestit că nu s-a înțeles cu mătușa ei și după nicio săptămână, s-a dus la o prietenă care locuia în Vermont cu familia ei. O știa din copilărie unde au fost vecine pe aceeași stradă.

Deși nu s-au mai văzut de mult, prietenia lor a rămas intactă și Kiara a ajutat-o să treacă peste "pasa proastă", le-a explicat ea. Acolo a decis că vrea să se mute înapoi în Europa și după ce și-a revenit, s-a dus în Germania să tatoneze terenul. Voia să se întoarcă " acasă" cu Trudy, dar înainte trebuia să se asigure că are un apartament și o slujbă.

Nu le-a vorbit de nevroza obsesiv-compulsivă sau de suferința acelor luni în care, coborând în infernul ființei ei, n-a reușit să-și vindece fisurile interioare. Trăia într-o lume tenebroasă în care discrepanțele dintre valorile pe care le proclama și acțiunile ei erau distructive. Nu le-a spus nici că la un moment dat a vrut să dispară complet, să lase totul în urma ei și să termine cu totul. Le-a zis doar că se simte mai bine și că a hotărât să ia totul de la capăt, să înceapă o nouă viață, doar ea cu fetița ei.

În soarele cald le povestea bazaconii, tot ce credea ea că este mai bine ca ei să știe. Nicio legătură cu realitatea. Cum putea să le spună cât de distrusă era? Că odată ce l-a pierdut pe Benjamin și-a pierdut și cheful de viață. Îi era dor de el și de viața lor împreună. Crezuse că își va reveni, dar probabil că așa ceva nu avea să se întâmple niciodată.

Viața ei actuală se baza pe minciună, iar oamenii pe care cu câteva luni înainte îi apreciase, acum îi considera dușmani. Ura faptul că Trudy îi privea pe Jack și Deborah ca pe a șaptea minune a lumii și știa că nu avea dreptul să-i deteste pentru că îi adorau fetița, dar îi detesta.

— Arăți bine, a complimentat-o Jack și ea i-a mulțumit, disprețuindu-l în sinea ei. Cum te simți?

— Mă simt bine, le-a zis, de aceea am decis să vin după Trudy. Ne va face bine să ne întoarcem înapoi în Munchen.

— Ce s-a întâmplat cu visul tău american? a întrebat-o Jack. De ce nu mai vrei să rămâi aici?

— Am început-o prost și America și-a pierdut magia pentru mine. Tot ce s-a întâmplat cu Benjamin m-a făcut să mă răzgândesc. Nu a vorbit de moartea lui și nici ei n-au spus nimic. Sunteți adorabili și vă mulțumesc din suflet că ne-ați primit cu brațele deschise, dar prietenii mei și viața din Munich îmi lipsesc mai mult decât am crezut.

— Și când vreți să plecați? a întrebat Deborah gâtuită de emoție. Știuse întotdeauna că Trudy nu va rămâne mereu cu ea, deși în adâncul sufletului sperase.

— Săptămâna viitoare, a răspuns Diana zâmbind. Ai câteva zile să te obișnuiești cu ideea și să-ți iei la revedere de la ea. Apoi, nu spune nimeni că nu ne vom mai întoarce niciodată aici. Sau că voi nu veți veni să ne vedeți în Germania. Nu trebuie să fie un adio, nu murim, doar ne întoarcem la viața noastră.

Deborah dădea din cap afirmativ, plângând. O parte din ea murea odată cu plecarea lui Trudy. Se ataşase foarte mult de fetiţă, la fel şi Jack care, luându-şi prietena după umeri încerca să o încurajeze, să-i dea puţin din forţa lui.

—De ce nu încerci măcar un trimestru să rămâi, poate te obişnuieşti? Lui Trudy îi place aici.

— Îmi vorbeşti ca şi cum ceea ce simt eu nu este important, Jack. El a privit-o mirat. Nu pot să rămân aici şi să fiu tratată ca o extraterestră. Nu sunt una. Ştiu că lumea m-ar privi ca pe-o victimă şi treaba asta m-ar durea. Sunt o femeie a cărui viaţă s-a schimbat cu 360 grade într-un an. Vreau ca lumea să mă vadă aşa cum sunt eu. Cum am fost întotdeauna. Voi, aici nu mă cunoaşteţi şi întotdeauna voi fi soţia pe care Benjamin a părăsit-o. Biata fată fără noroc.

— Nu este deloc aşa, a zis Jack surprins de atitudinea ei.

— Nu te mai agita atât, Jack, pentru că în final ceea ce contează cu adevărat este ceea ce cred. Iar eu consider că a venit timpul să ne luăm la revedere. Aţi fost amândoi foarte buni cu mine şi vă sunt recunoscătoare pentru asta, nu mă înţelegeţi greşit, dar locul nostru este în Germania.

— Viaţa ta aici nu-i chiar atât de rea, a zis Deborah blând.

— Dar nici chiar atât de bună, a replicat Diana. Nu pot să lucrez ca bagajistă în aeroport şi să le spun tuturor că sunt pilot. La fel şi cu America. Faptul că locuiesc în căsuța din curtea ta nu face din mine o americancă. Este deja suficient de rău că am abuzat de bunătatea voastră atâta timp.

Deborah a luat-o pe Trudy de mână și i-a zâmbit Dianei:

— Puteți sta la mine cât vreți. Acum că Michael nu mai este mi-ați face un favor dacă ați rămâne.

— Să nu crezi că mie nu mi-e greu să plec, Deb. În special când n-am unde să mă duc, continuă Diana în capul ei. Vom mai sta câteva zile, a spus calm, strângând-o pe Trudy în brațe, vei avea timp să te obișnuiești cu ideea.

"Niciodată", și-a zis Deborah, iar Jack simțindu-i disperarea a mângâiat-o pe spate. Frumoasa zi se încheiase și deși au mai rămas în parc două ore, nimeni în afara Dianei și a lui Trudy nu s-a mai distrat.

*

Următoarele zile au fost grele pentru toată lumea în afara lui Trudy care nu știa prea bine ce se întâmplă. Diana încerca să facă mină bună, dar în cea mai mare parte a timpului se străduia să o evite pe Deborah. Când Jack a venit la ea în acea seară, Diana se retrase deja la ea în casă.

— Ceva nu este în regulă, îi explica Deb lui Jack. Mă evită, iar ieri după-amiază am avut impresia că vorbește singură. Astăzi, când m-am dus s-o chem la masă, la fel, vorbea singură. Cred că Trudy n-ar trebui să plece cu ea, Jack.

— Draga mea, știu că vrei să rămână aici. Și eu vreau asta, dar nu se poate. Diana este perturbată, dar întotdeauna a fost o mamă bună, nu poți să spui contrariul. Ea a ridicat neconvinsă din umeri.

În seara aceea au vorbit până târziu, iar Jack i-a cerut doamnei Clara, noua lui menajeră, să doarmă cu copiii. Deborah nu se simțea bine. Avea ochii umflați de la plâns și repeta mereu că nu putea suporta plecarea lui Trudy.

— Este atât de dulce, Jack. Și mă face să râd mereu. Astăzi i-am dat înghețată și când m-am întors din bucătărie cu înghețata mea, m-a privit zâmbind cu gura plină de ciocolată. Am întrebat-o dacă a început fără mine și râzând mi-a spus că a terminat fără mine. Câteodată este atât de matură și câteodată atât de naivă, iar asta mă face s-o iubesc nespus. M-am atașat de ea mai mult decât ar fi trebuit și nu mai știu cum să trăiesc fără ea. Dar lucrurile acestea nu se comandă, sentimentele sunt sentimente, iar ea este atât de dulce încât nu poți să faci altfel decât s-o iubești. Ce voi face când nu va mai fi aici? Cu ce am să-mi ocup timpul?

— Cu cărțile tale, Deb. De când a murit Michael nu ai mai scris nimic. Iar eu am nevoie de tine. Summer și David, la fel. Faptul că ai fost prezentă în viața lor după plecarea Adelei i-a ajutat mult. Suntem o familie, ai uitat? Una foarte specială. Ea își privea mâinile și Jack a luat-o blând de bărbie făcând o să-l privească.

Am tot atâta nevoie de tine cât tu ai de mine. S-a aplecat spre ea să o pupe pe frunte şi-n acelaşi timp Deborah s-a mişcat, iar el a pupat-o din greşeală pe colţul gurii. Ca electrocutaţi s-au privit unul pe altul câteva momente.

— Ce se întâmplă aici? l-a întrebat confuză.
— Nu sunt sigur. Dar nu mi se pare ceva rău...
— N-are cum să fie ceva bun atâta timp cât iese din disperare, Jack. Pentru că suntem disperaţi amândoi. Suntem ca fraţii.
— Dar nu suntem fraţi, a zis el.
— "Cine face asta?" El a privit-o fără să înţeleagă. Acesta este numele următoarei mele cărţi, a declarat ea dintr-o dată mai veselă. Şi ţi-o voi dedica ţie. Va fi o carte care te va marca, te voi impresiona.
— Dacă vrei să mă impresionezi, sexul este răspunsul, a glumit el şi au început să râdă. Reuşea întotdeauna s-o bine dispună.
— Ştii ce semnifică lotusul? l-a întrebat.
— Sexul?
— Aproape. Înţelepciunea. Va fi o carte despre înţelepciune, despre viaţă şi despre secretul magiei.
— Deci gata, ai terminat cu poveştile despre sex, despre femeile franceze păroase sau sexul cu femei franceze păroase, a spus el, făcând-o şi mai tare să râdă.
— N-am scris niciodată asemenea cărţi şi ştii asta. Ce te apucă în seara asta de vorbeşti numai de sex? Dacă îţi lipseşte atât de mult de ce n-ai acceptat avansurile lui Kelly?

— Nu este nimic personal, doar mi se părea nebună de legat în ultimul timp, a răspuns el franc.

— Și cum nu e asta personal?

— Din acea seară nu am mai văzut-o și nu am niciun chef s-o văd, iar ea mă sună zilnic. Deborah îl privea fără să spună nimic. Vrei să te sărut iarăși, de aia mă privești așa hăbăucă? Ți-a plăcut la nebunie, nu-i așa?

— Încetează, nu ne-am sărutat, a zis ea râzând în hohote.

— Ni s-au atins buzele? Deci ne-am sărutat. Să marchezi în calendar data de azi. Primul nostru sărut. Ea râdea și mai tare, iar Jack a început s-o gâdile și să se joace cu ea ca și cu un copil. Le făcea bine amândurora să râdă și când și-a băgat mâna în părul ei blond, lui Deborah nu-i să mai părut atât de bizar.

— Vrei să-ți atingi iar buzele de ale mele, nu-i așa? a zis ea încercând să glumească.

— Ți-ar place ție, a răspuns el înfumurat. Dacă-mi vrei trupul va trebui să te bați pentru mine, fetițo. Jack nu se dă atât de ușor și să știi că sunt o afacere în pat. Deborah s-a gândit că își va strânge toată energia ca să nu și-l imagineze într-un pat. Jack era un tip superb, dar niciodată nu se gândise la el ca la un bărbat cu care ar putea face altceva decât să povestească, să râdă sau să gătească. Niciodată până în acea seară. Probabil că începea să-și piardă mințile din moment ce era capabilă să și-l imagineze pe Jack altfel decât până atunci. Bietul Michael încă era cald în mormânt, iar ea îl trăda deja. Ar fi putut sta o viață întreagă să-l aștepte, dar iubitul ei soț nu avea să se mai întoarcă niciodată, indiferent ce-ar face sau nu ea. Și dacă ar putea obține puțin confort de la Jack, era sigură că Michael nu s-ar fi supărat. Niciodată nu și-a fi dorit ca ea să fie nefericită.

S-a făcut 12:00 când și-au luat la revedere și el i-a promis că va trece a doua zi mai devreme, apoi, foarte natural, a pupat-o pe gură. A fost un sărut scurt, prietenesc. Sau nu. În orice caz în acea seară Deborah n-a mai adormit plângând.

Capitolul 8

Diana stătea pe dalele reci ale băii și plângea încet să n-o audă Trudy. Dăduse drumul la apa de la duș și a închis ușa cu cheia. Nu mai suporta stresul pe care îl trăia în casa lui Deborah, dar oricât și-ar fi chinuit mintea în ultimele două săptămâni, nu avea unde să meargă de-acolo. Toată lumea se purta frumos cu ea, dar asta era doar de suprafață. Zâmbetele și voia bună erau lingușeli care ar fi trebuit să o țină pe Trudy acolo cât mai mult timp posibil. Toți jucau un joc, inclusiv ea, și fiecare avea interesele lui. "Ai spus povestea înainte să știi povestea", urla o voce în urechea ei și Diana a început să dea încet cu capul în perete. Nimic nu-i ieșea cum voia și din cei 33 de ani ai vieții ei, doar 10 fuseseră buni. Benjamin o trădase, apoi o părăsise și în final dispăruse definitiv, lăsând-o singură pe lume cu un copil. Murise. Și nu mai putea să-i spună cât de mult îl iubise și cât de mult și ar fi dorit să fie cu ea acolo. N-avea să-l mai vadă niciodată, nu vor mai petrece niciodată Crăciunuri împreună și nici nu se vor plimba pe străzile din Chicago, bucurându-se de viață. Acum era obligată să stea într-o casă care nu era ei, cu niște oameni care să făceau că-i sunt prieteni. Îi puneau întrebări, iar ea răspundea. Faptul că nu erau de acord cu răspunsurile ei n-o interesa. Ea îl voia pe Benjamin și numai pe el. Apoi, dintr-o dată i-a venit o idee genială. Ar fi putut să se mute în fostul lui apartament. Cu o lună înainte să moară,

Carmen Suissa

Benjamin îi spusese lui Cairo, prietena ei cea mai bună din Germania, că nu-i mergea deloc bine în America. Singurul lucru bun în ultima lună era că proprietarul lui zgârcit murise și el locuia acolo fără să plătească chirie. Se pare că bărbatul nu avea nicio familie și nimeni nu-l dăduse afară.

Diana și-a propus ca a doua zi să facă un tur la apartament, apoi, mai veselă s-a ridicat de pe pardoseală, și-a spălat fața udă de lacrimi și cu zâmbetul pe buze a intrat în cameră unde o aștepta Trudy.

— Cum ți-ar place să ne mutăm de-aici într-un apartament numai al nostru? a întrebat-o pe fetiță.

— Dar avem un apartament numai al nostru, a spus copila încet. Nu voia s-o supere pe mama ei care și așa plângea prea des.

— Nu este al nostru, draga mea, este casa lui Deborah.

— Și ea a spus că putem sta aici cât vrem, s-a miorlăit Trudy, care nu voia să se mute. Deborah va fi foarte tristă dacă voi pleca, iar eu nu vreau ca ea să fie tristă.

— Dar dacă rămânem aici eu voi fi tristă, a zis Diana începând să-și piardă răbdarea, dar păstrând în continuare un ton calm. Vrei ca mami să fie supărată sau vrei să ne mutăm și mami să fie fericită?

— Nu poți fii fericită aici?

— Ce-ar fi să votăm? s-a auzit Deborah care tocmai intrase în casă și asistase la conversație. Diana a tresărit și s-a înroșit de nervi.

— Nu vom vota deloc. Nu-mi place că asculți la uși.

— Dar nu ascultam la uși, a răspuns Deborah tristă, am venit să vă invit la ceai și te-am auzit întrebând-o pe Trudy ce ar zice dacă v-ați muta. Nu văd de ce te superi așa. Eu vă vreau doar binele.

— Da, spui mereu asta, a răspuns Diana sarcastic, masându-și tâmplele care o dureau.

— Iar ai migrenă? a întrebat-o Deborah blând și Diana a sărit înțepată.

— Ce știi tu de migrenele mele? Sau de ce simt eu? Nu știi nimic.

— Știu că ai nevoie de terapie, a zis prietena ei calm.

— N-am nevoie de terapie ca să-mi spună cineva cum mă simt. Am plănuit o viață minunată, dar ceva a mers rău. Oribil de rău. Iar acum, tu, o străină, mă sfătuiești să-mi cheltui banii, pe care nu i-am, și să ascult sfaturile unui șarlatan care habar nu are ce simt. Nu voi face așa ceva, i-a zis Diana apropiindu-se de ea și privind-o în ochi. Dar, în câteva zile, voi pleca de aici. Îmi invadezi intimitatea.

— Îmi pare rău că simți asta. N-a fost nicidecum intenția mea. Tot ce mi-am dorit a fost să vă fie bine. Nu uita, sunt prietena ta.

— Ieși afară! i-a spus Diana pe ton ridicat, lăsând-o mută.

Deborah s-a retras, iar în acea noapte a adormit târziu, fiind obsedată de privirea disperată a lui Trudy. Parcă-i cerea ajutor. Înainte să adoarmă și-a spus că se va sfătui cu Jack în legătură cu ceea ce trebuiau să facă pentru a pune copila la adăpost. Bănuia că Diana suferea de schizofrenie sau ceva asemănător.

*

A doua zi de dimineață, când Diana și Trudy n-au venit la micul dejun, Deborah și-a luat inima în dinți și s-a dus la ele. Mare i-a fost surpriza când a găsit casa goală. Plecaseră noaptea, pe furiș. O invitase pe Diana în casa și în viața ei, iar acum ea plecase luând-o și pe Trudy. Se îndrăgostise de fetiță și în final se alesese cu inima frântă. Lacrimi fierbinți îi curgeau pe obraz și plângând a găsit-o și Jack două ore mai târziu. La rândul lui a fost devastat când i-a spus ce se întâmplase, dar nu i-a arătat lui Deborah durerea lui. Trebuia să fie tare pentru amândoi. A ajutat-o să se spele pe față și i-a propus să facă o plimbare prin suburbie. Aerul le va face bine. Două ore mai târziu când s-au reîntors a trebuit să recunoască ca le trebuia mai mult de o plimbare în aer proaspăt ca să-și revină, iar după două săptămâni au înțeles ca n-aveau s-o mai vadă pe Trudy niciodată.

Își pierduseră orice speranță când, într-o seară în timp ce luau cina acasă la Jack cu copiii, telefonul lui a sunat. Era cineva care dorea să vorbească cu Adela despre apartamentul pe care Benjamin îl ocupase. Femeia s-a prezentat ca fosta soție a proprietarului lui Benjamin.

— O anume Diana, cu un copil locuiesc fără să plătească în apartamentul care acum îmi aparține, explica femeia. Am găsit în registrul, pe care fostul meu soț îl ținea, numărul de referință al Adelei Peterson care figura ca fiind garantă pentru Benjamin Koening, soțul tinerei mămici. Știți despre cine vorbesc? Da, din păcate știa, dar nu mai avea nicio importanță cum Diana știuse de acel apartament sau că persoana de la celălalt capăt al liniei nu era la curent cu încarcerarea Adelei sau cu moartea locatarului ei. Tot ce conta era că au găsit-o pentru Trudy. Jack a rugat-o pe proprietară să nu-i spună nimic Dianei și i-a promis că în maxim o oră va fi acolo cu banii pentru chirie. Femeia satisfăcută i-a spus că nu-i va zice nimic Dianei.

Clara, menajera lui Jack care acum locuia îmi permanență cu ei, i-a spus să meargă liniștit, îi va culca ea pe copii. Era fericită să-l vadă pe Jack zâmbind iarăși. În ultimele două săptămâni toți membrii familiei erau triști, iar conversațiile se limitau la viața cotidiană, subiectul Trudy, fiind tabu. Deborah, pe care Clara o aprecia, părea vie din nou. Era hotărâtă ca într-una din zile să-i spună lui Jack că vecina lui era perechea perfectă pentru el. Nu era sigură că ei erau conștienți de acest lucru. Amândoi erau oameni buni și singuri, le plăceau aceleași lucruri și formau deja o familie. Era păcat ca lucrurile să nu evolueze decât în mintea ei romantică.

O oră mai târziu Deborah și Jack erau în micul apartament pe care doamna Walk îl ocupa la parterul blocului. După ce le-a explicat în mare drama căsătoriei ei și faptul că acum ea era proprietara care trebuia să încaseze chiria, i-a dus la apartamentul Dianei, satisfăcută de banii primiți în plus pentru informația dată. Le-a deschis ușa cu cheia de rezervă, după care a plecat. Nu voia să se implice în dramele familiale, le-a zis ea, părând avidă după bârfe și drame.

Apartamentul sărăcăcios era curat, dar rece și cei doi au fost surprinși că nu era nimeni acasă. Repede au înțeles că Diana era în camera alăturată, o culca pe Trudy. Când după două minute aceasta a venit în salon, aproape că i-a sărit inima afară din piept de spaimă.

— Ce... Cum ați intrat aici? i-a întrebat întâi surprinsă, apoi furioasă.

— Ne-a sunat proprietara, a răspuns Jack blând. Am venit să plătim chiria. Diana și-a lăsat ochii-n pământ căutând cu disperare o scuză valabilă.

— N-am nevoie de ajutorul vostru. Nu sunt o curvă post război cu foamea în gât care salivează după o masă gratuită. Săptămâna aceasta voi avea un serviciu și voi putea plăti.

Ei au privit-o șocați. Era foarte clar că Diana nu era bine deloc.

— Parcă spuneai că vrei să te-ntorci înapoi în Germania, a zis Deborah calm. Ce s-a întâmplat de-ai decis să stai?

— Mă simt pierdută oriunde aș merge, a recunoscut Diana. Emoții pierdute, căsătorie pierdută... în plus, n-am niciun ban. Lor li s-a făcut milă când a văzut că-i tremurau mâinile. Văzându-le privirile, Diana și le-a băgat în buzunar și a continuat surprinzător de calmă: sunt într-o fază de tranziție și vreau să dau o nouă șansă vieții mele aici. Viața mea în Germania s-a încheiat. Am tras cortina și-n spatele ei am găsit doar regrete, fantome și râuri de lacrimi în care mă înec dacă nu fac ceva. S-a oprit un moment gândindu-se, apoi i-a privit pe amândoi în parte spunându-și că poate ar trebui să-i lase s-o ajute.

— Mă bucur că ai reușit să iei o decizie, i-a zis Jack și respect faptul că nu mai vrei să locuiești în suburbie. Te-aș ruga însă să mă lași să te ajut până ieși din acest impas. Câteva luni până te pui pe picioare aș dori să te ajut cu chiria, i-a propus el, iar Diana era pe cale să accepte când ușa de la dormitor s-a deschis și Trudy i-a sărit în brațe lui Deborah.

— Nu vreau să mă lăsați aici, a spus fetița plângând. Mami m-a bătut și este rea cu mine. Vorbește singură și mă sperie. Cu ochii ieșindu-i din orbite, Diana a apucat-o brutal pe copilă de mână încercând s-o ia din brațele lui Deb. În zadar însă, aceasta o ținea strâns și pe un ton jos, dar ferm i-a poruncit să ia mâna de pe Trudy.

— Așa cum ți-am mai spus, va trebui să vezi un terapeut. Ceva nu este în regulă cu tine, Diana, a zis Deborah, iar copila nu este în siguranță. Nu pot să o las aici, iar dacă sun la Serviciul Social, statul ți-o va lua. Va fi purtată din familie în familie și va avea o viață oribilă. Eu îți propun să o lași să stea cu noi până când vei fi mai bine. Îți promit că Trudy va fi fericită și că vei putea să o recuperezi imediat ce vei dori. Tonul blând al lui Deborah a liniștit-o pe Diana, care știa că aceasta avea dreptate. Nu le spusese că în ultimele luni a fost internată într-un ospiciu din care evadase, dar acceptă de bună voie să fie ajutată. Știa și ea că despărțirea de Benjamin făcuse ca boala să revină. Ultimele două săptămâni fuseseră cumplite și era conștientă mai mult ca niciodată că era bolnavă și că nu se putea ocupa de Trudy. De dragul copilei a hotărât să le spună prietenilor ei faptul că, în adolescență a fost diagnosticată cu schizofrenie. Când s-a căsătorit cu Benjamin și până la despărțirea de acesta, boala a fost ținută sub control, dar acum nu mai era cazul. Acum și acolo, de dragul fetiței ei, accepta ajutorul de care avea atâta nevoie.

Ușurați de întorsătura situației, dar triști pentru Diana, Jack și Deborah au făcut toate demersurile ca aceasta să primească ajutorul necesar. Faptul că Trudy a revenit în viețile lor a fost că o boare de vânt într-o zi de vară fierbinte. Chiar și Summer cu David erau mai fericiți. Adolescenta era mai puțin obraznică și s-a lăsat de fumat, iar David care se îngrășase șapte kilograme, a început să mănânce iarăși normal. Dar cea mai fericită dintre toți era Trudy. Îi era dor de mama ei, dar Deborah îi oferea toată dragostea și atenția necesară, făcând-o să se simtă iubită și protejată. Într-o seară când o culca, Trudy i-a povestit că nu o dată a dormit singură noaptea în apartamentul urât. Mămica ei i-a zis că merge să aducă de mâncare, dar se întorcea dimineața cu mâinile goale. I-a cerut lui Deborah să-i promită că niciodată nu o va mai lăsa să plece de-acolo. Trebuia s-o convingă pe Diana când ieșea de la spital să rămână cu ele în suburbie, iar Deborah a promis să facă tot posibilul ca ele să nu se mai despartă niciodată.

*

Câteva luni mai târziu, când toată lumea se pregătea de Ziua Recunoștinței, doctorul de la clinica în care Diana era internată l-a sunat pe Jack să-i spună că aceasta se simțea mai bine si prevedea s-o externeze în câteva săptămâni. Apoi Diana a venit la telefon și i-a spus că abia aștepta să-i vadă. Părea fericită. Deborah, care era lângă Jack, i-a strâns mâna.

— Vă mulțumesc din suflet pentru tot ce ați făcut. Faptul că v-ați ocupat de copilul meu și că m-ați ajutat să beneficiez de ajutorul doctorului Keller arată că-mi sunteți prieteni adevărați. Am dorit să vă dau personal telefon și să vă spun că am decis să rămânem în America cu voi. Jack a strâns-o fericit în brațe pe Deborah. Dacă vreți, bineînțeles, le-a zis Diana.

— Nimic nu ne poate bucura mai mult, draga mea, i-a spus Deb. Abia așteptăm să fii iarăși cu noi, iar Trudy va fi foarte fericită.

— Vezi, lucrurile încep să se aranjeze, a zis Jack după ce au închis telefonul, și va fi din ce în ce mai bine. Plină de speranță, s-a uitat la el recunoscătoare. Nu știa ce s-ar fi făcut fără ajutorul lui în ultimul an. Jack i-a luat mâna și i-a pupat-o. Erau mai apropiați ca niciodată și-n ultimele luni, chiar dacă nu se întâmplase nimic, relația lor devenise mai solidă. În mai multe reprize el a încercat să se apropie de ea, însă nu era pregătită. Îl aprecia pe Jack și în felul ei îl iubea, dar Michael încă-i îi lipsea enorm de mult. Noaptea, singură în patului ei plângea cu gândul la soțul ei și la viața lor împreună. N-avea să îi mai simtă niciodată buzele pe ale ei, să-i simtă mirosul sau să se mai cuibărească la pieptul lui. Fără el simțea că nu mai aparține niciunui loc. Avea o gaură în loc de inimă și nu știa dacă Jack ar fi putut să umple acel gol. Sau dacă era corect s-o facă. Nu începeai o relație din disperarea de-a umple un gol. Michael plecase fără să-și ia la revedere de la ea și nu putea să avanseze, chiar dacă știa că trebuia s-o facă. Nu era nebună. Era conștientă că el nu va reveni. Știa că timpul nu mai era de partea lor. Toată lumea o credea puternică, dar ea se simțea fragilă. Era bine înțeles o chestiune de timp, dar timpului îi trebuia timp și ea se întreba cât va mai putea îndura acea suferință. Michael murise de aproape un an și ea se simțea la fel de oribil. Nu mai lucrase la nici o carte, neavând încă inspirația sau energia necesară. Singurele momente de fericire erau când era cu Trudy , Jack și copiii. Chiar dacă locuiau în case separate se vedeau zilnic și asta era o binecuvântare pentru ea.

Nici lui Jack nu-i era ușor, viața i se schimbase complet în ultimii doi ani, dar era o situație diferită de-a ei. Adela trăia și oricând și-ar fi dorit ar fi putut s-o vadă. Însă el nu-și dorea asta, iar copiii se duceau foarte rar în vizită la mama lor. De câte ori îl rugau pe Jack s-o facă, acesta se conforma, nu erau interdicții sau discuții pe acea temă. Indiferent ce simțea el pentru fosta lui soție, Adela rămânea mama lor. Cel puțin cu numele, pentru că după spusele lui Summer, nici în spatele gratiilor aceasta nu devenise mai maternă. Adela nu-i întreba prea multe despre cotidianul lor, despre școală sau despre prieteni. Era mai curioasă să vadă dacă Jack avea pe cineva și într-o zi le-a spus copiilor că, dacă ea a avut o aventură cu Benjamin a fost pentru că tatăl lor era deja într-o relație extraconjugală cu Deborah.

În ziua în care copiii s-au întors de la închisoare, au fost foarte rezervați. Oricât de mult ar fi iubit-o pe Deborah, vestea i-a rănit. Când David, plângând i-a povestit tatălui său cele întâmplate, acesta s-a înfuriat, dar cu calmul care-l caracteriza le-a promis copiilor că nimic nu era adevărat. Niciodată nu și-ar fi permis s-o trișeze pe Adela. O iubise cu adevărat și prețuise fiecare secundă a vieții lor împreună. Copiii s-au liniștit, știind că Jack are dreptate. Știau că întotdeauna fusese un soț și un tată iubitor, iar faptul că Adela îi rănise cu minciuna lor nu arăta decât insensibilitatea acesteia. Din acea zi copiii nu i-au mai cerut lui Jack să-i ducă în vizită la ea decât foarte rar, iar aceasta nu și-a exprimat dorința să-i vadă. Era probabil mult prea ocupată cu noua ei viață de lesbiană, pe care nu avusese nicio jenă s-o etaleze în fața lui Summer.

    Deborah i-a servit lui Jack o cană de ceai. Amândoi erau pierduți în gândurile lor. Își respectau tăcerile, pierderile și durerile, lucru care îi apropiase mult. Nimeni din suburbie n-ar fi fost șocat să-i vadă într-o zi împreună pe Jack și Deborah. Lumea îl iubise pe Michael și Jack fusese prietenul lui, însă nimeni nu vedea ca pe un lucru rău posibila uniune dintre cei doi. "Doar nu Jack l-a ucis pe Michael", a zis într-o zi doamna McAllister, vecina de 80 de ani și înțeleapta suburbiei.

*

    Era seara de Thanksgiving și pentru prima oară în ani, sărbătoarea nu se ținea la familia Lynn. Erau toți strânși la Kenny și Jane Smith. Chiar și John era prezent, de data aceasta fiind singur. Își încheiase sejurul în Franța și a decis să nu se mai întoarcă acolo decât în vacanță. În doze mici, putea digera mai ușor aroganța specifică francezilor. Marjorie s-a supărat când a anunțat-o că se întoarce la Chicago, dar două zile mai târziu, s-a consolat cu Arthur, prietenul lui din Paris.

    Seara, fără să fie zgomotoasă, rămânea veselă. Toți erau eleganți și indiferent de pierderile pe care le suferiseră în ultimii ani, cina a început cu o rugăciune de mulțumire. De-a lungul anilor, Jack și Deborah au făcut des sărbătorile cu familiile Smith și Maier, aniversări și weekend-uri în jurul piscinei.

Faptul că se cunoșteau demult și se înțelegeau bine îi făcea să se simtă în siguranță, ca în sânul unei familii perfecte.

Privindu-și prietenii și copiii care se amuzau, Jack și-a spus că totul va fi bine până la urmă. Viața continua și avea mari speranțe că existențele lor vor intra în normal. Normalul pe care multă lume îl găsea plictisitor, lui îi plăcea. Gândurile fost întrerupte de Kelly, care pentru a cincea oară în acea seară îi telefona. Zâmbind, Deborah l-a sfătuit să-i vorbească măcar o dată, dacă nu voia să fie deranjat toată seara, iar el s-a conformat. Au avut o conversație scurtă în care tânăra i-a spus că are un nou iubit care-i seamănă leit lui. Jack nu a spus nimic.

— Glumesc, l-a asigurat ea râzând, este prietenul fratelui meu pe care-l știu din copilărie și care a divorțat anul trecut. Are o fetiță de 12 ani, care spune că și-a pierdut părinții în ziua în care s-a inventat Facebook-ul, este amuzantă și se înțelege bine cu Lilly. Apoi el este diferit de tot ceea ce am cunoscut până acum. Nu crede că femeile sunt programate doar să se atașeze și să alăpteze, sau că bărbații sunt programați s-o ia la fugă în ambele cazuri. Suntem de două luni împreună și nu mi-a trimis niciun SMS cu sexul lui. Dacă ăsta nu-i un început bun, nu știu ce e, a zis ea făcându-l să râdă. Apoi i-a povestit că Fred are o nouă iubită, mai tânără și mai frumoasă.

— Este o lege nescrisă ca următoarele iubite a exișilor să fie toate mai mișto și mai proaspete? l-a întrebat ea veselă și după ce-au mai povestit două minute i-a urat un Thanksgiving fericit și i-a promis că următoarea dată când îl va vedea nu va mai sări pe el. Se va mulțumi să-i fie prietenă și atât. Lui îi convenea perfect și i-a plăcut naturalețea lui Kelly din seara aceea. Redevenise amuzantă și rezonabilă, exact așa cum o cunoscuse.

Jack zâmbea când a închis telefonul și uitându-se în jur, a văzut că Deborah ieșise pe terasa din fața casei. Cu un pahar de Margarita în mână, privea strada scăldată în lumina lunii. Casele frumoase cu peluzele perfecte erau o priveliște care-ți încânta ochii.

– Suntem norocoși se trăim într-un loc că acesta, a zis Jack, alăturându-i-se, și ea a dat afirmativ din cap. Și suntem norocoși că avem prieteni buni și copii minunați.

Ea a râs. Nu făcea asta deseori, dar întotdeauna în prezența lui se simțea bine.

– Vorbești ca și cum am fi căsătoriți. Dar nu suntem.

– Și din vina cui? a glumit el. A mea în niciun caz. Știi bine că eu sunt adeptul căsătoriei.

– Va trebui să ieși pe piață, i-a zis Deborah, mai în glumă, mai în serios, sunt convinsă c-o să îți găsești repede perechea. Ești o partidă bună, Jack Peterson.

– Dacă-s așa o partidă de bună de ce mă trimiți la vânătoare? De ce vrei să scapi de mine?

— Eu n-am să mă mai căsătoresc niciodată. Am avut 15 ani incredibili cu Michael și voi continua să-i rămân fidelă până la sfârșit.

El a privit-o și-a văzut că vorbește serios. Discuția lua o turnură serioasă, deloc plăcută.

— Despre ce sfârșit vorbești, Deb? Ai 38 de ani. Nu poți să rămâi văduvă tot restul vieții.

— Pot și o voi face, a zis ea calmă, luând o gură de Margarita. Nu mai vreau să mă atașez de cineva așa cum am făcut-o cu Michael. Dacă mai pierd încă o persoană pe care-o iubesc, voi muri.

— Dar draga mea, nu trebuie să te căsătorești sau să declari celibat veșnic ca să poți pierde pe cineva pe care iubești. Alegerea ta de a rămâne singură nu te pune la adăpost de nimic. Crezi că dacă rămâi singură o barieră invizibilă te va proteja și niciodată nimic rău nu ți se va mai întâmpla?

— Nu sunt singură, Jack. Te am pe tine și pe copii, pe Trudy și pe prietenii noștri. Și da, mi-ar place să existe o asemenea barieră, dar știu că nu există, așa că nu mă mai manipula.

— Eu manipulator?

— Ce crezi că se numește când împingi pe cineva într-o situație din care nu mai poate ieși?

— Poate că nu vrei să ieși și încă nu știi asta, a spus el cu blândețe, privind-o tandru. Dă-ne o șansă, Deb, suntem perfecți unul pentru celălalt.

Ea l-a privit și în adâncul sufletului ei știa că are dreptate. Însă încă îl iubea pe Michael și știa că avea să-l iubească tot restul vieții ei.

— Nu vreau să-ți faci speranțe, dar în ziua în care voi fi pregătită, dacă încă vei mai fi disponibil, tu vei fi primul pe listă. Dar sincer, nu știu de ce ți-ai pierde timpul cu o văduvă tristă care nu-ți poate garanta nimic.

El a privit-o trist și a văzut în ochii ei că nu glumea.

— Ești tot ceea ce vrei, dar nu o văduvă tristă și aș da orice să fiu cu tine. Și asta nu pentru că sunt disperat, ci pentru că suntem compatibili. Ne plac aceleași lucruri, vorbim ușor unul cu celălalt, ne simțim bine împreună, ne plac aceleași filme, aceleași cărți și aceleași glume. Copiii mei te adoră, iar Trudy sunt sigur că ar fi fericită dacă am fi împreună. Cine ar putea să se opună la așa ceva?

— Michael, a zis ea aproape șoptit.

— Dar Michael nu mai este aici, draga mea. Iar noi nu suntem doi străini care ne întrebăm ce șanse avem? Ne știm de-o viață și nici măcar o dată nu ne-am certat. Nu-ți dai seama cât de norocoși suntem că nu mai trebuie s-o luăm de la început? Să ne prefacem că ne plac muzeele, filmele science-fiction sau pe mamele noastre. Deborah a zâmbit. Ei îi plăceau muzeele și chiar dacă nu o vedea prea des, o plăcea pe mama lui Jack. Era independentă și nu se băga niciodată neinvitată în viața fiului ei.

— În ceea ce-l privește pe Michael, niciodată nu și-ar fi dorit ca tu să fii nefericită.

Ea știa că era adevărat.

— O lume moare ca alta să se nască, a șoptit ea, gândindu-se că nu vorbise niciodată cu Michael ce-ar fi făcut dacă unul din ei ar fi murit. Erau prea tineri pentru asemenea discuții, dar acum și-ar fi dorit s-o fi făcut. Cumva, avea nevoie de aprobarea lui pentru a putea avansa. Să-i spună că nu greșea dacă în viitor îi dădea o șansă lui Jack. Îl iubea pe Jack și îl iubise dintotdeauna, dar nu așa ca pe Michael. N-ar fi vrut să-l piardă și nici nu putea să-i spună să plece în drumul lui. Care era drumul lui sau drumul ei? Nu avea o hartă care să-i indice direcțiile acestor drumuri și doar imaginându-și-l cu o altă femeie, i se frângea inima. Totul era haotic.

El a luat-o blând după umeri și-a pupat-o pe tâmplă.

– Deb, nu trebuie să iei toate deciziile într-o noapte, dar vreau să știi că nu plec nicăieri. Și nici nu cred că tot ce-am simțit eu că avem a fost doar în capul meu. Deborah l-a privit înlăcrimată. Indiferent de cât timp vei avea nevoie, eu te voi aștepta, pentru că iubesc totul în tine. Îmi place cum râzi și îmi place cum îți mângâi sprânceana când ești jenată. Îmi place când mănânci cu poftă o prăjitură interzisă și îmi place faptul că ești cinstită. Amândoi suntem singuri și nu din vina noastră, nu văd de ce ar trebui să plătim pentru ceva ce n-am făcut. Pentru că a sta unul fără celălalt, când suntem atât de bine împreună, ar fi o prostie. Pare atât de potrivit să fim împreună... Singurele momente în care sunt fericit sunt atunci când ești lângă mine. Ea îl privea fără să spună nimic. În subconștientul meu cred că te-am iubit mereu, dar nu mi-a trecut prin cap o astfel de idee pentru că eram căsătoriți și fericiți. Dar, de multe ori Michael mi-a zis glumind ca noi doi ar fi trebuit să ne căsătorim. Deborah l-a privit atent. Da, Deb, a continuat Jack, nu o dată Michael m-a făcut să-i promit că dacă ți se întâmplă ceva voi avea grijă de tine. Iar el mi-a promis că se va ocupa de familia mea în cazul în care ceva mi se întâmpla.

— Chiar ați avut asemenea discuții?

— De vreo câteva ori, a zis Jack. Voia să te știe în siguranță. Și acum când mă gândesc, el aducea vorba mereu ca și cum ar fi avut un presentiment că va muri tânăr. Te-a iubit foarte mult, Deb, și ar vrea ca tu să fii fericită.

Ea i-a zâmbit tandru, știind că are dreptate. Faptul că nu punea presiune pe ea și că îi cunoscuse viața cu Michael era important. Jack era deja familie și nu trebuiau să-și demonstreze nimic unul altuia. În tot acel haos, acela era scenariul cel mai convenabil.

— Probabil că nu voi ajunge niciodată pe lună și nici nu voi face combustie spontană, dar sunt sigur că aș putea să te fac fericită. Dar, dacă nu mă lași să-ți seduc sufletul, n-am s-o pot face. Știi ce se spune "inima este singura cetate ce nu poate fi cucerită cu de-a sila". Nu vreau să-mi spui că va fi bine, pentru că va fi. Ceea ce aștept de la tine este să te îndrăgostești de mine. Nebunește! Ea a început să râdă. Am trăit o viață cu o femeie pe care nici măcar nu mai sunt sigur c-o plăceam. Am iubit-o și am respectat-o, apoi m-a trișat, l-a omorât pe dragul nostru Michael și acum zace într-o închisoare. Este prea târziu să regret că nu știam de ceea ce era ea în stare. Tot ceea ce-mi doresc ești tu. Știu cu siguranță că cerul se întunecă în fiecare zi, că soarele apune la vest și că mâine va fi o nouă zi. Tot atât de sigur sunt că noi doi vom fi foarte bine împreună. Amândoi am pierdut și suferit mult, dar putem întoarce pagina. Trebuie s-o facem... Dacă nu, voi muri. I-au ieșit cuvintele fără să-și dea seama, ca un fel de spovedanie inconștientă. Deborah l-a privit mirată, fiindu-i milă de el. În tot acel timp crezuse că este puternic, dar se înșelase. Era vulnerabil, la fel ca ea, și cu sufletul frânt, tot ca ea, dar de dragul ei se ascunsese în spatele unei măști zâmbitoare.

— Îmi pare rău că te-ai simțit așa și că n-am văzut. Sunt prietena ta și ar fi trebuit să știu ceea ce simți.

— Nu cerșesc milă sau o scuză, vreau doar să te fac să înțelegi, Deb. Tu ești șansa mea la fericire, tot așa cum eu sunt șansa ta. N-avem dreptul să dăm cu piciorul la așa ceva.

— Da, a zis ea încet, cred că ai dreptate. Însă fără planuri și presiune. Doresc să lăsăm lucrurile să decurgă lin și vom vedea unde ne vor duce toate acestea. Nu am avut pe nimeni în afara lui Michael și, așa cum știi, a fost universul meu. Singura mea iubire. Jack o privea foarte atent. Te iubesc și pe tine, întotdeauna te-am iubit, dar altfel.

— Ca pe un frate? a întrebat-o el cu o expresie amuzantă pe față și ea a zâmbit, după care s-a gândit puțin.

— Nu. Nu te simt deloc ca pe un frate.
— Verișor? a întrebat-o făcând-o să râdă.
— Nu, nici verișor.
— Păi atunci am putea să ieșim din când în când fără copii, a glumit el doar pe jumătate.
— Ca un fel de întâlnire amoroasă? a zis ea timidă, având aerul unei puștoaice.
— Nuuu. Ceva amical. Dar dacă se termină cu sex, iuhuu, a strigat Jack, iar ea acum râdea cu lacrimi.

Chiar dacă se spunea că importantă era întrebarea, nu răspunsul, Jack și-a zis că râsul ei era cel mai minunat răspuns la așteptările lui. Speranța, timpul și acordul ei era tot ce el avea nevoie ca să avanseze, să închidă un capitol dureros al vieții lor și să-i marcheze sufletul. Inocența și angajamentul ei îl făceau s-o iubească și mai mult. Pură și simplă, Deborah, îi dădea șansa să se reîntoarcă într-o lume unde dragostea învingea. O lume în care ei doi puteau să-și destăinuie dorințele, să-și partajeze visele și să gonească fantomele unei vieți apuse pe care trebuia s-o lase în urmă.

Pentru prima oara după doi ani, Jack se simțea plin de încredere și nu-i mai era frică de ziua de mâine. Știa că nu va fi totul perfect - văzuse că perfecțiunea nu exista -, dar era OK cu asta. Sfârșitul deschidea ușa unui nou început, și așa cum spusese Deborah, o lume murea, iar alta se năștea.

SFÂRȘIT

De același autor:

Dușmanul din casa mea

Văzută din afară, Carol Huston este întruchiparea tipică a unei newyorkeze care are tot ce-și dorește. O familie frumoasă. Dragoste împărtășită. O viață ușoară. Și exact asta este hotărâtă să îi răpească Samantha, sora ei vitregă. Crescută doar de mama ei, Carol a avut o copilărie liniștită, până când tatăl ei și-a abandonat al doilea copil pe veranda casei lor. De mică, Samantha o ura, iar când la șaisprezece ani aceasta a fugit în Vegas, Carol s-a simțit ușurată.

Mamă a doi copii simpatici, Carol este căsătorită cu Daniel, un avocat de renume, și are prieteni buni, pe care poate conta. Prieteni care își dovedesc fidelitatea când viața i se schimbă dramatic. Soțul ei, persoana în care are o încredere absolută, se transformă într-un străin și Carol începe să-și pună întrebări. Samantha revine acasă după o absență de șaisprezece ani și divulgă în fața tuturor prietenilor și familiilor lor marele secret, lumea lui Carol se prăbușește. Hayley, fata lor adolescentă, devine rebelă, Daniel se îneacă în alcool, iar Samantha dispare iarăși, luând cu ea speranța unei zile mai bune.

Dușmanul din casa mea este o carte despre iubire, angajament, obsesie și ură, dar și o carte care îți arată că cele mai mari daruri ale vieții sunt mereu o surpriză.

http://amzn.eu/2AEwl92

Acea zi din Septembrie

La treizeci și cinci de ani, Emma este o scriitoare de succes, căsătorită cu judecătorul Tom Miller din Manhattan, iubitul ei din liceu. Emma este o mamă și o femeie împlinită, ducând o viață idilică împreună cu familia și prietenii ei.

Scenariul perfect se transformă într-unul de groază în momentul în care McKidd, un criminal pe care Tom l-a băgat la pușcărie, decide să se răzbune. Coșmarul se dezlănțuie într-o zi de septembrie, la vila lor din Montauk, atunci când copilul le dispare. Emma și Tom înfruntă agonii și spaime, despre care nici măcar nu bănuiau că existau.

Pe zi ce trece, în căsătoria lor apar probleme și soții Miller au de luat decizii dificile pentru care nu sunt pregătiți. Când secrete sordide ies la suprafață, Tom își dă seama că a doua lui căsătorie este doar o minciună și hotărăște să mai încerce o dată să afle ce s-a întâmplat în acea zi din septembrie.

Acea zi din septembrie este o carte captivantă și complexă ca viața însăși: bucurii și lacrimi, familie, pierderi, obligații și o moralitate care ne învață că niciodată nu trebuie să abandonăm.

https://www.amazon.com/Acea-Din-Septembrie-Carmen-Suissa/dp/1979770042/ref=sr_1_1%C8%99

Secrete

Hope, Anna, Tess și Julia sunt patru tinere femei al căror destin se află în derivă din cauza unor alegeri neinspirate, minciuni și relații destrămate. Familiile lor se împrietenesc, fără să-și imagineze că furtuni teribile le vor afecta viețile, aparent perfecte. **Hope Middlebrooks**, jurnalistă la Los Angeles Times, încearcă să treacă peste abandonul soțului ei, care este îndrăgostit de o altă femeie.

Anna Washington își spune că are dreptul la fericire, după ce în copilărie a fost violată de prietenul tatălui ei. Se căsătorește cu John și o înfiază pe Tina, o adolescentă orfană, ce ascunde o crimă cutremurătoare. **Julia Harington** este o tânără actriță naivă, care de-o viață își așteaptă marea dragoste, dar se confruntă acum cu un bărbat despre care află că este căsătorit. Împărțită între dragoste și a nu face rău unei alte femei, starul hollywoodian se află la răscruce de drumuri.

Tess O'Donnel, de profesie psihiatru, este căsătorită cu Ron, un ginecolog cu viață dublă, ale cărui greșeli vor afecta iremediabil multe vieți. Tom, un scriitor misterios, cu un trecut nebănuit, se îndrăgostește obsesiv de Anna și e gata să o răpească doar pentru a fi aproape de ea. Această carte este o poveste despre risc, dragoste... și speranța care nu moare niciodată.

https://www.amazon.co.uk/Secrete-Carmen-Suissa/dp/2957307022

Ocean House

Ocean House, o vilă din Hermosa Beach, California, devine scena dramelor emoționale, sexuale, și a conflictelor morale provocate de oameni care nu ar fi trebuit niciodată să locuiască în aceeași casă. Fiecare are visele, aspirațiile și secretele lui. Loviți de calamități neașteptate: copii schimbați la naștere, trădări și răzbunări, aceștia încearcă să se mențină la suprafață.

Casa în care locuiesc aparține celor trei surori Ford, rămase orfane în urma unui accident rutier. Fără alt venit stabil în afara acestei proprietăți, fetele Ford sunt obligate să închirieze două niveluri. Tara, roșcată, 25 de ani, veșnic șomeră, este urmărită de soția fostului ei amant, care și-a făcut un hobby din a-i distruge viața.

Briana, 30 de ani, blondă, răzgâiată și necinstită, este părăsită de soț când ies la iveală infidelitățile ei. Faptul că locuiesc sub același acoperiș complică situația.

Joy, 33 de ani, proprietara unui bar, celibatară, are o inimă de aur, dar nicio fărâmă de noroc.

https://www.amazon.co.uk/Ocean-House-Volum-Carmen-SUISSA/dp/6069101073

www.ingramcontent.com/pod-product-compliance
Lightning Source LLC
LaVergne TN
LVHW011931070526
838202LV00054B/4582